讀小說
Reading Novel

作者不詳　ミステリー作家の読む本

作者不詳

推理作家的讀本

下卷

三津田信三

瑞昇文化

目次

第五章　「朱雀的怪物」

筆者不詳

關於我是什麼人，這件事現在根本一點都不重要。問題在於這裡刊載的原稿到底是出自何人之手，還有，它的內容究竟是虛構的，抑或是改編自極為接近現實的真人真事。

到底是誰、又是為了什麼才寫的——

我在附設於某大學的一間和民俗學相關的研究所服務，因為工作的關係，所以會到地方的聚落進行各式各樣的田野調查。雖然不能寫出名稱，但是在我前往S地方考察各聚落離村人士的家產處理方法現況時，在偶然的機緣下有幸一觀K村某個世家的土藏[1]。雖然那裡頭的樣子簡直可以稱之為民俗學相關資料的寶庫，但不巧的是我無法自由調查土藏的內部。所以非常遺憾，我只被允許閱覽對調查有其必要的文獻。

但說到這間土藏，它實在讓人感到很不舒服，裡面充斥著令人背脊發涼的氛圍，就連跑遍各種地方、見過的倉庫也有數十間之多的我，都是第一次體驗到這樣的感受。那種感覺就好像是土藏本身擁有意志、正直勾勾地窺探著我。被目不轉睛地盯著、持續被窺視著，只要待在土藏裡面，就會被禁錮於這樣的感受之中。或許是因為這裡也收藏了古意盎然的頭盔和鎧甲，所以才會不由得意識到視線之類的東西吧。我想要盡可能多查閱一些文獻，但與此同時也很希望能儘早離開這裡。我就懷抱著如此矛盾的思緒，在土藏內進行調查。

就是那個時候。我在擺在長型櫃上的行李後面，發現有一本破爛的筆記本掉在那裡。雖然是有點髒兮兮的筆記本，但是很明顯就和其他的資料或文獻不一樣，可能是這戶人家的某個人不小心忘在這裡的。我心想等一下再拿給他們吧，就把這本筆記帶出了土藏。

然而關於資料的處理，主要是圍繞著把資料取出來等問題，過程中我因為要應對鄉下地方世家特有的桀驁不遜態度，把自己搞得筋疲力盡，所以完全把筆記本的事給忘得一乾二淨，就這麼塞進包包後便離開了那個家。

回到旅館後我立刻就發現了那本筆記本。但是如果被他們知道我一聲招呼也沒打就把東西給帶了出來，肯定會讓事情變得很麻煩的。我覺得等到文獻的整理全部告一段落、要把東西拿去還的時候再偷偷放回去會比較妥當，於是便決定在那之前就暫且先這麼擱著吧。

後來資料的整理和分析結束了，我也完成了滿意的調查報告內容。不過，即使感受到一件工作大功告成的成就感，但只要一想到還得把文獻送還給那戶人家，內心就不禁鬱悶了起來。就在這個時候，我也同時想起了那本筆記本。於是就把它從包包裡拿出來，開始隨意翻閱，沒想到竟然讓我大吃一驚。

裡面寫的是大概距今十年前，發生在S地區的山莊「岩壁莊」的**那起**高中生慘死事件的詳細內容。雖然人名的部分有刻意用像是假名的名字去表示，但這篇原稿的內容毫無疑問，就是**那起**事件沒有錯。

①日本傳統建築形式的一種，結構上採木料骨架、土製外牆，然後在外壁塗上灰泥，作為收納用建築物使用。起初是考量到耐火、防盜等實用機能，日後也逐漸衍生出富裕象徵的意涵。留存到現代的土藏，如今也有許多活用其獨特的建物風格，轉作店舖或展覽館等使用的例子。

當時還是學生的我也如同字面的意義那樣，被連續好幾天歇斯底里地報導的殘虐且慘絕人寰的事件內容給吸引了目光。不過，即使是如此煽情地煽動大眾好奇心的不吉事件，到最後也留下了許多的未解之謎、就這麼成了一樁懸案。

這篇可說是那起殘暴事件紀錄的原稿，就在我的手上。沒錯，這很明顯就是那起事件的相關人士，以極其客觀的角度所撰寫的事件紀錄。

然而，在閱讀筆記的過程中，我的思緒也開始混亂了。

第一次讀的時候體會到的那種微妙感覺，到了讀第二次、第三次時，就轉變為某種難以言喻的奇特感受。這篇原稿完全沒有說出事件的真相，所以讀了一次、二次，疑問還是接連不斷地湧現。

也就是，究竟是誰、又為了什麼，才會寫下這篇筆記的呢？

還有，那起「岩壁莊殺人事件」的犯人到底是誰？

以下，就是那篇關鍵筆記的全文記述。

◆

「據說曾有人在攀爬這處半顏坂的過程中，明明沒有其他人，但是卻從身後傳來了『喂～』

的搭話聲。」

抬頭看向坡道前方的 Riyoko 慢慢地把頭轉回來。臉上一如往常地浮現了有些壞心眼、瞧不起人似的笑容。

在眼前延展而出的這條未經整備的坡道，上頭四處遍佈凹洞，看上去就好像是把人一口吞下所留下的痕跡。而且突出的部分也和凹洞一樣醒目，宛如被吞噬的人們意圖鑽出地表、奮力探頭的樣貌。

「這什麼跟什麼啊……恐怖故事嗎？」

總是跟在 Riyoko 身邊的 Naomi 已經害怕得面露畏懼。

「所以只要一轉頭，就會變成石頭嗎？」

Yasuhiro 開口挖苦。

「不，那個人就會被朱雀怪物吃掉！」

Riyoko 一臉怒意地回應。她最討厭自己說的話被人反駁或是否定了，即便那只是在開玩笑。

雖然有段時間看上去不太愉快，但就像是要發洩一肚子怨氣那樣，Riyoko 以鄙視的眼神看向 Miyo，並且把自己的行李扔到她面前。

「Miyo，我的行李就拜託啦。」

Naomi 也立刻跟著有樣學樣。

「那我的也拜託囉。」

在此之前還在眺望周遭風景的 Akemi 看到這兩個人的舉動，也理所當然地放下自己的行李。

「欸欸，女生的霸凌好恐怖啊，可能要比那個朱雀怪物還更恐怖呢。不過你們女生的行李為什麼會多到這樣啊？」

Yasuhiro 立刻露出輕薄的笑容揶揄了起來。只不過，他不但沒有規勸 Riyoko，甚至還把自己以及身旁的 Koutaro 的行李也一起放到 Miyo 的腳邊，然後迅速地開始爬上坡道。

「不、我就……」

看 Koutaro 的樣子似乎是想馬上拿回被 Yasuhiro 拿走的行李。

「齁齁，Koutaro 你對 Miyo 好體貼啊。你喜歡醜女嗎？」

但是 Riyoko 卻盯著他的臉這麼問道，而且似乎刻意用了興高采烈的語調。這讓 Koutaro 當場垂下了頭。

「就只剩我沒拿給她，這不公平啊。」

就連原本自己一個人聽著隨身聽的 Shegeki 好像也弄清楚現在是怎麼一回事了，便毫不猶豫地把行李交給 Miyo。

「我說Miyo啊，我們可是好心才帶你來的。你感謝我們也是應該的吧，所以像這種程度的報恩也是理所當然的。」

來到這裡之前一直都戰戰兢兢的Miyo，在聽了Riyoko這段話之後身體也猛然一震。Riyoko的視線完全沒有轉向Miyo，就和Akemi開始爬坡。Naomi緊緊地跟在她們後面。三個人的前面是Yasuhiro，至於Koutaro和Shegeki就走在三個女生的後面。

突然，Riyoko轉頭喊道。

「你有意見嗎？想變得跟Y一樣嗎？你想變成蓑衣蟲、從學校的屋頂跳下來，然後辦一場喪禮嗎？」

Miyo的臉色瞬間大變。

「我們六個再加上你要到我的山莊去玩，如果你不甘願的話可以不要勉強啊。不過要是你落到跟Y一樣的處境，我們可管不著。」

就像是蹩腳編劇寫的台詞那樣，Riyoko俯瞰著坡道下方、刻意對Miyo說出這些只要是當事人、無論是誰都很清楚的狀況。

她最喜歡針對不管是誰——特別是當事人——都懂的問題刻意進行說明、讓人無所適從。

Koutaro臉上掛著擔心的表情，Shegeki則是打從一開始就一副和自己沒關係的態度。其他四個人就只是在一旁看著眼前的情景。

Y在Riyoko她們班上是處於完全被孤立的處境，成了被全班欺負的對象。其中特別會欺凌Y的，就是Riyoko她們這個小團體。

她為什麼會被欺負呢？恐怕沒有任何一個人能說出個讓大家滿意的理由。真要說的話，就是她的表情陰沉、慢吞吞的動作讓人感到焦躁，而且還是個鄉巴佬。話雖如此，她卻長了張可愛的臉，而且成績很好，甚至還有靈異體質。原因或許就是如此吧。

只不過，對於他們或者她們來說，那些理由到底是真是假根本無所謂。只不過是Y這個被欺凌的人剛好是他們的同班同學，所以Riyoko等人才這麼做罷了。如果沒有這種對象的話，就硬是去找一個出來；如果找不到的話，就會到別的班級或其他場所去找吧。

「我會搬的。」

Miyo像是在責難自己似地低聲嘟囔著，然後開始把行李揹到肩膀上。

「那傢伙在自言自語耶。」

Naomi一副如獲至寶的樣子，得意洋洋地對Riyoko說道。

「Miyo，你知道如果自言自語或是頂嘴的話，會受到什麼懲罰吧？」

Riyoko拋出一句冷漠的話語後，接著悶哼了一聲就轉頭背向Miyo，然後就和Akemi愉快地邊聊天邊爬坡道。

「果然來到奧白庄這裡就安靜下來了，真不錯。」

Riyoko開心地說著，同時也左右擺盪著空無一物的雙手。
位於朱雀連山霰岳山麓的白莊一帶，從明治時代中期就被開闢成華族②的別墅用地。進入昭和時代後，民間財閥的別墅也接連在此興建，不過為了和原本的華族別墅有所區隔，也因為這塊別墅地的地形關係，於是就分別被稱為上白庄和下白庄。
Riyoko的家族代代都擔任朱雀神社的神官，在這片土地上擁有龐大的勢力。現在是伯父——也就是她父親的兄長——繼承了神社，而Riyoko則是和父母一同居住在東京。即便如此，據說Riyoko從小就會在暑假或正月的時候返鄉回到朱雀。
雖說正月期間會住在父親的老家，但聽說暑假的時候多半是待在奧白庄這裡。這是因為Riyoko的曾祖父在比上白庄更遠的地方、幾乎是和霰岳的山地銜接的這塊土地上蓋了一座寬廣的山莊「岩壁莊」。因此從孩提時代開始，Riyoko每逢夏天都一定會在山莊度過。而她們這次要前往的地方，正是那座岩壁莊。
通往上白庄的路程到中段部分都還有鋪設馬路，夏季期間也會有巴士行駛。只不過到了奧白庄後，周遭環境就被蒼鬱的原生林給包圍了，有種踏入深山之中的意趣。
但是從白庄到神神櫛，直到今天也都還留有過往用來運輸木材的通路。近年則是作為運送

②明治二年（１８６９）應版籍奉還政策，廢止了過去的公家、諸侯階級，轉為華族。明治十七年（１８８４）頒布華族令，將華族當家之主定為「公」、「侯」、「伯」、「子」、「男」等五種爵位階級，是握有諸多特權的世襲制度。其中也包含雖然在維新前並非出身公卿大名，但因為對國家建有功勳而獲封爵位的「新華族」（勳功華族）。

山菜等物產的路徑被人們利用。因為從這條路稍微往偏移一點的方向前進就會通到奧白庄，所以絕對不是什麼陸上孤島般的存在。撇開交通不方便這一點來說，也可說是別有洞天。

「真是的，這條坡道有夠討厭！」

明明還沒有爬得多高，Riyoko又跟平常一樣開始任性地碎念。

另一方面，被雜草和石頭搞得舉步維艱的Miyo，就跟在Riyoko等六人的身後努力地爬著半顏坂。明明是身處在這種作為避暑地的深山裡，但是斗大的汗珠卻從她的額頭到臉頰、再從臉頰到下顎不停地一路滑下。對於在都市裡長大的她來說，這是條就算正常攀爬也很費勁的坡道。更別說現在她身上還多了行李，爬起來就更加費勁了。

「不能慢下來。」

這次為了不讓耳朵敏銳的Naomi聽見，Miyo用更微弱的聲音在嘴裡低語，然後開始加快攀爬的速度。

Miyo從以前就是個會被人欺侮的孩子。會被全班欺負的孩子，無論年級怎麼改變、學校怎麼改變，最後幾乎都還是會落得被霸凌的下場。雖然被欺負的程度還是會有輕重的變化，然而就是無法從那種處境中逃脫。

但Miyo的情況還能說是幸運的了，一直以來都算是較輕的那一邊。即使被人欺負，也不至於發展到什麼極端的地步。箇中原因，就在於總是會存在被霸凌的程度更甚於她的犧牲者。

然而，Y就不一樣了。在進入中野原高中之前，她從就讀當地中學的時候就已經開始承受了嚴酷的欺凌。

Miyo知道這件事。對她來說最為恐懼的，就是自己變成了Y的替身。即使已經到了極限，但Miyo卻依然能承受住Riyoko她們的霸凌，正是因為有Y這個人存在。對Miyo而言，Y就是個位處種性制度最下層的人物。

自己並不是最底層。還有比自己更淒慘的人。

Miyo的心中應該一直都存在著這樣的意識。恐怕她現在就在無意識之間感受到自己的立場很危險了，也對此感到畏懼。即使一直被人欺負，但再怎麼說也長到了十七歲這個年紀，這也是因為還有處境比自己更艱辛的人存在。或許就是拜這種選擇意識所賜吧。

然而到了最近，Miyo身上也出現了變化。當事人好像還沒有意識到這點的樣子，不過目光如鷹的Riyoko似乎已經察覺了。

那種變化，就是對於Riyoko一夥人以及全班同學的強烈憤怒。在此之前當然也有生過氣吧，不過真要說的話，害怕的比重還是更多一點。特別是在被人欺負的時候，內心總想著希望快點結束、然後趕快回家，就只是這麼祈求而已，根本沒有感到憤怒的餘裕。唯有一個人待在家中的房間或浴室時，那樣的情感才會顯露出來。

大概是即將邁入暑假的時候，Miyo開始不可思議地表現出自暴自棄的態度。經年累月所累積的東西，看來現在就要爆發了。雖然明白有某些地方正在發生變化，只不過在 Riyoko 的面前，她依然還是過去的那個她……

Miyo 的臉頰滑落了不知是汗水還是淚水的水滴。呼吸急促的她咬緊了牙根，抬頭望向坡道。

從下方往上望著崎嶇不平的半顏坂，就覺得坡道看上去宛如扭曲蠕動的生物一般。

在這條詭異的坡道上，Yasuhiro 領頭，接著是 Riyoko 和 Akemi，稍微後面一點是 Naomi，身後跟著 Koutaro 和 Shegeki，殿後的是感覺快被壓垮的 Miyo，眾人依序前進。

所有的人都邊喘著大氣邊往上爬，這時 Yasuhiro 突然停下腳步。

「呼啊~累死人了。為什麼你老爸要在這麼不方便的地方蓋別墅啊?」

「不是父親大人，是祖父大人蓋的喔。」

「啊?還說什麼父親大人、祖父大人的。我從以前就是喊老爸和爺爺呢。」

Riyoko 立刻進行訂正。

「那是因為出生跟成長的環境不一樣的關係。」

「知道啦、知道啦。可是既然那麼有錢，即使不挑這種地方，再怎麼樣都能在上白庄買棟別墅吧。」

「你真笨。就是因為是真正的有錢人，所以才會和一般的小財主或暴發戶不同，當然要特別在真正的大自然裡建造別墅啊。這可是特地在這種沒有完善道路的地方蓋一座別墅喔。和上白庄的別墅什麼的相比，開銷還更驚人呢。」

「啊，原來是這樣啊。」

Yasuhiro 好像理解了，於是 Riyoko 又開始爬坡。

「順便問問，這裡為什麼叫半顏坂啊？」

這個瞬間，Riyoko 也突然停下腳步。當下她的雙眼，想必是亮起了惡意滿盈的光輝。接著她就用帶有那種感覺的口吻問道。

「你想知道？」

Riyoko 轉過頭去問 Yasuhiro。

「啊，哦。」

「我剛才也提過，爬這條坡道的時候，有時候會從下方傳來『喂～』的搭話聲。接著人就會反射性地回頭、心想在這種深山裡到底是誰在喊自己，這時身體就變得動彈不得了。也就是說，整個人會呈現半轉過身的模樣，所以才叫半顏坂。」

「所以說，如果完全轉過身去了，就會看到怪物出現在眼前嗎？」

「沒錯，就是朱雀怪物吧……」

「那個到底是什麼樣的怪物啊？」

Koutaro 很罕見地從旁插話。

「不清楚……有說法是很像野篦坊[3]，但是長了一張大嘴，然後一隻腳什麼的。還有長著蓬亂的頭髮，身子圓滾滾的，但整體好像就只是一顆頭，另外同樣也是張著大嘴。傳聞似乎千奇百怪呢。」

與其說 Riyoko 是在仔細地進行說明，不如說她是期待 Koutaro 到底會不會出現感到害怕的反應。證據就在於她還用似乎很開心的聲音問道：「Koutaro，其實你很害怕吧？」

「可是，為什麼你會知道這種傳聞？」

對於 Yasuhiro 的疑問，她這麼回答。

「我小學時代到這裡來避暑的時候，有個從神神櫛村來別墅幫忙的婆婆，會在我睡覺前說一些流傳在這一帶的民間軼聞。」

「喔喔，來避暑的時候還會有幫傭的婆婆啊。資產階級果然就是與眾不同呢。」

「那是個讓人感覺不太舒服的老婆婆。真不愧是Y的同鄉呢。」

「Y的老家是在那附近嗎？」

不知在什麼時候摘掉隨身聽耳機的 Shegeki，這時意外地對著訝異不已的 Yasuhiro 說道。

「也有化成人類的情況。」

「啊？你在說什麼？」

「朱雀怪物啊。」

「這樣就不算是怪物了吧。朱雀人類……什麼跟什麼，根本一點都不恐怖了。」

Yasuhiro 隨即就打斷他。

「這個故事有好幾種版本。」

Shegeki 並沒有理睬 Yasuhiro 的反應，輕描淡寫地說了下去。

「從前有個旅人想穿越霞岳，所以爬上了這條坡道。他頓時感受到一股寒氣，於是就把頭轉向後方，就看到有個男人也在爬坡。『這坡道還真難走啊。』於是旅人就向那個男人攀談，但是男人頭也沒有抬、就這麼默默地往上爬。他心想這傢伙還真是不親切，但俗話都說『出外靠朋友』，所以旅人想稍微等對方一下、打算和男人一起同行。可是男人的步伐相當緩慢，完全沒有跟上來的樣子。最後旅人放棄了，便加快了腳步。但是——」

說到這裡，Shegeki 停頓了一下。

「他立刻感受到身後有某種氣息，訝異地轉頭之後，就看到原本應該還走在很下面的男人，竟然已經離自己這麼近了。內心萌生恐懼的旅人又加快腳步，接著就聽到身後傳來『喂～』的呼喊。他心想會不會是那個男人在叫自己，就半轉過身去，但又覺得那個聲音是從更後面的

③一種外觀是人，但臉上沒有五官的日本妖怪。許多傳承都認為它是由狐狸、狸貓、貉等動物幻化而成。最多只是嚇唬人，幾乎不會做出什麼過度的危害。

地方傳出的。可是這裡除了自己和男人以外，應該就沒有其他人了。旅人就這麼維持著半轉過身的姿態，僵在原地一動也不能動。」

Shegeki 再次中斷話題，然後看看大家的樣子。

Naomi 已經害怕到幾乎要抱緊 Riyoko 了。Yasuhiro 和 Koutaro 則是一臉被故事給吸引的神情。只有 Riyoko 和 Akemi 裝成一副毫不在意的樣子，但應該還是有仔細在聽 Shegeki 說的故事。

在眾人停下腳步的期間追上來的 Miyo 沒有拭去流下的汗水，在稍微下面一點的地方望著 Riyoko 等人。

「接著，『喂～』的喊聲再次響起。旅人下定決心把頭給完全轉過去，就看到那個男人也停在坡道的途中。男人的後面沒有任何人，看起來也不是他開口的。然而他依然維持看著下方的姿態，散發出詭譎的氛圍。再次感受到恐懼的旅人正打算奔上坡道——『喂～』，傳來了第三聲呼喊。那個聲音很明顯是從男人的後方響起的，可是他的後面一個人都沒有。已經害怕到不可名狀的旅人對男人問道：『你剛剛有說話嗎？』但是男人依舊低垂著頭，並沒有把臉抬起來。雖然雙腿好像快發軟了，但旅人還是繼續沿著坡道往上爬，就在這個時候，『喂～』的呼喊再次傳來。果然是從那個男人的後面傳出來的沒錯。旅人下意識地喊出『是、是誰？』之後，就響起了『是我』的回應，只見下方的男人倏地轉身、把背部轉向這邊。男人的後腦杓上有一個巨大的眼睛，頭部下方咧著大嘴。他就這麼維持背部朝前的姿態，以驚人的速度飛快地爬坡、朝著這邊跑上來。轉眼間，旅人就被吞進肚子裡了。這就是朱雀的怪物。」

Shegeki 一口氣說完之後就好像失去了興致，又戴上了隨身聽的耳機。

「你是從哪裡聽來這個故事的啊？」

Yasuhiro 一臉不可思議地問道，而 Shegeki 則是罕見地遲疑了一會兒才回答。

「因為我對民俗學有興趣。這一帶剛好是堪稱民間傳承寶庫的絕佳場域，所以也成了部分民俗學者的研究對象。」

「你也太妙了吧。」

Yasuhiro 臉上也浮現出甚感佩服的訝異表情。

「這麼一說……我也從另一個老婆婆那裡聽過很相似的故事喔。」

Riyoko 意味深長地把臉轉向了 Shegeki。不過 Shegeki 就像是結束了自己的任務那樣，專心地聽著隨身聽。看到他這種反應，Riyoko 便說了聲「走吧」，催著 Akemi 繼續前進。

Riyoko 和 Akemi 走在最前面，後面是努力追上她們的 Naomi。Yasuhiro 和 Koutaro 跟在三人的後頭，Shegeki 則是悠悠哉哉地按照自己的步調往上爬。而 Miyo 仍是一臉懵懂，愣愣地看著坡道的上方。

六個人就這麼不發一語地繼續爬坡，就在 Shegeki 走到坡道正中間的地段時……

「喂……」

半顏坂響起了呼喊聲。

那個瞬間，每個人的動作像是被凍結般停止了。

周遭的空氣立刻充斥著毛骨悚然的氣息。所有的聲音都消失了，完全的靜謐籠罩了半顏坂。極短的時間內，坡道就幻化成了異空間。

過了一陣子，六個人才同時緩緩地回頭。

無論誰的臉上都是一副難以言喻的表情。

膠著的狀態持續了數秒鐘——

下個瞬間，好幾個礫石就這麼飛了起來。

馬上拋開行李的 Miyo 在坡道上蹲了下來，之後就維持護著頭的姿勢，開始放聲大哭。

即使是這樣，毫不留情的礫石還是接二連三地飛過去。

「嗚。」

呻吟聲響起，鼻血滴落在坡道上。

「你、你不要瞧不起人了！你啊，知道自己都做了些什麼吧？我會讓你吃不完兜著走！」

Riyoko 激動無比的怒罵聲，響徹在奧白庄一帶。

岩壁莊位處霰岳的山麓，是挖掘該處的山體後建成的。如同字面上的意涵，它的背面和右側都面向岩壁。與其說是私人別墅，它的大小和氛圍還更接近小型的旅館。相較於白庄其他有歷史的別墅，這裡的某些結構也顯現出桀驁不遜的感覺，這或許是屋主的性格從中流露的關係吧。

一來到這裡，六個人就在客廳的沙發上坐下，然後隨意地讓身子攤在上面。

和 Riyoko 她們家不同，這間山莊顯得很樸實無華。不過，無論是橫梁、柱子、地板都能看到沉穩內斂的光澤，光憑這樣就能知道這裡其實已經相當奢華了。配置在這裡的四張單人用沙發和兩張長沙發，無論你是什麼身材體型，它們都能溫柔地承接下來，散發出無法用言語形容的高級感。

然而此時此刻，占據這個洋溢某種穩重氛圍的空間的，是一群完全不合時宜、也不相襯，而且品行極差的高中生們。

Miyo 開始一個一個分發行李。當然，沒有任何一個人對她一路把行李搬到這裡表達任何謝意。

「啊啊，真是的，頭髮都亂了。應該先去沖個澡吧。」

Riyoko 從包包裡拿出了梳子，立刻梳起她自豪的長髮。Naomi 應該是想跟著她做吧，也在包包中翻找梳子。至於 Akemi 則是拿出鏡盒開始補妝。

「現在的女高中生妝容有夠花俏的。」

Yasuhiro照常開口揶揄，但是幾個女生誰也沒理睬他。Yasuhiro身旁的Shegeki還是一樣面無表情地從包包裡挑出別的錄音帶。

Koutaro坐在離兩人有段距離的長沙發一角，輕聲說了句「謝謝」後接下了自己的行李。

「你還在發什麼呆！大家走路走到口都渴了，快點去把飲料拿出來啊。」

行李才剛剛分完，Riyoko便用嚴厲的語氣對Miyo說道。

「飲料……放在哪裡呢？」

應該是被Miyo戰戰兢兢的語調給惹火了，Riyoko扔出了梳子。

「當然是在廚房啊！真是沒用的垃圾！」

就在Miyo用小跑步朝著廚房奔去時，背後傳來了Yasuhiro的聲音。

「我要可樂喔。」

「我要薑汁汽水。」

Akemi接著說。

「啊，那個……我喝……」

Naomi的語氣聽來有些遲疑。大概是因為想要和Riyoko喝一樣的東西，但對方卻一句話也沒說的緣故吧。而且感覺她現在心情很差，所以Naomi好像也不敢去問。

「除了咖啡以外，其他都可以。」

Shegeki 也很罕見地說出了自己的喜好。

「咦，Shegeki 你不喜歡咖啡啊？」

Riyoko 看起來很意外——即便如此，也能從聲音聽出她因為得知了在意的男生有什麼樣的喜好而感到開心。

不久後，Miyo 像是抱著托盤似地回來了。托盤上擺著三杯可樂、兩杯柳橙汁、兩杯冰咖啡，還有一杯薑汁汽水。

在場的人一聲也沒吭。

而 Miyo 也沒有分發托盤上的飲料，就這麼默默地站在那裡，兩隻眼睛望著 Riyoko。

沉默的時刻持續了一段時間——

「這是怎樣？」

Riyoko 開口了。

「這太多了吧！」

並且將銳利的目光投向 Miyo。

「啊，因為……」

Miyo 那副驚慌失措的樣子惹火了 Riyoko。

「要說就把話說清楚！」

「我想讓大家自己選……」
「什麼？」
「可以自己選……」
Riyoko 臉上浮現了討人厭的笑容。
「嘿嘿，Miyo 你也有所成長了嘛。」
接著她毫無掩飾地用嘲諷的語氣說道。
「沒錯沒錯，為他人著想是很重要的喔。對你這種人來說更是如此。」
然後她的笑意更深了。
「不過真是遺憾呢。我想喝的是冰紅茶。」
強忍住當下的情緒，Miyo 再次朝著位於屋內深處的廚房走去。她在即便是山莊這種地方但深度也超乎想像的走廊上前進，嘴裡一次又一次地嘟囔著。
「給我等著、給我等著、給我等著、給我等著……」
廚房整理得很乾淨，散發出宛如樣品屋的光輝。Miyo 將水燒開，然後開始沖泡紅茶的身影在這裡顯得格外清晰。
麻煩的是冰箱裡找不到冰紅茶，所以只好從頭開始泡了。剛剛泡好還有些濃郁的熱茶，她就馬上加入冰塊冷卻。這是為了不要被埋怨「這麼淡要我怎麼喝」。

接著她往身後——客廳的方向——轉去，臉上浮現了陰鬱的笑意，然後把口水吐進冰紅茶裡，再稍微攪拌一下。

「不會被發現的。」

她端著只擺著一個玻璃杯的托盤回到了客廳。

然而，Riyoko 更是魔高一丈。

「哎呀，冰紅茶嗎？我已經喝冰咖啡了，所以就不用了，你自己喝吧。話說 Miyo 啊，你先把大家的行李都搬到房間去。然後呢，你今天晚上就睡在這裡好了。」

把先前扔向 Miyo 的梳子——應該是 Naomi 撿回來的吧——粗魯地丟進包包裡以後，Riyoko 用雙手撥弄著頭髮，對 Miyo 下令。

「就只有我……」

Miyo 的聲音就快要聽不見了。

「你覺得不滿嗎？只有你一個人可以獨享這麼寬敞的客廳耶，不是很好嗎？」

Riyoko 嚴厲的聲音蓋過了她的回應。

「可是我想了一下還是覺得太浪費了呢。你也用不到這麼多的沙發……那好吧，等一下你就把一組長沙發搬到我的房間去。」

要是沒說什麼多餘的話就好了……Miyo 的臉上出現了這樣的神情，然而現在已經於事無補。

她把托盤擱在客廳的桌子上，然後把 Riyoko 等女生成員的包包掛到肩上和手臂上，又開口問道。

「大家的房間都在哪裡？」

「你自己去找啊。如果弄錯的話，就重新再送一次吧。」

Riyoko 壞心眼地凝視著被行李重量給壓得身子搖搖晃晃的 Miyo。

「那個，我的就不用了。」

Koutaro 沒有把自己的包包遞出去。

「快點給她搬！」

有個靠枕突然伴隨著歇斯底里的喊叫、朝著 Koutaro 飛了過來。

「Koutaro 也是很挑長相的呢。」

Yasuhiro 才剛笑了出來，Riyoko 就立刻瞪了過去。她的眼神相當駭人，足以讓 Yasuhiro 立刻把笑聲給嚥回去。

「要是你這麼做的話，就換你當蓑衣蟲了喔。」

Riyoko 依然用眼神威嚇著 Yasuhiro，然後說出了這句話。Koutaro 的身體瞬間抖了一下，立刻就放下了包包。

抱起Koutaro的行李後，Miyo便步履蹣跚地走出了客廳。她的臉色慘白，不光是因為在烈日下把行李給一路搬到這裡的關係。這點不管是誰應該都能輕易地看出來才對，然而卻沒有一個人察覺到。

Miyo在爬上二樓的途中嘆了一口氣，感覺像是放棄了，並且也做出了某種決斷。這時從客廳那裡傳來了Akemi的聲音。

「我轉學過來之後就一直覺得很在意。那個蓑衣蟲到底是什麼東西啊？」

「關於這個，還是要去問對於蓑衣蟲和狐狗狸大人、火舞、復甦以及奠儀回禮等咒術有全方位了解的權威——巫女Riyoko大人呀。」

Yasuhiro這麼回答，但是被點名的Riyoko卻佯裝出一副毫不知情的樣子，所以客廳裡持續了一陣子的寂靜。

最後，Yasuhiro也不得不自己跳出來說明了。

「中野原高中有種叫做蓑衣蟲的遊戲——不對，該說是儀式吧——之類的東西在流傳著。這個蓑衣蟲是——你知道隱身蓑衣④嗎？就是披上去之後就會變成透明人什麼的、無論是誰都看不見你的那個東西。」

④在日本的傳說中，鬼和天狗持有穿上去後就能隱身的蓑衣。

「嗯嗯，就是古文課裡面有出現的那個對吧。」
「也就是說啊，被當成蓑衣蟲的傢伙，就會被大家完全『鹿十[5]』。」
「鹿十是什麼意思？」
「就是無視啊、被無視。那個傢伙會被全班同學無視。意思就是完完全全成為一個透明人。」
「就是大家看不到的人啊。」
Shegeki 在嘴裡嘟囔著。
「嗯啊，就像哪個以前曾提過的推理小說中的情節。」
Yasuhiro 附和後又繼續說下去。
「不過啊，這裡頭還是有某種不成文的規矩。像是上課時或戶外活動，還有分組研究之類的，也就是無論如何都無法無視當事人的場合。在那種時候就可以視為例外，即使和那個人進行互動也無妨。」
「只不過，接觸也全都只能由蓑衣蟲那一方來進行，不可以反過來。」
Shegeki 也罕見地幫 Yasuhiro 的說明做了補充。
「欸～這個構想也太驚人了。」
Akemi 似乎是單純地感到佩服。

「所以目前有什麼人變成蓑衣蟲了嗎？」

「不，現在倒是沒有。不過先前是Y在當蓑衣蟲。」

這時 Yasuhiro 轉向 Koutaro。

「稍微不留神的話，搞不好你會比 Miyo 還早變成蓑衣蟲喔。」

「話說，Y後來自殺了？」

Akemi 若無其事的說話方式，讓 Yasuhiro 也一時語塞。

「女高中生，因為遭受霸凌之苦所以跳樓自殺了。」

Shegeki 絲毫不帶情感地說道。

「這也不是什麼稀奇的事吧。對她本人而言，就像是被別人殺害一樣，可是那也不是真的事。」

「你說不是真的，意思是她不是被殺害的嗎？」

「又沒有人真的把她給推下樓。所以才會討論到底是意外還是自殺，最後就判定是自殺了。」

「沒有留下遺書嗎？」

⑤意指無視特定的對象。源自於日本傳統紙牌遊戲「花牌」中代表十月與十分的牌「紅葉」。上面的圖案是紅葉以及一隻把頭轉向後方的鹿，因此被人們用來當成「無視」的黑話。原文的「シカト」就是從鹿以及十的讀音組合而來。

看來 Akemi 似乎對於這個話題很樂在其中的樣子。

「這就不清楚了……不知道有還是沒有啊。」

可是 Shegeki 似乎已經對應對 Akemi 感到厭煩了，所以隨口給了個敷衍的回應。

「哎呀，不是有遺書嗎，說什麼因為自己個人的因素——之類的。」

Riyoko 放聲大笑。

「喂喂，又不是要遞給公司的辭呈，不會這麼寫吧。其實上面寫的是對 Riyoko 她們的怨恨什麼的。」

Yasuhiro 口出這句話的時候像是刻意用了陰沉的語調。

「如果Y有那種膽量的話，怎麼不在走到要舉辦自己的葬禮這一步之前想辦法做點什麼。」

Riyoko 的語氣彷彿是在談論別人的事情一樣，這時 Yasuhiro 好像想起了什麼。

「比起葬禮，我覺得火舞更讓人不舒服呢。」

「火舞？」

Akemi 一臉訝異地詢問。

「隱蔽切支丹[6]是會被鎮壓的吧。」

Shegeki 又在這裡再次擔任解說員的角色。

「是啊，可是跟那個有什麼關係？」

「說是鎮壓，不過事實上就是拷問。其中的形式就有灌水或火燒等等。」

「把人綁在十字架上再立在薪柴堆中，然後從底下點火，你是在說這個嗎？」

「不，不是那種。是用蓑衣裹住身體，然後直接點火。這麼一來，那個人就會因為高溫的關係狂奔亂舞吧。因為看起來很有趣，所以就用火舞來稱呼了。」

「真是惡質的興趣啊。」

Akemi 的聲音裡帶有厭惡。

「然後中野原高中的火舞，就是大家在經過變成蓑衣蟲的傢伙身邊時，故意去撞那個人的肩膀。只要有一個人開始進行火舞了，周遭的每個人就會接二連三地去撞蓑衣蟲的肩膀。這時蓑衣蟲就會東搖西晃、倒來倒去，就像是在跳舞一樣。這就是專門為蓑衣蟲準備的火舞。」

「欸～虧大家想得出來。」

Akemi 好像是真的發自內心地感到佩服。

「霸凌也是有階段性的。並不是當場想到就馬上進行的喔。」

不知為何，Yasuhiro 竟然得意洋洋地回答。

⑥即為隱匿的基督徒。江戶時代，德川幕府頒布禁教令之後，在背地裡仍堅守基督信仰的信徒。切支丹為「Christian」讀音的漢字化。

「那奠儀回禮又是怎麼回事？」
「喔喔，就是跑去家裡有爺爺或奶奶死掉的學生家裡，然後上柱香就走。到了隔天，就以索取奠儀回禮的名義恐嚇對方。」
「這是怎樣？」
從口吻聽得出 Akemi 似乎是無法理解。
「開玩笑的啦。」
相對於笑嘻嘻的 Yasuhiro，意識到自己被捉弄的 Akemi 則是喃喃自語似地說道。
「可是，如果死掉的話……」
「那不是很好嗎。」
Riyoko 一副毫不在意的態度。
「如果死掉的話就不會再被人欺負了。還能像現在這樣讓大家可以聊聊對故人的回憶呢。」
「說得沒錯。而且要是巫女大人大發慈悲、把狐狗狸大人⑦給請出來的話——」
然而 Yasuhiro 的話都還沒有說完，Riyoko 的怒罵聲立即響起。
「你在幹嘛？在偷聽嗎？你這沒用的東西！」
下個瞬間，一個裡面裝著冰紅茶的玻璃杯，就這樣朝著人還站在門口那邊、手上抱著行李的Miyo飛了過去。

「混帳、混帳、混帳、混帳……」

爬上通往二樓的樓梯，Miyo的嘴裡也持續在嘟囔著同樣的話語。

因為不管是肩膀還是手上都掛了行李，所以動不動就左搖右晃的。每踏出一步，她就會滿臉不悅地皺起眉頭，或許是因為潑到冰紅茶的衣服讓肌膚感受到黏膩的觸感吧。

「我不會變成Y那樣的。我絕對不會變成像你那樣……」

眼下Miyo的雙肩正在顫抖著。如果再繼續像這樣遭受衝擊的話，總有一天，肯定會有某種強烈的東西從她體內一發不可收拾地爆發出來。這樣的氣息開始在她的周遭瀰漫著。

好不容易費盡千辛萬苦把行李搬到二樓了，但還是不知道哪個人是住在哪個房間裡。無可奈何之下，也只能先回到客廳、低頭跟Riyoko確認了。沒想到，她竟然說如果沒有看到本人的行李就想不起來。怎麼可能有這種事。

不過，即使忤逆Riyoko也只會讓情況變得更糟糕。所以她只好在客廳和二樓之間來來去

⑦源自西洋降靈術「Table-turning」的一種日式占卜。根據哲學家兼妖怪研究者井上圓了的說法，推測是1884年漂流到伊豆半島的美國船員將Table-turning傳入日本後引發流行。但是西式桌子在當時的日本並不普遍，於是人們就用三根竹子撐著飯桶來替代。因為這種桌子搖搖晃晃（こっくり）的，於是後來就為這個詞冠上「狐」、「狗」、「狸」三個同音漢字。進行方式各地略有不同，普遍來說是準備上面畫有鳥居、寫有「是」、「否」以及五十音等文字的紙張，參與者全員以手指壓著擺在紙上的硬幣，讓召喚的靈（一般認為是狐靈）藉由移動硬幣指出文字來回答問題。類似華人世界流傳的碟仙或錢仙。

去、一個一個把包包拿回來確認，好不容易才搬完六人份的行李。

還沒能好好喘口氣，Riyoko 又交辦她下一個工作了。

「今天晚上要在二樓的露臺那裡烤肉，所以你去燒炭升火吧。」

這處像是為了觀賞岩壁而設置的露臺，擁有足以蓋起一棟獨棟屋宅的空間。如果要在這裡烤肉的話，整套的烤肉用具自不用說，從每個人坐的椅子到桌子、食材、木炭等，全部都必須搬過來。而且還得把炭火給升好。

有段時間，Miyo 就這麼茫然地佇立在那裡，但是她在 Riyoko 的怒罵飆過來之前就回神了，並且罕見地手腳俐落地動了起來。

可是 Riyoko 這時還對她不依不饒。

「慢著，你還沒有把沙發搬到我的房間吧。我想在房間裡稍微放鬆一下，趕快給我搬上來。」

就算真的把沙發搬到 Riyoko 的房間裡，她也不一定真的會用。而且到了明天應該又會嫌那張沙發很佔空間，然後再叫 Miyo 把沙發搬回客廳吧。

但即便如此，Miyo 還是把沙發搬上二樓，再搬進了 Riyoko 住的房間。

「給我記住、給我記住、給我記住、給我記住……」

她的嘴裡一次又一次地呢喃著怨恨的話語……

露臺的用餐和烹調準備都很快就準備完畢了，可是炭火不管怎麼升都升不起來。雖然拿了報紙來引火，但是都在移到木炭那邊之前就熄滅了。因為 Miyo 根本沒有升火的經驗，所以始終不得要領。再這樣下去，不管花多少時間都升不起來的。話是這麼說，萬一沒辦法把炭火升好，就會再次落入招來 Riyoko 一頓臭罵的田地了。

用報紙點了好幾次的火，也用扇子搧了不知多少次的風。即使身在涼風吹拂的露臺，卻只有 Miyo 的周遭捲起了熱氣的漩渦。

Riyoko 有過來看了好幾次情況，但每次過來都是一陣宛如風暴般的破口大罵。

「火還沒升起來啊。你真的爛到極點了。」

「動作再不快一點，太陽都要下山囉。」

「就算是Y也早就升好火了吧。因為那傢伙是鄉下來的嘛。」

「啊——還沒好嗎？我肚子餓了呢。」

「你真的一點都派不上用場呢。該不會比Y還更廢吧。」

「你要不要去死一死啊？」

每一次都讓 Miyo 身子發抖，顯露出惴惴不安的反應。

雖然嘴上叨念著「給我等著」、「混帳」、「給我記住」什麼的，但只要 Riyoko 人在面前，她就不由得縮了回去。

過程中 Yasuhiro 也露了兩次臉。

「還沒好喔……我都快要餓死了耶。」

如果炭火還是升不起來的話，那可就糟糕了。

Kouтaro 只出現過一次。他從走廊那邊的窗戶探出頭來看了一會兒，然後臉上掛著像是下定決心的表情來到露臺。

「我、我也……來幫忙升……升火吧……」

Miyo 無視 Kouтaro，一隻手拿著小斧頭默默地把大塊的木炭敲得稍微小片一點。

名為沉默的靜謐在露臺蔓延開來。

起初還抬著頭的 Kouтaro 漸漸把頭給垂下去。在這個沒有任何人開口的露臺，就只能聽見細微的聲響伴隨著風吹拂過的聲音。

到最後，Kouтaro 就這麼低著頭轉向右邊，離開了露臺。

「愚蠢的傢伙……」

Miyo 低聲嘟囔。

「事到如今，說什麼都太晚了吧。」

她稍微提高了音量。

「你跟他們不也是一夥的嗎！」

當她發出比平時都還要大的聲音時，已經是 Koutaro 回到走廊、把窗子給關起來之後的事了。

火終於順利地移到了木炭上。Miyo 把細碎的炭和大塊的炭均衡地放進去，為了讓火能夠擴及到新添的木炭上，她立刻用扇子猛烈地搧起風來。

回過神來，Shegeki 就站在旁邊。

Shegeki 是個不可思議的男生。雖然不會積極地避免跟欺凌牽扯上關係，但也不會刻意去阻止。感覺他倒也不是擔心一旦出手阻止，就會換成自己被欺負，而是真心認為那些事情和自己一點關係也沒有。

他凝視著炭火，然後開口。

「這一帶除了蓋了這種品味低俗的別墅之外，跟以前相比一點變化也沒有呢。」

說完這句像是自言自語的話之後，他就立刻回到屋子裡。

把在廚房切好的蔬菜和肉搬過來，Miyo 就開始烤肉了。要燒炭升火可真不是件容易的事，但火被點起來以後火力就很驚人。烤了一段時間，刺激食慾的肉類燒烤香氣就遍布了整個露臺。

她在往返廚房和露臺之間的時候就告訴大家已經準備得差不多了，所以這時 Yasuhiro 和 Koutaro 率先現身。

「喔喔，感覺很好吃的樣子。」

Yasuhiro 用誇張的動作聞著香氣，雙手已經拿起盤子和筷子了。

「什麼啊，你們自己先吃起來啦？」

Riyoko 的責備聲傳了過來。在她身旁的是 Akemi，後面就看到了緊跟在後的 Naomi。

「Shegeki 呢？」

她向 Yasuhiro 問道，但後者似乎只在意眼前的肉。

「等一下就來了啦。趕快先開動吧。」

「不行喔。Koutaro 呀，去幫我叫他一下。」

雖然語氣溫柔又甜美，但卻是不由分說的命令。

「喂喂，不要讓肉都烤焦啦。」

Yasuhiro 從一旁伸出筷子，開始把烤好的肉都夾進自己的盤子裡。

「真的是狼吞虎嚥呢。」

雖然 Akemi 投來像是在看家畜那樣的眼神，但是除了有沒有把肉烤好以外，Yasuhiro 一點都不關心其他的事情。

「我說啊，烤好的肉會變硬喔。趕快吃啦。」

Naomi 被他那有些丟人的聲音給逗樂了。

「冷掉的肉，Miyo 會吃掉吧。」

「對耶！」

Yasuhiro 對 Riyoko 的這句話表示認同。

「可是，我肚子好餓喔。」

就在他仍然依依不捨地看著那些肉的時候，Koutaro 終於把 Shegeki 給帶來了。

「好慢喔！」

對於 Yasuhiro 的抗議，Shegeki 一點反應都沒有。

「那麼就先來乾杯吧。」

Riyoko 語氣興奮地說道，接著把杯子遞給 Shegeki，在裡面倒入啤酒。Yasuhiro 自己也倒了一杯，Koutaro 和 Akemi 則是把手伸向了可樂。Naomi 遲疑了一會兒，最後好像還是想跟著 Riyoko 一起喝啤酒。

面對遞出自己手上玻璃杯的 Riyoko，Shegeki 一臉嫌麻煩似地幫她倒了啤酒。

「乾～杯！」

Riyoko 開朗到不自然的高呼，宣告晚餐時間就此開始了。

「快點把烤好的肉拿過來啊。」

Yasuhiro 一邊說也一邊動作。

「啊，這個是你的份。」

他把先前夾到自己盤子、但現在已經冷掉變硬的肉像是在丟廚餘那樣放到 Miyo 的盤子裡。

「哎呀，真是太好了，Miyo。這還是第一次有男生對你這麼親切吧。」

Riyoko 馬上開始嘲諷她。

至於 Miyo 還是頭低低的，自顧自地繼續烤著面前的肉和蔬菜。當然，她根本沒有吃東西的空檔。就算是冷掉又變硬的肉，只要能吃到的話或許還算是幸運的呢。

眾人酒足飯飽以後，就開始喧鬧起來——這樣的狀態持續了一段時間，然後就在談話暫時告一段落的時候……

「往二樓左邊那條走廊一路走下去，最裡面的那間房間是誰的啊？」

Shegeki 很難得地向 Riyoko 搭話。

「不要隨便在別人的別墅裡到處亂逛啦。」

即使嘴上在埋怨，但 Shegeki 竟然向自己搭話也讓 Riyoko 喜不自勝。

「那裡是祖父大人的房間喔。因為已經很少到這裡來了，所以就一直鎖著。怎麼了嗎？」

或許多少也因為酒勁的關係，Riyoko 這時展現出讓人無法和高中生聯想在一起的魅惑感，嫵媚地靠向 Shegeki。

「總覺得那邊應該會有很多跟民俗學相關的書籍。」

「祖父大人好像有那方面的興趣。」

「裡面有奇怪的面具對吧。」

「喔喔，那個啊。」

「那個是什麼？」

「想要我告訴你嗎？」

她把身子又更貼近了 Shegeki 一點。

「我們到那個房間去，邊看實物邊告訴你吧。」

Akemi 面露尷尬，Naomi 則是一臉興致盎然地看著兩人的互動。Koutaro 面紅耳赤地垂下頭，彷彿被邀約的是自己，至於 Yasuhiro 還繼續在和那些肉糾纏著。

「不必，在這裡就可以了。」

Shegeki 冷漠地回應。

「哼。」

Riyoko 沒有接話，直接說了起來。

「那是祖父大人從神神櫛村的某戶人家那裡帶回來的朱雀怪物面具喔。」

「欸，是什麼樣的面具啊？」

忙著大吃特吃、感覺根本沒在聽他們說話的 Yasuhiro 突然打岔。

「是一個大型的木雕面具。很像是野篦坊，表面凹凸不平，有種歪七扭八的感覺。只在下巴一帶的位置開了個弦月型的大嘴。感覺有點詭異。」

Shegeki 一邊回想面具的造型一邊回答。

「不管開了多大的嘴，如果跟野篦坊一樣沒眼睛的話根本沒辦法戴在臉上吧。」

「可是翻到背面的話，就會發現相當於雙眼的部分有開了小小的洞。從正面看過去，可能是因為讓人不舒服的木頭紋理再加上表面凹凸不平的關係，所以並不顯眼。或許是過去在神神櫛村的神事等場合使用的東西吧。」

「你爺爺把這麼重要的東西從那個村子手上搶了過來啊？」

應該是喝得太醉了，Yasuhiro 也開始變得死纏爛打起來。然而 Riyoko 打從一開始就沒把 Yasuhiro 放在眼裡。

「如果 Shegeki 想看的話，我可以讓你看看祖父大人蒐集的資料喔。」

雖然她仍不放棄繼續跟 Shegeki 搭話，但是後者並沒有看向她，而是把臉轉向了 Yasuhiro。

「大致上來說，絕大多數情況都會寫成『朱』和『雀』，讀做『すざく』（SUZAKU），但是在這一帶卻是讀成『しゅじゃく』（SHUJAKU）。或許這裡面隱藏著什麼涵義也說不定。」

「那個叫『すざく』的是什麼東西？」

「就是風水學中的四神相應。所謂的四神，指的是位於東南西北的靈獸。東方的青龍、西方的白虎、南方的朱雀、北方的玄武。這些靈獸在地形的象徵中，以青龍代表河川、白虎代表街道、朱雀代表池子或海、玄武代表山。江戶和京都的街道，就是在意識到這種四神相應理論的情況下建設的，這個非常有名——」

「那種事我不懂啦！」

Yasuhiro 邊大笑邊高聲喊叫，不過 Shegeki 並沒有理睬他。

「或許這塊土地的朱雀之名在解讀上有所不同吧。從地理的角度來看，是位處和南方相對的北方，而且也不是象徵池子或海洋等自然景觀。朱雀神社所在的朱雀連山就連看都不必看了，很明顯指的就是山巒。也就是說，這裡原本應該會是北方玄武之地。」

「這樣的話，在那座朱雀神社應該能發現某些緣由吧？」

Akemi 提出的說法讓 Shegeki 的表情倏地一變。

「緣由，是指什麼？」

Yasuhiro 這次開始糾纏 Akemi 了。

「朱雀神社啊，那裡流傳著很有意思的傳說呢。」

Riyoko 再次貼近了陷入長考深思的 Shegeki。大概是因為 Shegeki 對 Akemi 的一句話有所反應，所以讓她不太高興吧。

在那之後，Shegeki 像是從 Akemi 那裡提取了更有趣的發想，然後也巧妙地從 Riyoko 那邊問出自己想知道的情報。

有時 Yasuhiro 會突然插進三個人的對話。Naomi 和 Koutaro 就只是扮演聽眾的腳色。或許是因為不太能喝啤酒的關係，Naomi 現在醉得不輕。就連一向冷靜的 Shegeki 似乎也開始有了醉意。

隨著氣氛奇特地喧騰起來，奧白庄也夜靜更深了。

「我要去洗澡了。」

或許是跟 Shegeki 攀談到疲憊了，Riyoko 起身離席。就在正準備要離開露臺的時候，她突然回過頭來笑了一下。

「我想在午夜零時的時候來召喚狐狗狸大人。」

客廳的中央只擺了一張橫長形的桌子。除此之外的東西全部都先被擱到房間的角落。

桌子上擺了一大張的紙和兩根蠟燭。紙張的正中央畫著一個紅色的鳥居，可以在鳥居的左側看到「是」、右側看到「否」等文字。從紙張左上方的角落一直到右上方的角落寫了「あいうえおかきくけこさしすせそ……」等五十音。平假名一路來到右上角之後，就接著轉往右下方的角落，在剛好繞完紙張四邊一圈的終點，以五十音最後的「ん」做結束。

Riyoko坐在桌子長邊的中央，那張紙就擺在朝向她的位置。她的右側是Naomi、對面是Akemi，三個人都直接坐在地板上。坐在Akemi左邊的Koutaro抱著雙膝、一臉不安的表情，右邊一臉鄙視的Yasuhiro則是盤腿而坐。Shegeki在Koutaro的後方，他一個人坐在被搬到房間一隅的沙發上，由始至終都是一副旁觀者的態度。Miyo待在門口附近，或許是因為準備晚餐的疲憊感，她撲通一聲坐下後就一動也不動了。她虛無的視線恰好隔著桌子投向位於對角線上的Yasuhiro。

在Riyoko的指示下，Miyo身後的門維持半開的狀態。客廳外面走廊上的窗戶也事先只打開一半。根據Riyoko的說明，這是為了當成狐狗狸大人的通道。

因為客廳的燈關掉了，所以擺在桌子兩端的蠟燭那妖異的火光，就是這個房間裡唯一的照明。

Riyoko慢條斯理地把一個小袋子放到桌上。那是個像是用來裝茶道用薄茶收納用具——棗的袋子。她從裡面取出了比圍棋棋子略大一些的扁平石頭，然後安放到畫在紙上的鳥居上頭。

「這是朱雀御神體[8]的一部分喔。」

Shegeki不由自主地探出了身子。雖然沒有喊出口，但感覺一聲「什麼！」的驚呼彷彿已

⑧御神體是神道信仰概念中寄宿著神靈的物體，也是祭祀禮拜的對象。

經響徹了整個客廳。

Riyoko 似乎已經充分預料到他的反應、同時也感受到了，但還是完全無視他。和先前烤肉的時候出現了很明顯的不同，現在的 Riyoko 散發出某種讓人畏懼的氣息。

「那麼，接下來我就要召喚狐狗狸大人。」

話剛說完，Riyoko 就把自己的右手食指放到石頭的上面。接下來 Akemi 也做了同樣的動作。很顯然 Naomi 非常畏懼的樣子，好像能不做就不做。只不過比起這個，她還更害怕 Riyoko 吧，所以相當勉強地把自己的手指也擺了上去。依序將食指放到石頭上面後，狐狗狸大人儀式的準備就完成了。

她們各自伸出右手、把食指放在小石頭上的身影，也因為蠟燭的火光變得更加清晰。真的是一幅很詭異的光景。因為她們一直都沒有動作，所以那種異常感也持續在向上攀升。讓人胃痛的緊張感和背後竄過惡寒般的不安感籠罩了客廳。Koutaro 等人似乎很快就對周圍的陰暗感到恐懼，因而四處張望起來。

過了一陣子，Riyoko 開口了。

「狐狗狸大人、狐狗狸大人，恭請您降駕。」

……無論哪個人都屏氣凝神，凝視著擺在紅色鳥居上的石頭。

「狐狗狸大人、狐狗狸大人，恭請您降駕。」

……一段時間過去，就只有 **Riyoko** 的聲音在安靜的客廳裡響起。

「狐狗狸大人、狐狗狸大人，恭請您降駕。」

……就在蠟燭的火焰瞬間爆了一下的時候……

「狐狗狸大人、狐狗狸大人，恭迎您降駕蒞臨。」

Riyoko 發出了和平時的她截然不同的嚴謹凜然嗓音。接著她停了一拍，才繼續說道。

「狐狗狸大人、狐狗狸大人，您是人類嗎？」

就在萬籟無聲的寂靜持續一段時間後——

嘶、嘶、嘶、嘶嘶嘶——被手指按著的石頭開始微微動了起來。

然後，石頭停在了「是」的文字上面。

Riyoko 依序看了將手指放在石頭上的人，感覺她相當滿意。

石頭再次開始移動，慢慢地回到了原本的鳥居那裡。

「狐狗狸大人、狐狗狸大人，您可以回答我們的問題嗎？」

對於 **Riyoko** 的確認，石頭又再次來到了「是」的位置，從這裡開始，她就要正式進行提問了。

（否）

「狐狗狸大人，今天 Miyo 在我們沒看到的地方，有沒有好好認真做事呢？」

「狐狗狸大人，有人去幫忙 Miyo 嗎？」
（是）
「狐狗狸大人，那個人在這個房間裡嗎？」
（是）
「狐狗狸大人，那個人是誰呢？」
石頭沒有移動。
又等了一陣子，石頭依舊沒有動作。
「狐狗狸大人，Koutaro 喜歡 Miyo 嗎？」
（否）
「狐狗狸大人，有人喜歡 Miyo 嗎？」
（否）
「狐狗狸大人，Miyo 對我們很反感嗎？」
（是）
「狐狗狸大人，Miyo 會想報復我們嗎？」
（是）
「狐狗狸大人，Miyo 最恨的人是誰？」

石頭緩慢地動了起來，朝著紙張的四個邊移動。

（り、よ、こ〈Ri、Yo、Ko〉）

「狐狗狸大人，是不是該懲罰Miyo呢？」

（是）

「狐狗狸大人，該如何懲罰她才好呢？」

（蓑、衣、蟲）

「狐狗狸大人，何時開始進行蓑衣蟲懲罰比較好呢？」

（現、在、開、始）

「狐狗狸大人，可是如果讓Miyo當蓑衣蟲的話，就沒有人可以做雜務了。」

（有）

「狐狗狸大人，您說有，意思是有可以代替Miyo的人選嗎？」

（是）

「狐狗狸大人，那個人是誰？」

（有）

「狐狗狸大人，請告訴我們那個人的名字。」

（有、有、有）

「狐狗狸大人，那個人在這個房間裡面嗎？」

（在）

「狐狗狸大人，那個人是 Koutaro 嗎？」

石頭沒有動。

「狐狗狸大人，那個人是 Naomi 嗎？」

石頭依舊分毫未動。不過 Naomi 的雙肩震了一下。

「狐狗狸大人，Shegeki 有喜歡的人嗎？」

（是）

「狐狗狸大人，那個人是誰？」

石頭沒有動。

「狐狗狸大人，Shegeki 喜歡的人在這個房間裡嗎？」

（是）

「狐狗狸大人，請告訴我們那個人的名字。」

（有）

「狐狗狸大人，Shegeki 喜歡的人是我嗎？」

石頭沒有動。

「狐狗狸大人，Yasuhiro 有喜歡的人嗎？」
（是）
「狐狗狸大人，那個人是誰？」
（あ、け、み〈A、Ke、Mi〉）
Yasuhiro 想要出聲抗議，但還是敗給現場的氣氛，一聲也沒吭。
「狐狗狸大人，Akemi 喜歡 Yasuhiro 嗎？」
（否）
石頭回到了鳥居那裡，Riyoko 沉默了一段時間。
在那之後，她稍微改變了語氣，再次開始提問。
「狐狗狸大人，Y 成佛了嗎？」
（否）
「狐狗狸大人，Y 為什麼會死呢？」
（掉、落）
「狐狗狸大人，Y 還心懷恨意嗎？」
（是）
「狐狗狸大人，Y 對什麼人抱有恨意呢？」

（大、家）

「狐狗狸大人，所謂的大家，是指全班同學嗎？」

（是）

「狐狗狸大人，班上的每一個人都為了Y出席葬禮，即便如此，Y還是感到憤怒嗎？」

（是）

「狐狗狸大人，Y會作祟嗎？」

石頭沒有動。

「狐狗狸大人，Y擁有對我們作祟的力量嗎？」

石頭沒有動。

「狐狗狸大人，Y是怎麼死的？」

（掉、落）

「狐狗狸大人，Y是自殺的嗎？」

（否）

「……」

Naomi猛然抬起頭來。

「狐狗狸大人，Y是發生意外嗎？」

（否）

「狐狗狸大人，Y是因為從學校頂樓墜落而死的嗎？」

（是）

「狐狗狸大人，Y是跳下來的嗎？」

（否）

「狐狗狸大人，Y是被推下去的嗎？」

石頭沒有動。

「狐狗狸大人，Y是死於他殺嗎？」

石頭沒有動。

「狐狗狸大人，Y是被人殺害的嗎？」

（是）

「狐狗狸大人，Y為何會被殺？」

（欺、負）

「狐狗狸大人，Y是遭到霸凌，最後被人殺害的？」

（是）

「狐狗狸大人，霸凌Y的人是誰？」

（大、家）

「狐狗狸大人，殺了Y的人是誰？」

（大、家）

「狐狗狸大人，直接對Y動手的是誰？」

石頭沒有動。

「狐狗狸大人，直接對Y動手的人在這個房間裡嗎？」

（在）

「狐狗狸大人，請告訴我們那個人的名字。」

（有）

「狐狗狸大人，Y知道自己是被誰殺害的嗎？」

（是）

「狐狗狸大人，您能把Y召喚到這裡來嗎？」

（是）

「狐狗狸大人，那麼請您把Y召喚到這裡來吧。」

（是）

「狐狗狸大人，Y在這裡嗎？」

（是）
「狐狗狸大人，請您向Y確認。詢問Y『殺了你的是誰』。」
（是）
「狐狗狸大人，您知道了嗎？」
（是）
「狐狗狸大人，殺了Y的人是誰？」
石頭沒有動。
「狐狗狸大人，殺了Y的人是誰？」
石頭沒有動。
「狐狗狸大人，殺了Y的人是誰？」
……在鴉雀無聲的客廳裡，響起了一個微弱的聲音。
「就是你……」
暴風雨前的寧靜——彷彿能實際體認到這句話的意義，客廳被一片真正的寂靜給籠罩了。
「呀！」
打破這個情境的是Naomi。她慌亂地把手指從石頭上移開，連忙逃離了桌子旁邊。以她這聲短促的尖叫為開端，場面頓時亂成一片。踩在地板上的啪噠啪噠腳步聲嘈雜地響起，完全打破了不久之前的靜謐。

Miyo 直勾勾地盯著桌子那邊的騷動，就只是全神貫注地凝視著。然而，她的表情隨即因為恐懼而扭成了一團。

下一個瞬間，Riyoko 發出了尖銳的喊叫。那宛如從腹部深處硬擠而出的淒厲叫聲，讓室內的空氣震動了好一會兒。

接著，Riyoko 抓起放在客廳一角的西式檯燈，猛然就朝著門口那邊使勁地丟過去。那盞燈就這麼從趕緊把頭壓低的 Miyo 頭上飛過，然後撞得四分五裂、灑落在她的身上。

好不容易才起身動作的 Yasuhiro 制止了就要直接撲上去的 Riyoko。要是平時的話他應該會放任不管，不過此時的 Riyoko 眼神相當認真，所以才會讓他驚覺情況真的非同小可吧。證據就是連 Shigeki 都從沙發上站了起來，像是隨時都準備好要上前去幫忙 Yasuhiro。

「開什麼玩笑……我要殺了你。去死吧你，給我死得徹底一點！」

Riyoko 掛著宛如鬼女般的表情叫喊。

Miyo 的衣服上到處都沾染了滴落的斑斑血跡，她把身子縮成一團、頭低低垂下。Yasuhiro 闖進了兩人之間，而 Shigeki 也站到他的身旁。

Naomi 逃得慢了，所以當 Riyoko 扔出檯燈的時候，她似乎也遭遇了池魚之殃、整個人彈離原本的座位。現在她好不容易才維持著抬起身子的姿勢，和僵在原地的 Koutaro 一樣身體無法動彈。

似乎只有 Akemi 一個人覺得有趣，看起來對眼前的光景很樂在其中。

「這、這樣真的……會鬧、鬧出人命的喔。」

即使 Yasuhiro 過來安撫，Riyoko 卻還是用令人膽戰心驚的聲音說道。

「我要殺了你。用比以前更強更凶狠的詛咒咒殺你。」

明明跟自己沒有關係，但 Naomi 和 Koutaro 卻止不住顫抖。不，現在就連 Akemi 都是一臉不安的神色。

「Miyo 不必當蓑衣蟲了。給我聽好，我絕對會讓你後悔莫及！開學之後就是地獄了，超乎以往的地獄。」

像是撂話那樣說完之後，Riyoko 就離開了客廳。

留在現場的人也只在片刻之間放下了心中的大石。他們應該已經想像到今後就會如同 Riyoko 所說的那樣，發生相當駭人的事情吧。

是五分鐘，還是十分鐘？到底過了幾分鐘呢……

「差不多該去睡了吧。」

就像是終於被 Akemi 這句現實層面的話給解除了咒縛，眾人這才各自慢吞吞地動了起來。

Akemi 一踏出客廳，Naomi 立刻跟在後頭。Yasuhiro 對 Koutaro 說了聲「走吧」，但後者一點反應都沒有，於是 Yasuhiro 嘴裡「嘖」了一聲，就抓起他的手腕直接把他給拖了出去。Shigeki 意味深長地望著門口的方向，最後一句話也沒說，直接朝著二樓走去。

大家都離開之後，Miyo 嘴裡再次嘟嘟囔囔地碎念起來。

「瘋了……神經有問題……腦袋有毛病吧……」

不過她還是開始進行就寢的準備，然後在長沙發上躺了下來，就這樣睡著了。

寒冷的夜晚空氣，從為了狐狗狸大人儀式而開的走廊窗戶潛入了客廳，再朝著深處的廚房以及二樓擴散。讓屋子裡漂蕩著冷颼颼的氣息。

只不過，與其說是寒氣，其實靈氣這種詮釋還更加貼切。寒冷且為人忌諱；陰鬱且讓人厭惡，是雙眼無法看見的預感。

從外面抬頭仰望的岩壁莊，就被這種不祥的預感給籠罩著。

二樓的窗戶還看到亮著燈的，是 Riyoko、Akemi、Shigeki 的房間。過了一會兒，Akemi 房間的燈也熄了。然而，剩下的兩間房間都還亮著燈，一直都沒有關掉。到了整個奧白庄都應該進入夢鄉的深夜，才終於歇息。

然後，黎明時分到來。

孕育駭人慘劇預兆的夜晚，即將轉為清晨……

隔天早上，Yasuhiro 是六個人當中第一個起床的。

昨晚在露臺烤肉時使用的那張桌子上這時已經準備好早餐了。

「喔喔，早餐也要在露臺這裡吃啊！我好餓喔，肚子咕嚕咕嚕叫了。」

他打開走廊的窗子來到露臺，一大清早就吵吵鬧鬧地在位子上坐下。

「Koutaro 還沒起來啊。Shigeki 是宿醉了嗎？」

嘴上是這麼說，但是他似乎也沒有要去叫他們起床的意思。他咕嘟咕嘟地一口氣喝完了柳橙汁，再大口大口掃光了火腿蛋。他的這副吃相要是被 Akemi 看到了，想必會皺著眉頭說他「像是豬在吃東西一樣」。

Akemi 和 Koutaro 一前一後走出房間。兩個人都下到一樓，應該是為了早晨的梳洗吧。一覺醒來就先吃早餐的，大概也只有 Yasuhiro 了。

Riyoko、Naomi 和 Shigeki 都還沒從房裡出來。但是 Riyoko 有嚴重的起床氣，所以誰也不會特地去喊她起床。

回到二樓的 Koutaro 來到露臺，Akemi 也緊接在他之後出現了。

「一早就吃這麼多啊。」

看到 Yasuhiro 的吃相，Akemi 就一臉不悅地皺了皺眉頭。

「大清早有食慾是健康的證明啊。」

完全沒有因此收斂的 Yasuhiro 以像是要連同 Akemi 和 Koutaro 的份都吃光的氣勢，大口咬下吐司。

「我喝咖啡就可以了。」

「我、我也是……」

Yasuhiro 看到 Akemi 和 Koutaro 從壺裡倒出咖啡後也說道。

「吃飽以後我也喝一杯好了。」

三個人一邊喝著咖啡、一邊開始談起昨晚的事情。

「那個狐狗狸大人都是唬人的吧。」

Yasuhiro 這麼斷定。

「誰知道。至少我是沒有動手指啦。」

Akemi 回答，好像覺得這很有趣。

「比起這個，她不太妙吧？」

臉色鐵青的 Koutaro 像是低語似地說著。

「這麼說來，沒看到 Miyo 呢。」

「會不會是做完早餐之後又睡回去啦？」

「如果被 Riyoko 發現的話可就吃不完兜著走了。」

Akemi 似乎是想告訴一臉事不關己的 Yasuhiro，這樣會惹出麻煩的。

「與其說這些，要是不幫她想點辦法……」

Yasuhiro 和 Akemi 用冷漠的眼神凝視著還不願意放棄的 Koutaro。

「你想幫她的話，其實很簡單啊。只要你去代替她就好了。」

「你有那種勇氣嗎？」

「……」

被兩個人同時詰問，Koutaro 也沉默了。

「說到底，你啊——」

Akemi 的態度像是在緊迫盯人。

「如果你這麼可憐她的話，打從一開始就不要加入這個團體不就好了。就結果來說，你還不是有讓她搬行李，還讓她打雜嗎。」

「我說你啊，一有機會就會想去幫忙對吧，但這只會對 Riyoko 產生反效果。假如你是真心打算幫忙，你就……」

「沒用的喔。」

Akemi 打斷了 Yasuhiro 的話。

「欸？」

「霸凌這種事，雖然也有對象是誰都可以的情況，但不屬於這種情況的場合還比較多呢。Riyoko 更是如此。就算 Koutaro 成為她的替代品，我也不認為 Riyoko 會因此滿意。」

「我、我想……至少應該要對她……對、她……」

默默地聽著兩人談話的 Koutaro 說到一半，突然就停住了。

「咕嘔！」

下個瞬間，他吐出了鮮血，遍染了桌面，然後就這麼撲倒在桌上。

「Kou……ta……」

「呀啊……」

Yasuhiro 呼喊 Koutaro 的聲音和 Akemi 的尖叫摻雜在一起，剎那之間，他們兩個也都吐血了。Yasuhiro 連同椅子一起往後翻倒，Akemi 則是摔倒在桌子和椅子之間。

直到剛才都還在露臺飄盪的咖啡香氣，立刻夾雜了血液的腥臭味。

就在這個時候，Riyoko 房間的門打開了，來到走廊上的她並沒有察覺到露臺那邊的慘狀。她敲了隔壁 Naomi 的房門，因為沒有回應，所以她帶著煩躁的情緒繼續敲著門。

「Naomi！」

就在她歇斯底里地邊喊邊將門打開的瞬間，一陣滾滾白煙從房間裡擴散到走廊上。

「這、這……什麼啊？」

Riyoko 在咳嗽的同時也窺看了房間裡的情況。

「火、火災嗎？」

她暫且先退回到自己的房間，然後用毛巾摀住了口鼻。

「Naomi……」

接著又再次踏入 Naomi 的房間，然而，她立刻就以猛烈的氣勢連滾帶爬地奪門而出。

Riyoko 連忙打開露臺的落地窗，只把頭伸了出去，接著一次又一次地做著深呼吸。只不過，此刻她絲毫都沒有意識到露臺上血流成河的場面。

Riyoko 在走廊上爬行，來到了位於最深處的 Shigeki 的房間。

「Shi、Shigeki！Shigeki！Na、Naomi 她……Naomi 她……」

她邊喊邊敲門，然後打開了 Shigeki 的房門，煙霧立刻竄了出來。

「咦……」

彷彿擁有意志的煙霧包裹了全身，即使 Riyoko 都劇烈地咳了起來，但還是只能愣然地呆站在原地。

「怎麼會這樣……」

背對著露臺，嘴裡呢喃著「Shigeki……」的 Riyoko 僵在那裡。這時在她正後方的窗戶玻璃上，映照著一個影子。

那是個右手握著小斧頭、全身上下穿著漆黑的運動服、臉上還戴著朱雀怪物面具的詭異身影……

之後，怪物緩緩地舉起了左手。

叩、叩……

輕輕地敲打窗戶玻璃。

窗戶另一頭的 Riyoko 並沒有發現。

叩、叩、叩……

怪物又敲了窗戶。

Riyoko 依舊沒有察覺。

叩、叩、叩、叩……

怪物繼續敲著窗戶。

聲音好不容易傳到 Riyoko 耳邊了，但是她在第一時間先看向了走廊左邊，接著回頭一望，這才看見了怪物和露臺那邊的慘狀……

「呀啊啊啊啊啊！」

寬廣的岩壁莊內，響徹著 Riyoko 淒厲的慘叫。

那陣慘叫宛如信號，朱雀怪物將小斧頭高高舉起後，就直接對著眼前的窗戶揮了下去。

咖鏘——

窗戶玻璃破裂了，碎片甚至還飛散到 Riyoko 的所在之處。

「不要過來！」

Riyoko 瞬間就用雙手掩住了臉。窗戶玻璃只有上半部碎裂了。

怪物以宛如高爾夫的下桿動作揮出斧頭，下半部的玻璃也被打破了。

啪哩——唰啦唰啦——

這次碎片是從下方朝著 **Riyoko** 襲來。

Riyoko 還是一邊遮掩著臉，迅速地往後方逃走。

「你、你是……」

只從舉在面前的雙手間縫隙露出眼睛，**Riyoko** 正窺伺著怪物，想要看清楚它的真面目。

然而怪物對於 **Riyoko** 的問題毫無反應，直接跨過窗框來到了走廊。

稀哩、啪哩啪哩……響起了踩踏玻璃碎片的聲響。**Riyoko** 看向怪物的腳邊，那是一雙穿著布鞋的腳，而 **Riyoko** 自己則是穿著拖鞋……

似乎已經意識到情勢對自己不利的 **Riyoko**，動如脫兔似地準備跑過走廊。就在這個瞬間，怪物的斧頭掠過了她的腹部，然後「滋嚓」一聲嵌入了牆壁。

Riyoko的睡衣立刻就染上了朱紅。

「噫噫！」

伴隨著像是在吸氣般的哀號，Riyoko凝視著自己的側腹部。但是，她發現一旁的怪物正打算將砍進牆壁的斧頭給拔出來，於是又連忙在走廊上跑了起來。

滋啵——

斧頭從牆上拔出來了，怪物又緊追在Riyoko身後。

Riyoko掉了一隻拖鞋，不知是不是被玻璃碎片割破了腳底，走廊上也啪噠、啪噠、啪噠……留下了不完整的血腳印，緊緊跟隨著她奔跑的腳步

怪物邊跑邊舉起了斧頭。斧刃像是朝著自己，高高舉起。

噠、噠、噠——Riyoko逃到了二樓的走廊。

咚、咚、咚——朱雀怪物棄而不捨地追趕著。

Riyoko一直逃、一直逃、一直逃。

而怪物還是緊追在她的身後。

Riyoko終於跑到了樓梯那邊。

呼呼——怪物擲出了斧頭。

它瞄準Riyoko的後腦勺，將斧頭擲了出去。

呼嚕呼嚕——旋轉的斧頭飛來。
啪——斧頭嵌入了 Riyoko 的右邊肩膀。
因為勁道的關係，Riyoko 腳步踉蹌、身子也往前傾倒。
接著，她從台階上跌落到樓梯轉角。
怪物也因為邊跑邊扔擲斧頭的反作用力，在瞬間失去了平衡。
它直接往前撲倒在走廊上，頭部還撞擊了地面。
巨大的聲響迴盪在走廊，之後，迎來了萬籟無聲的寂靜。
不管是 Riyoko 還是怪物，都一動也不動。
時間到底過了多久呢——
「嗚嗚。」
從樓梯途中的轉角處，傳來了 Riyoko 的呻吟聲。
「啊、嗚嗚嗚……」
拚命想要起身的氣息也傳到了二樓的走廊。
那個聲音讓怪物有所反應了。
「……」
怪物緩緩地挺起上半身，把手擱到臉上、調整一下面具，慢吞吞地站了起來。好像是剛才倒下時撞到了左膝蓋，怪物像是拖著左腳般朝著樓梯那裡前進。一邊走、一邊將手伸入運動服裡，拿出一個用布包裹的平坦長型物品。

伴隨著嘶、嘶、嘶的腳步聲，像是纏腰布般的裹布被解開了。嘶、嘶、嘶，腳步接近樓梯，細長的布在怪物的後方延伸。最後，從裹布裡頭出現了一把巨大的菜刀。

就在右手握住菜刀的同時，怪物也來到了樓梯邊緣。它往下一看，只見人在樓梯轉角的Riyoko背靠著牆面，正以只挺起上半身的姿態仰望著上方。

嘰、嘰……一階接著一階，怪物開始步下樓梯。纏在菜刀刀柄上的裹布有如路標般直接垂在樓梯上。

Riyoko一動也不動，就只是直勾勾地凝視著怪物。

嘰、嘰……一階接著一階，怪物朝著Riyoko走過來。右手的菜刀舉在較低的位置，似是隨時要準備刺向她的腹部。

嘰……還有五階。嘰……還有四階。嘰……還有三階。嘰……還有兩階。嘰……就在只剩下一階的時候，Riyoko突然開始行動。

「嗚喔喔喔！」

怪物發出慘叫並且倒了下來。它的左腳被斧頭砍中了。

Riyoko準備從轉角處一路衝下樓梯。此時，怪物突然從她的身後揮出了菜刀。

「嗚嗚……」

菜刀掠過了腰部到臀部的位置。傷口並不深，但是這再次讓 **Riyoko** 失去了平衡，她緊抓著樓梯的扶手，當場跌坐在地。

因為剛才是處於半起身的狀態，所以揮斧頭的力道不夠嗎？

爭取到的時間，就只有這幾分鐘而已嗎？

這樣的想法肯定有在 **Riyoko** 的腦海裡一閃而過吧。蹲坐在能看到一樓走廊的樓梯途中，**Riyoko** 越過扶手看向怪物。

她的身影一進入視野之中，怪物就一口氣拔出了砍進左腳的斧頭。

「嗚噢噢噢噢……」

如同悶哼的痛苦哀號聲，不由得從口中流瀉而出。即便如此，怪物還是將捲在菜刀上的長布拉到身旁，然後開始包裹左腳的傷口。

彷彿被這個動作給吸引了，**Riyoko** 就只是盯著這一幕瞧。

緊急處理一結束，怪物便將菜刀換到左手，右手抓起了斧頭，緩緩地站起身來。然而受的傷比想像中還要嚴重，所以立刻又踉蹌了一下。

「哇啊啊啊啊。」

眼見這一幕，**Riyoko** 一邊大喊、一邊跑下樓梯。不過或許是雙腳不聽使喚的關係，她怎麼也站不起來，幾乎是連滾帶爬地從樓梯滑下去。

怪物僅僅靠著兩條手臂的力量在樓梯轉角上匍匐前進，宛如一條爬行的蛇、就這麼下了樓梯，然後整個人壓到 **Riyoko** 的身上。

「別過來！」

Riyoko 發出淒厲的慘叫，同時一把推開怪物、站起身來，接著朝著玄關跑過去。

怪物護著自己的腳，慢慢地移動。它先把方才掉落的斧頭和菜刀撿起來，用雙手穩穩地各握住一把，接著就以玄關為目標前進。

「打不開！怎麼會這樣？為什麼打不開啊！」

走廊的另一邊傳來喀嚓喀嚓……死命地轉動大門門把、聽起來感覺走投無路的聲音。

Riyoko 絕望的叫喊在走廊上迴響。

怪物的身影才剛剛出現，**Riyoko** 就在千鈞一髮之際從怪物的旁邊穿過去，一轉眼就逃進了廁所裡。

「喀洽」一聲，門鎖上了。

怪物將手握上了門把，開始轉動。

喀嚓喀嚓、喀嚓喀嚓……

門果然鎖上了。而且感覺還有用某種東西從內側頂住。

嘎嚓、嘎嚓——

怪物開始用斧頭敲擊廁所的門板。

嘎嚓、嘎嚓、嘎嚓、嘎嚓——片刻之間，木屑四處飛散，廁所的門板立刻被毀掉了。

碰梆——

門突然打開，Riyoko 將廁所清潔劑潑在怪物的臉上，然後一口氣飛也似的跑出去。

雖然怪物一時之間裹足不前，但因為面具雙眼處的小洞相當小，所以清潔劑幾乎沒有弄到眼睛。它立刻開始追逐往深處逃跑的 Riyoko。

怪物一踏入廚房，迎面就是「框啷」一聲，一支平底鍋就這麼對著它的臉招呼過來。

此時，Riyoko 舉起菜刀對著搖搖晃晃的怪物衝過去。

可是當她手上的菜刀刺入怪物腹部的瞬間，卻發出「鏘」的聲響，被彈開了。

「欸？」

因為菜刀竟然沒有刺進去實在太令人訝異了，Riyoko 也在剎那之間露出了破綻。

呼轟——怪物的斧頭發出了狂嘯。

水平揮過來的斧頭，砍進了 Riyoko 左臂的肌肉。血液咕嘟咕嘟地噴出。怪物也隨即刺出了手中的菜刀。

噗滋——Riyoko 的左腰被菜刀刺中了。怪物從就快要倒下的 Riyoko 身上拔出了菜刀，接著馬上再刺進她的背部。

為了用雙手拔出刺在背上的菜刀，Riyoko 宛如在跳著某種奇特的舞蹈，開始在廚房裡到處亂跳亂舞。

怪物用雙手握起斧頭再繞到不停動來動去的 Riyoko 身後，對準她右腳的小腿肚從斜上方往下揮出斧頭。

滋嚕——就像是刀子戳進了熟透的水果一樣，瞬間皮開肉綻。

「呀啊啊啊啊啊啊！」

吐出如同野獸的嚎叫後，Riyoko 倒在地上。

怪物拔出 Riyoko 背上的菜刀，用腳踢向她、讓她翻了個面臉朝上，再用菜刀把她的右手掌釘在地板上。接著它舉起斧頭，一口氣砍下了手掌。

噗滋滋滋滋——鮮血四處飛濺。

「咕嗚嗚嗚！嗚喔……」

Riyoko 嘴裡吐出已經不知道在表達什麼的哀號，在廚房的地上翻來覆去。

那個怪物就只是凝視著眼前的這一幕。就只是專注地望著渾身浴血、宛如發狂似地在地板上爬動的 Riyoko。

一段時間後，怪物把斧頭橫在胸前。

接下來，它鎖定了目標。

它瞄準的是搖來晃去的 Riyoko 起身的那個瞬間。

呼轟——將斧頭橫向揮出。

霹洽霹洽——Riyoko 的腹部出現了一條俐落的裂口。

轉眼間，鮮血噗滋噗滋地噴湧而出，腸子從呈現一字形綻裂的傷口露了出來。

才剛看到它露出來，滋嚕滋嚕——腸子就垂到了地面。

「啊啊啊……不要啊啊啊啊啊！」

Riyoko 一邊尖叫、一邊用兩隻手——然而右手已經是失去手掌部分的狀態了——捧著一直從自己體內掉出來的腸子，然後拚命地想塞回肚子裡。不過這一切的努力都是枉然，幾乎全部的腸子都再次滑溜溜地落到了地上。

眼前這個怪物的存在，已經完全從 Riyoko 的腦海中消失得無影無蹤。或許她現在只是一心一意地想讓不管怎麼塞都還是會掉出來、宛如吸水膨脹的巨大義大利麵的腸子再回到肚子裡吧。

怪物正冷眼注視著這樣的 Riyoko。

最後，它緩緩地將斧頭高高舉起。

面對陷入恐慌狀態、在地板上不斷扭動身子的 Riyoko，怪物慎重地調整自己瞄準的方向，一點一點微調、把斧頭移到了她的頭上。

動作就這麼靜止了。

然後，咻——一鼓作氣地揮下。

啵叩——宛如堅硬瓜果破裂的聲音和觸感傳到了手腕。

噗嚕、噗嚕——Riyoko 開始痙攣。

廚房裡立刻就飄盪著不同於血腥味的另一種臭味。Riyoko 失禁了。她的糞尿臭氣，與讓人喘不過氣的血腥味摻雜在一起，往周遭擴散開來。

噗嚕、噗嚕、噗嚕，Riyoko 還在痙攣，這時朱雀怪物再次揚起斧頭，然後發出竭盡氣力的怒吼。

「你死透了就永遠待在地獄吧！」

岩壁莊回歸了寧靜。

即便被血腥臭氣籠罩，但靜寂的時間還是支配了整座山莊。

「……」

然後，只有朱雀怪物的身影從舞台上消失了。

只不過，沒有一個人知道這件事，想必也不會有人察覺吧。

◆

讀完這本筆記本所敘述的紀錄後，我就想用自己的方式去調查「岩壁莊」那起事件。話雖如此，但對於既不是偵探也不是犯罪學者的我來說，頂多也只能在圖書館看看當時新聞的微縮資料、搜尋相關的報導而已。再來就是盡可能翻找那個時候的雜誌報導之類的紀錄。

最後好不容易得知的就是下面的這些內容。

因為擔心過了很久都還沒有回來的 Riyoko，她的父親連絡了朱雀神社的那位兄長。於是這位伯父為了確認她們的情況就來到了岩壁莊，才終於發現了這起慘劇。

伯父最初發現的是廚房裡被砍得七零八落的 Riyoko 遺體。這裡要特別注意的，就是不存在於那篇「紀錄筆記」裡頭的慘狀。Riyoko 不僅僅是被砍下右手掌、劃開了腹部、砍破了頭而已，就連四肢也全部都被斬斷了。而且，現場並沒有發現她的頭。

伯父當場吐了出來，之後立刻通報警方。

警方在二樓的露臺上發現了 Yasuhiro、Akemi、Koutaro 的遺體，又在客房找到了 Shigeki 和 Naomi 的遺體。

Yasuhiro、Akemi、Koutaro 的死因是因為喝下農藥的關係。在裝了咖啡的壺裡檢測出了農藥。詭異的是，Shigeki 和 Naomi 據說是被燃燒大量松葉所產生的煙霧給嗆死的。一般來說，人會因為被煙嗆到而醒來，但是兩個人都攝取了大量的酒精，所以研判是在爛醉的狀態下死去的。六個人的遺體全都是死亡後大約經過一個禮拜的狀態。

調查到這個階段，我確信這起事件的犯人就是 Miyo。姑且先不論只有她的死無法確認，只要讀了「紀錄筆記」後就會知道她抱有相當明確的動機。除了 Miyo 之外，根本沒有人能引發這種程度的殺戮行為。

然而，我在繼續深入探查之後得知了一個意外的事實。在發現六人遺體的三天之後，Miyo 的遺體在岩壁莊的懸崖下被發現了。她是摔落懸崖而死的。而且根據遺體的解剖結果以及其他的狀況來推測，據說她有可能是比其他六人**更早**死亡的。

這到底是怎麼一回事啊？

如果 Miyo 先死去的話，就沒有人能夠殺害其他六個人了。

不，真要說的話，Miyo 是死於他殺嗎？還是說 Miyo 跳崖自殺了，然後這件事就成了導火線，才引發了岩壁莊的連續殺人事件呢？

是某個人在幫 Miyo 報仇嗎？

如果真的是這樣，不也能認為是要幫事件發生以前就為霸凌所苦而尋短的 Y 復仇嗎？

可是，到底是誰……

該不會在事件發生的時候，在那座岩壁莊裡還有七個人以外的人物嗎？如果那個人就是犯人，然後悄悄地伺機窺探每個人的破綻、再一口氣大開殺戒的話……

不對，可是——

就算再怎麼隱人耳目好了，真的有可能躲開七個人的視線嗎？而且只要看過「紀錄筆記」的話，就會知道裡面有出現犯人一直在監視七個人狀況的段落。假使是Miyo的話就符合了。

不過，與其說她是犯人，倒不如說是第一個被害者吧。

不行……我的推理終究就是這種程度罷了。就像開頭所記述的那樣，我希望有朝一日能有人來破解這個謎團。

我懷抱著這個想法，自作主張地在這裡發表這篇「紀錄筆記」。

如同一開始所說的，「岩壁莊」殺人事件走入了死局。我想在這裡再次補充這一點。

對了，有件事我忘了提。

Riyoko被砍下的頭，在二樓的書房——Riyoko祖父的房間——裡的桌子上被發現了。

據說那顆隨意擱在那裡的頭，被戴上了朱雀怪物的面具。

星期五

昨晚從古本堂回到飛鳥家之後，才知道明日香因為發燒正躺著休息。聽說一下子就燒到快四十度，奶奶和媽媽都很擔心。

我和信一郎在明日香的床邊待了一會兒，看她好像睡得很沉，於是就直接去了偏屋。

「你認為明日香發燒跟《迷宮草子》有關聯嗎？」

我在八疊房間裡坐下後就立刻問信一郎。

「我不知道。」

他只是生硬地回了一句，然後換上了和服。

接著信一郎在火鉢前坐下，從火鉢附設的小抽屜裡拿出了無濾嘴的香菸和火柴，點了一支抽了起來。平時他是完全不抽菸的，就只有在思考某些重要事情之類的場合才會偶爾來上一支。雖然也曾被人揶揄抽那種東西會讓腦袋變笨，思考力也會變差，但是他怎麼樣都無法改變這個習慣。

「古本堂的神地和迷宮社的關係又是怎麼一回事？」

我又問了一臉心不在焉、自顧自地抽著香菸的信一郎。

「我不知道。」

不過他依然給了句冷漠的回應。

他這麼專心是在思考什麼？是明日香的事情？古本堂的神地？還是蠹魚亭那個老爹的事？或者是《迷宮草子》呢——

到頭來，所有的一切都跟那本書有關嗎——

一想到被鎖在文几抽屜裡的那本《迷宮草子》，坐在溫暖火鉢前面的我還是開始發抖了。因為整個晚上都無法和信一郎好好談談，於是我讀完〈朱雀的怪物〉之後就回家了。說真的，就算得熬夜一整晚，我也想把這個不祥的故事給好好了結。〈底片裡的毒殺者〉那時之所以沒有帶來任何影響，肯定是因為在初期階段就把謎團解開的關係。可是現在信一郎幫不上忙，所以也無計可施。而且我認為〈朱雀的怪物〉這篇令人不快的故事，肯定和先前的稿子截然不同。總覺得有種會很棘手的預感。也就是說，如果信一郎無法全力以赴的話，應該就沒辦法和這個謎團對抗吧。

明天我會早點下班，所以在那之前我們各自先把〈朱雀的怪物〉這篇故事好好思考一下吧。我這麼告訴信一郎後，又去探視了明日香才離開飛鳥家。直到最後，信一郎都還是一副心不在焉的樣子，而明日香則是睡得很沉。

從飛鳥家返家的路上，我又試著回想在古本堂發生的事。只不過，不管怎麼思考，都只能認為神地消失了。

他絕對不可能趁我和信一郎前往店內深處時，從另一邊的出入口逃走。確實，我們兩個都在靠近家中那一側的門口附近，然後就在那裡聽見了神地的聲音，一回頭就看到他從三疊房間探出頭之後又縮回去，所以立刻就往深處跑。從店內沒辦法完全看清楚三疊房間的情況，但是神地也無法在避開我們視線的情況下離開那個小房間。從神地把頭縮回去，到我們跑過去為止，他應該是不可能從三疊房間逃到任何地方的。

這就意味著，神地就跟那個在土藏裡消失的藏書家、還有在燒毀的療養院裡找不到遺體的收藏家一樣，突然就這樣消失了……消失得無影無蹤……只能這麼判斷了。

或許是一段時間沒有在半夜十二點以前從飛鳥家回到自己的住處了，這一晚我早早就上床休息。為了填補請假一天的工作進度，隔天我想要早一點去公司上班。

第二天，我比平時還早了一個小時離開家，在九點抵達公司。當然，編輯部還是一片寂靜，所以我工作起來相當順遂。接近十點，來上班的職員也接連出現，編輯部內也跟著熱鬧起來。

同事和前輩發現我一早就到了，便用不知該說是同情還是揶揄的語氣對我說：「特休結束後來上班真是辛苦呀。」

因為我沒有時間搭理他們，所以就隨意應對了幾句，但是後輩玉川夜須代的一句話卻讓我當場愣住了。

「三津田先生，今天會議資料的製作需要幫忙嗎？」

對了……今天傍晚有個新企劃的討論會議。必須針對全套多達二十四本的佛教說法大全，跟三位總監修研討企劃內容。

當然，我就像是從旁協助的角色而已，實際的責任編輯是課長。但即使是這樣，我還是不能缺席。而且預先準備資料是我的工作。這是總監修三人、總編輯委員十二人、總撰稿者近兩百人規模的企劃，今天是第一次的事前討論。雖說出席的只有總監修者，但因為是決定企劃方向性的會議，所以相當重要，而且會議結束後還要接待他們。我心裡還在盤算能不能就不要去了，可是又想到昨天請了假、星期二還早退，所以肯定是不可能的吧。該怎麼辦呢……我的眼前突然一片漆黑。

玉川夜須代對突然陷入鬱悶的我又來了一記追擊。

「如果現在不開始準備資料的話，會趕不上會議的喔。其實如果昨天就完成的話那就太好了……三津田先生。」

結果這一天直到傍晚，我都在趕著製作會議用的資料，接著慌慌張張地趕往預約來作為會議場所的京都三條旅館。我們在讓人心情平靜的和室裡研討企劃，然後總結了全系列構成的初步方案。接待活動也是在同一間旅館進行。我心想至少喝酒要節制一點，但是三位總監修者卻接連向我勸酒，因為實在很難婉拒，所以不知不覺間就陷入一杯喝完又接著一杯的局面了。

接待行程結束時已經過了十點半了，因為課長和前輩在那之後還要轉移到先斗町續攤，所以就搭上了旅館幫忙叫的計程車。我就用自己是從杏羅通勤為理由，請他們容我先行告退，而且實際上末班電車也已經開走了。結果他們竟然對著興致勃勃想參加續攤的玉川夜須代說：「你也住杏羅吧，就跟小三一起回去吧。」這也讓她不滿地噘起了嘴。

「都是因為三津田先生說要回家，所以才牽連到我的，不是嗎？」

在開往京都車站的計程車裡，她狠狠地大肆抱怨。但喝醉的我當下根本沒有辦法應對。我本來就不是很會喝酒的人，所以像今天晚上這樣雜七雜八地喝了啤酒、日本酒、威士忌，很快就醉得想睡覺了。我勉強從京都車站撥了電話給信一郎……因為我這樣的態度，又讓她連珠炮似地埋怨起來，最後我們好不容易才回到了杏羅。

幸虧從車站開始我們走的方向就不一樣了，於是我對嘴裡嘮叨著「你一定要搭計程車回去喔」的玉川夜須代隨口應付地說道：「知道啦、知道了啦……」不過後來想了一下，時間已經過了十一點半了，而且我還喝得頗醉，所以就打算聽她的話去搭計程車。

然而，或許是星期五晚上的關係吧，乘車處大排長龍。等到我真的上車了，或許時間都已經過了午夜十二點了，於是我最後還是決定用走的。考量到從星期一開始的各種奇怪體驗，與其說是欠缺深思熟慮，不如說我做了個愚蠢的選擇。這果然是因為喝醉的關係吧。我覺得自己除了無法做出正確的判斷之外，膽子肯定也因此變大了。

雖然車站北側的商店街已經沒什麼人了，但我的前後都還是能看到返家途中的人們。只是等我來到那個戰前創立的名門女子大學前面、也就是先前那條出現濃霧的坡道時，就已經只剩我一個人了。或許是先前那場霧的經驗，總覺得這條坡道本身就很可怕。

抬頭仰望天空，只見漆黑的雲垂得低低的，令人萌生一種厭惡的壓迫感。即便如此，皎潔的明月還是會時不時地展露臉龐，將月光的恩惠施予我身。妖冶的月光與其說是美麗，更接近神祕；與其說是駭人，更接近蠱惑。讓人無論何時都想將目光投過去。遺憾的是她立刻就把臉縮回去了，最後也更加牽引出夜晚那沉重冰冷的黑暗。

我沿著那一如往常缺乏照明、綿延不斷的坡道走下去。雖然還不至於搖搖晃晃，但腳下的狀況就是不對勁。女子大學前面有間很久以前就已經無人駐守的派出所，上頭的紅色圓燈就像是覺⑨這種怪物的獨眼一樣發出朦朧的光輝。

那間派出所是在父親成為警視正的很久很久以前，也就是剛加入警界、以巡查的身分服務時的工作場所。派出所就蓋在女生宿舍的轉角處，隔著一條路的對側是一間二手用具店，那裡的店主好像相當關照父親。二手用具店店主的孫子是我小學、中學時的同年級生，一路延續著緣分。

⑨相傳會在山裡出現，能讀取人類內心想法然後說出來的妖怪。

大概是在一年前左右，女子大學宿舍附近出現了色狼，所以巡查還在這間派出所駐守了一段時間，之後又再次恢復到空無一人的狀態，或許警察也面臨了人手不足的問題吧。

就在我心裡想著這些事情的同時，讓人感到有些詭異的坡道，還是跟平常沒兩樣……

……起霧了。

坡道的盡頭、那個有號誌燈在遠處閃爍的十字路口一帶，出現了像是霧氣那樣的東西。

怎麼會……

怎麼可能有這種蠢事……

那是……可是〈霧之館〉的謎團，應該已經解決了才對吧。

我就這麼站在坡道的途中，整個人都傻住了，什麼也無法思考，也完全不知道到底該怎麼做才對。腦海中響起「為什麼……」的聲音，捲起了漩渦。

後來我察覺到一件奇怪的事情。那片霧並沒有在動。星期一的時候，霧氣明明就這麼直接沿著坡道蔓延過來，但今天晚上卻只是在十字路口那邊蠢動，完全感受不到它要逼近這裡的氣息。

那是真的霧氣嗎……

想逃走也無計可施，但與其這麼說，倒不如說我已經做好逃不掉的覺悟了，所以就小心翼翼地往那一頭靠近。

十字路口的一角從以前就供奉著地藏，看來這裡似乎是會頻繁發生交通事故的場所。有好幾次在晚上回家的時候，就會突然看到因為某些原因才剛供奉在那裡的花束，頓時就感到一陣寒意爬上了背脊。不過今天晚上就連那尊地藏都被濃霧給淹沒了，看都看不見。

霧……

說是霧，其實還更像是電影或演唱會放出的那種宛如焚燒後煙霧的白煙，它盤踞在我的雙腳一帶，同時也朝著廼摩杜町瀰漫過去。或許它也可能是從那個方向飄過來的也說不定。

雖然我也想過要繞路，但恐怕也是徒勞無功吧。這樣的話，還是走最短的距離到飛鳥家去會比較妥當。即使這樣可能會一路通向霧氣的來源地。

進入廼摩杜町，就感受到從雙腳腳尖逐漸失去知覺的恐懼。這並不是因為霧氣很冷的關係，而是霧氣都繚繞到腳踝處了，所以才激發了那樣的不安。即使心裡很清楚，雙腳卻不自覺地加快了腳步。然而，我的走速卻怎麼也快不起來，就只有情緒開始感到浮躁。我覺得雙腳好像跟身體離得很遠、彷彿完全沒有連接在一起，感覺相當不快。真是恐怖，如果繼續像這樣被濃霧給包圍的話，我覺得四肢搞不好就會分崩離析了。

猛然回神，眼前已經被霧給占據。

這下慘了……

好不容易才跨越不安的襲擊，總之就先往前走吧。如果這是《迷宮草子》的怪異現象——

我覺得應該八九不離十吧——要是能抵達天皇陵那邊的話，或許霧氣就會像先前那樣消散了。我只能緊抓著這個希望，專心一意地繼續走下去。

終於能看到穗紗橋了。在我過橋過到一半的時候，霧就漸漸變淡，等到我過了橋、來到天皇陵的前面，就發現只有這裡的霧氣突然消散。

果然是這樣沒錯……

稍微感到安心的同時，我才意識到這場霧比起先前要更加濃厚。原本應該是氣體的霧，不知道為何卻帶有黏稠、讓人感到不適的觸感。

不管是多短的捷徑，這個晚上我也不想踏入天皇陵旁邊的泥土路。雖然會稍微繞一點路，可是我想要繼續沿著道路前進。不過，我卻因為要再次踏入霧中而感到遲疑了。心裡會排斥也是沒辦法的事情。

就在我依舊舉棋不定的時候，就看到前方的霧氣中出現了人影。感覺上好像是在朝著這邊走過來。

從之前的體驗來判斷，對那個人而言這場霧應該是不存在的。對方看到的，就只是接近半夜十二點的時候，有個可疑的男人在天皇陵的前方駐足而已……不管是誰看到，肯定都會覺得很詭異吧。雖然我應該要立刻離開現場，但無論如何都下不了走進霧氣裡面的決心。

總而言之，就等這個人先走過去吧。我也在心裡祈求著、希望不要是年輕女性。一個不小心，可能就會讓別人誤以為我是色狼，然後把警察也都喊來，那我到飛鳥家的時間就會拖得很晚了。

雖然不太自然，但我沒有看向那個人、而是裝成一副在眺望天皇陵的樣子，稍稍等了一下。因為可以在濃霧中看到對方的身影，所以距離應該沒有很遠吧。然而，就在我認為那個人應該立刻就要來到天皇陵前面的時候，對方卻遲遲沒有現身。不管怎麼等，都沒有從霧裡走出來。

真是奇怪啊……我用眼角餘光瞥了一眼，確實有看到人影。雖然似乎稍微靠近了一點，可是感覺就像是站在原地一動也不動。

這個人在做什麼啊……忍不住把頭轉過去，立刻就感受到一種不協調感。好像有哪裡不對勁。起初我還以為是因為身處在一片濃霧之中的關係，所以外觀看起來才會有些奇怪吧。之所以看上去會有那種感覺，想必是這場霧的影響。可是，即使是這樣也太扭曲了。那個人影的頭部顯得異常地大。

終於，就像是從混濁的沼澤水面浮出來一樣，一顆巨大的頭突然就從霧裡面出現了。

那是朱雀怪物。

當然，我並沒有親眼看過實際的面具。不對，說到底，就連朱雀怪物的面具到底存不存在都無從得知。但是只看了一眼，我就明白確實就是**那個傢伙**。

只露出一張臉的朱雀怪物緩緩地轉動頭部，接著轉到了我所在的方向，動作也隨之停止。

它就這麼一動也不動地把臉對著我這邊。

我瞬間就酒醒了，同時臉上的血色也唰地褪去。現在的我應該是鐵青著一張臉吧。

這場對峙究竟經過多久了呢？其實我根本沒有要瞪視它，單純就只是因為太過害怕，所以無法將雙眼移開罷了。

突然，朱雀怪物開始從黏糊糊的霧氣裡脫離出來。那副景象與其說是從霧氣裡面，其實還更接近從某種帶有抵抗感的黏稠膠質狀物體中孕育而生。看上去就是這麼讓人反感。

朱雀怪物的頸部以下竟然是赤裸的。不，只是看起來像是那樣而已。在怪物走出霧氣之前，我就已經轉過身、動如脫兔地跑了起來，所以並沒有仔細確認這一點。

天皇陵的東側有一座斜向搭建的小橋，通往面膽町，那裡過去是面膽城的城下町一帶。在圓滾滾地隆起的小山頂部，我的母校綠葉中學就蓋在那裡的城址上。因此不必繞著鎮上走一大圈，只要從學校的正門進入，通過校園再從後門出去，就是竹暮町的外圍了。為了要躲避從西邊道路過來的怪物，並採取最短的距離前往飛鳥家，我想就只有這條路線了。

只不過，問題就出在前往學校的路程。當時還是中學生的我，會從老家的後院直接穿越天皇陵去上學。如果被發現的話，可不是挨頓罵就能了事的，不過因為那是最近也最輕鬆的通路，所以我還是繼續偷偷走這條路。因此，面膽町內這條通往綠葉中學的正規通學路線，直到長大成人的現今，我幾乎都沒有涉足過。現在處於被怪物追著跑的處境，到底能不能安然抵達中學那邊，這點實在是讓我心神不寧。

然而，現在可不是說這種話的場合。憂心到底會不會出問題也僅僅只是片刻之間的事，我使出全力衝過了這座橋。

過了橋、來到一條直線道路中段的地方，我猛然回頭望去。

怪物不在那裡……

明明朱雀怪物確實從那片黏稠的霧氣裡現身了……

霧……？

不知不覺間，那片霧也消失了。

我戰戰兢兢地回到橋頭，凝視著霧氣出現的地方，也就是位於天皇陵另一側的道路、亮著矇朧光暈的街燈周邊。可是，就連些微的白煙都看不到。

是因為喝醉產生了幻覺嗎……？

先別說這種體驗到目前為止我都不曾遇到過，而且比今天喝得更醉的情況反倒還經歷過好幾次。可是就只有今天晚上碰上了，這實在很古怪。而且出現的**那個**還是朱雀怪物，換言之就是貨真價實的怪異。

那麼，為什麼霧氣和怪物都突然消失得無影無蹤呢……

我暫時將身體靠著橋的扶手，思考發生在自己身上的現象。

話說回來，當時要從天皇陵前面離開的時候，我感覺身後突然颳起了強風，差不多就是怪物從霧氣裡現身的時候。只有天皇陵前面的霧散了，所以怪物會不會也一樣呢？或許它雖然潛伏起來等著我，但是卻毫不在意地在天皇陵前面現出真身，所以才因此被淨化的吧。

憑藉著醉到無法正常運作的腦袋就把解釋推展到這種程度的我，在意識到某件事之後也不禁苦笑。

與其對怪異消失的現象感到不可思議，不是更要為逃離怪異而感到欣喜嗎？而且如果還有餘裕去探究其中的緣由，就應該盡可能早一點解開〈朱雀的怪物〉的謎團吧。

因為《迷宮草子》的怪異而感到忐忑不安，不知不覺間卻又覺得會被襲擊也是理所當然的。基於這個原因，一旦冒出來的怪異現象什麼也沒做就直接消失了，就會讓人感到無法釋懷。只不過，這可以說是相當不良的精神狀態。

總之就快點到飛鳥家去吧。

我正準備回到原本的那條路上，但是突然就停下動作。雖然霧已經散去了，但是朱雀怪物還是在這前面埋伏著。實在無法保證它不會在我穿過天皇陵、前往飛鳥家的途中再次現身。可是只要直接進入面膽町內的話，那個怪物不就不會追上來了嗎？

我再次轉過身，加快了邁出的步伐。

從橋開始順著直線道路來到盡頭處，往左邊拐彎，就看到一條兩側有土牆和板牆一路延伸的和緩坡道。直直往前走，可以看到路的尾端是一間民宅的玄關，更前面一點的地方有條往右轉的路。沿著那條路往前走一段時間，就會感覺自己好像踏進了巨大的迷宮。

面膽町不愧是過去的城下町，道路就跟杏羅町一樣錯綜複雜。狹窄的巷弄縱橫交錯，要是一不留神走進了奇怪的地方，就會踏入死胡同裡。即便我認為應該已經沒事了，也還是會叮囑自己不要踏進無路可走的巷子。理由當然是這麼一來就無路可逃了。

即便如此，這麼有意思的街區，為什麼我在孩提時代都沒有來這裡玩呢？我應該有兩、三個中學的同儕就住在這個鎮上才對。我依稀還記得自己和他們還算是親近，所以即使跑到這裡來玩也沒什麼稀奇的吧。然而我卻不記得有這樣的事。是因為成為中學生以後，相較於在附近一帶跑來跑去，我就改去選擇其他娛樂的關係嗎？

我心裡思考著這些無法確認的事情，但一回過神，就發現自己的雙腳像是在競走那樣、被催促著不斷地往前跨。

內心也萌生過好幾次想轉頭向後看的衝動，但是只要轉過去一次，我認為自己就會無法抗拒地一路持續回望，所以拚命地忍著。

好可怕……

身後的恐懼實在難以承受……

朱雀怪物在天皇陵前面被淨化了。即使那個怪物沒有灰飛煙滅，但是有天皇陵在那裡，它就沒有辦法進來面膾町。我自己也能接受這個解釋。

只不過……內心還是殘留著不安。萬一那個怪物沒有完全消失的話……要是它微乎其微的殘渣，就在自己的身後持續追趕的話……

心裡越是這麼想，就更是無法不去在意身後的情況。因此我也下意識地加快了腳步。

轉了好幾個彎以後，左右兩側都是聳立的民宅側面牆壁，直到走進某個狹窄的小巷又前進了一段路，才發現這是條死巷。如果是白天的話，就算沒有走到深處也能立刻發現這一點。但現在可是深夜時分，完全沒有路燈和窗戶溢出的光亮。而且這還是一條路寬相當狹小的的巷子，所以沒有往裡頭深入到某個程度是無法判斷的。

我掉頭，準備回到原先的那條路，前方出現一個往上下細長地延伸的昏暗空間。即將進入巷弄前的路燈，讓死巷的出入口浮現出來。朝著這條縱長形的裂口踏入一片漆黑的巷子，就好像通過特殊的聯絡通道前進到另一個異世界。位於道路另一端的，終究是不同的異界。這是因為眼下身處的世界已經不是過往那個熟悉的日常了。所到達的地方，肯定就是不同的非現實境界。還是說一旦穿過了那個細長的空間，就會回歸現實、重新回到日常呢……

咻——影子一閃而過。

前方朦朧的燈光中，有個影子從左至右橫切而過。

從左至右——前進的方向跟我一樣。

是回家途中的上班族嗎……可是，末班車應該已經沒了……杏羅可以喝酒的地方也都打烊了。這個人是從其他地方搭計程車來到這裡，然後在天皇陵前面下車的嗎？可是，如果住處就在這前面，計程車應該也會選擇別條路線吧。

會是學生嗎……或許是剛要從朋友家回去也說不定。如果是這樣就能理解了，我也接受。

但是……

真的是人類嗎……

之所以會在意身後的情況，果然不是我多慮了……有某種東西就跟在我的後面……

一路小跑步到死巷的出入口，我就悄悄地只露出臉的左半部，窺探著道路的右邊。

沒有人……

我趕緊也確認了一下左邊，但還是一個人都沒有。再次仔細地看向路的右邊，在數公尺外往左彎的轉角之前，可以看到好幾戶人家的門和玄關。如果是進了某一家的話，應該會發出聲響才對。但我也不認為是在我探頭往外看之前就從前方那個轉角轉彎了。應該沒有那種時間才對。

認為已經逃離怪異的魔掌實在是太自以為是了，其實我可能依然身處在其中吧。

這次我慢慢地邁開步伐。或許那個怪物並不在我的後面，而是前面。心裡想像著要從轉角處彎……過去的剎那，就迎面撞上怪物的情景，等到真的來到轉角處的時候，心臟跳得也更快了。

過程中，我萌生了想要拔腿就往前衝的衝動。如果慢慢靠近轉角的話，就會覺得那邊很恐怖，所以要是一口氣衝過去就沒有時間感到恐懼了。只不過，雖然酒已經醒了，但身上仍殘留著酒精帶來的影響。而且我還穿著比較厚的大衣，所以想全力奔跑根本是不可能的。

我在好幾個巷弄的出入口都感到遲疑。這裡頭肯定有通往中學的捷徑沒錯。可是，萬一不小心誤入了死胡同，而且先前那個影子沒有從巷子前走過、而是轉進來的話……一想到這點，就必須要更加慎重了。繼續往前走的怪物，突然發現無論追了多久都沒追上我，於是就掉頭回來，然後一個、一個確認每條巷子。這樣的身影無論如何都會在我的腦海中浮現。

即便如此，我還是盡可能往前走，來到了一個T字路口。

我的記憶瞬間就受到了刺激，感覺這裡很眼熟。往左或是往右繼續前進的話，應該就會通到綠葉中學正門前面的坡道。

可是我已經記不得是哪一邊了。經過一番苦思之後，我選了中學所在方位的左邊。為了不讓入侵的敵人接近，城下町打從一開始就被打造成迷宮般的型態。因此，即便你朝著城池所在的方向前進，也未必就能抵達那裡，大多數情況下還會因此偏離目標。不過已經是幾百年前的情況了。再怎麼留有城下町的餘韻，時至今日都已經無法通用了吧。我這麼判斷後，就往左邊前進。

走了一段時間就看到一條石板坡道，到這裡我的記憶又再次受到了刺激。這個地方似曾相識。沒錯，這條路果然是正確答案，馬上就要通到正門前的那條坡道了。這裡確實有一條狹小的捷徑沒錯。

——就是那裡！

我以小跑步奔進了一條巷弄裡。

這裡和剛才那個地方一樣，都位於兩棟大宅的外牆之間，但因為沒有窗戶的關係，所以與其說是巷子，這個空間還更像是個比較寬敞的縫隙。不過兩側的牆壁比先前的巷子那邊都還要更高，所以幾乎是漆黑一片，雙眼沒辦法馬上就適應。

我將右手往前伸出、左手摸著牆壁，像是在摸索似地緩緩前進。我壓下想要奔跑的衝動，慎重地向前走。等到走出這裡之後，接下來就只要一鼓作氣地跑到學校正門。再撐一下就好了、再忍耐一下。

終於可以離開鎮上的喜悅催生了想加快腳步的念頭，但是我壓抑下來了。因為我告誡自己，如果在這種烏漆墨黑的環境裡太過焦急而摔倒的話，那可就得不償失了。

我放慢腳步前進，然後往前伸出的右手突然碰到了某種東西。

是牆壁……

踏進死巷裡面了。

我立刻掉頭轉向。這裡距離巷子的出入口有幾公尺啊？或許實際上並不是多遠的距離，不過還是感覺那是無論怎麼往回走都無法抵達的遙遠彼端。

在此之前的高昂情緒也立刻變得萎靡不振。我靠著盡頭的那面牆，就只是直勾勾地持續望著在前方敞開的細長出入口。

就在這個時候，一道身影閃過。

這次是從右邊往左邊走，我確實看到有什麼東西從眼前經過了。

那個怪物發現自己跑過頭了，所以又掉轉回來了嗎……

如果真是這樣的話，那我走進這條巷子真的是太好了。如果我繼續順著路前進的話，現在很可能就跟怪物撞個正著了吧。還真不知道該說是幸運還是不幸呢。

「呼……」

就在我吐出一口安心的大氣時……

出入口那細長的光亮，在距離地面一、兩公尺處的空間突然變暗了。光是這樣就讓光亮瞬間被截斷，就好像是有某種東西堵在出入口那裡似的……

一回神，我已經把身體縮了起來。

該怎麼辦……？

如果怪物就這麼走進來的話，這裡是沒地方可以逃的……

我繼續縮著身子，凝視著佇立於黑暗那頭的身影。因為它和左右的黑暗同化了，所以看上去就只有新形成的影子像是往下延伸的巷弄。我很希望真的就是這樣，然而這都不過只是徒勞的逃避而已。

我要在怪物進來之前就搶先衝出去嗎？

要是它一路進逼到盡頭的這面牆壁，那可就束手無策了。但是，假使我能接近巷弄的出入口，就還有逃出生天的機會。為此，就只能由我對怪物發動突襲、制敵機先。

只能孤注一擲了——

想是這麼想，但一想到要和怪物接觸，膽子立刻就縮了回去。然而，眼下也別無他法了。

就在我被刻不容緩的決斷給逼迫、同時又感到遲疑不定的時候，影子突然動了起來，細長的光亮再次延伸到下方段落的空間。

它沒有發現我在巷子的最裡面！

我瞬間氣力全失，整個人癱坐在地上。就結果來說，怪物自己先離開了，我沒有過早採取行動實在是萬幸。就在我打從心底感到欣喜的同時，又想到要是剛才衝出去的結果，身體也不禁發起抖來。

我用手扶著牆壁起身，慢慢地往回走。就在我走到一半的時候，才意識到自己並沒有弄清楚一個相當重要的訊息。

影子是往哪邊移動的呢……

如果往左邊的話就沒有問題了，因為那是要返回天皇陵那邊的路。但萬一是往右邊的話，就是接下來我要去的地方。

不管它是往哪邊走，現在去看應該還能看到吧。

我在巷子的出入口停下腳步，確認石板坡道左右兩邊的情況。可是我完全不敢把頭給探出去。和剛才不同，雖說是影子，我還是再次清清楚楚地感受到怪物的存在。要是突然探頭張望，跟偶然回頭的怪物四目相接的話……我無論如何都無法拂去這個想像。然後，我連窺探都不敢了。雖然心裡喊著「一、二、三」，但身體卻完全動彈不得。

就在我的目光落在眼前的石板路上時。右手邊突然冒出了影子。

欸……

因為路燈的燈光而呈現細長延伸且扭曲的頭部影子，就直接往左側延伸過去。換言之，那個怪物是往右邊走去，但是又折返回來了。緊接著，它就要從右邊到左邊、從我這條巷子的前面通過。

那個瞬間，如果它往巷子這裡瞥了一眼的話……

毫無疑問會被發現的吧。於是我連忙轉過身去。如果像剛才那樣潛伏在巷子最深處的黑暗之中，是不是就沒有問題了呢？即便內心這麼想，但現在已經來不及了。即使使盡全力奔跑，自己的背影也會被看到的吧。

我懷抱絕望的心情將視線轉往上方，就看到兩戶人家的牆壁有如陡峭絕壁般開展而出的景象，絕望的感受又更加深刻。現在已經無處可逃了。

萬事休矣了……吧。

被左右兩側屋子的牆壁切割出來的細長天空上，低垂的雲層感覺就像是要幫這條巷子闔上蓋子。

要是能逃到屋頂上的話……

就在我進行這種不可能的想像之際，孩提時代曾看過的電影場景突然在腦海內浮現。

那個場面是主角被逼到一處跟這裡很相似的狹窄小巷，然後把雙手雙腳張開成大字形，接著將手腳撐在左右兩邊的牆上，再一點一點地攀登牆壁之間的空間。但如果真的想爬上去的話，會需要相當程度的臂力和腰腿的力量。不過，如果只需要在怪物經過的時候撐一下子就好的話，或許還能嘗試看看。

問題就在於攀登的場所。如果只是在不上不下的地點攀爬到不上不下的高度，恐怕就會在怪物窺視巷子時進入它的視野範圍。可是在出入口附近的話，我就會剛好位在怪物的正上方，所以首先就不必擔心會被發現。假設怪物進到巷子裡面，屆時我還能滑下來再伺機逃走。

人只要被逼入絕境，腦袋的運作是不是就會變得更快更靈活啊？我在瞬間判斷到這一步，就立刻雙手雙腳並用、撐在牆上開始往上爬。

可能是因為牆壁與牆壁之間的寬度比較狹窄，再加上表面很粗糙的關係，我沒有耗費太多力氣就爬了兩公尺，然後又再往上爬了一公尺左右。雖然也一度焦慮地認為必須再爬得更高一點，但是我好不容易才克制住、告訴自己這樣的高度已經足夠了。

實際爬上去看看就能了解，要從上面下來可比爬上去要困難多了。雖然只是和撐住牆壁攀爬的動作相反，但是要控制施力是很困難的。總覺得若不是攀爬失誤讓手腳打滑，就是因為耗盡體力而摔下來。雖然希望能離怪物遠一點，但如果是爬到自己下不來的高度，就一點意義也沒有了。

我就像是化身成一隻巨大的蜘蛛，俯視著石板路坡道，然後就看到那個筆直地延伸過來的影子，其本體在巷子的出入口現身了。

那個並不是朱雀怪物，而是一個漆黑無比的影子。影子這種存在乃是二次元的東西，但眼前的影子看起來就擁有三次元的質量。

應該怎麼說明才好呢。雖然想不出什麼高明的表現方式，不過一定要舉例的話，就是密度極為驚人的蚊子群形成了一個人的形狀。這樣的形容會不會比較接近呢？

那個影子就在我的正下方蠢動著。

定睛一看，感覺影子的裡面還有無數的影子正在亂糟糟地東搖西晃。從影子的體內源源不絕地吐出的瘴氣，看上去直接化成了人形，如漩渦般捲動。

也許朱雀怪物在天皇陵前面就分解成無數的影子了。它們正一點一點地聚集在一起，然後追在我的身後而來。

這個時候，月光從我的頭上傾瀉而下。

糟糕，會被發現的……

我不禁仰望天空，從雲層間流瀉的皎潔月光，持續在切割巷弄的黑暗。

我的內心想像出一個抬頭看向我這裡的影子，於是戰戰兢兢地往下窺視。可是，什麼也沒有。影子的形跡已經消失得無影無蹤，就宛如沐浴在今夜的月光之下，因而煙消雲散那樣……

全身的力量在不知不覺間流失，讓我連忙穩住手腳。如果就這麼摔下去的話，肯定會受重傷的。

我像是滑落那樣往下降了一公尺左右，接著憑著氣勢縱身一跳。明明高度大概也就兩公尺，可是著地時腳踝還是感覺麻麻的。孩提時代經常會從比自己的身高還高的石牆上跳下來玩耍，但是長大成人後就吃不消了。

在稍微休息、等待發麻的感覺恢復後，我悄悄地只探出頭、確認石板路左右兩邊的情況。因為跳下來的時候動作太大，所以即便現在才想到要避免發出聲音也已經太遲了，但我還是小心翼翼地採取慎重的行動。

我窺看通往中學的右側，接著又看了看左側的來時路。什麼也沒有。

好不容易才踏出惡夢般的死胡同，就看到右前方有個同樣往右拐入狹窄巷弄的轉角。

就是那裡。這次絕對不會錯的。

迅速朝著正確的小巷走過去的我，在途中就跑了起來。我藉助奔跑的氣勢一口氣衝入了巷子，雖然黑漆漆的，讓我腳步踉蹌，但這些全都無所謂了。總之我就是全速衝過這條巷子、來到了坡道。

我趕快往左邊抬頭一看，就看見綠葉中學的正門。

成功了……

趕忙回頭望去，並沒有看到那個影子。

我迅速爬上坡道。才跑了一段就覺得呼吸不順、跑不下去了。但即便如此，我依然猛催著雙腳。

正門從內側鎖上了門閂。不過那只是用一根鐵棒橫向滑動的裝置，即使人在外面，把手伸進去的話就能拉開鐵棒。

嘰、嘰嘰咿咿……

深夜的面膽町響起了毛骨悚然的金屬音。或許會有某個人覺得這個聲響太可疑，然後就跑出來確認也說不定。要是發現了非法入侵的人士，恐怕還會通報警察。這也讓我的內心相當不平靜。

最後終於移開了門閂，總算把門給打開了，我迅速地闖進裡面，關上門、再把門閂歸回原位。即使現在是冬天，光是這些動作就讓我渾身出汗。被怪異現象襲擊、逃竄、拚命地擺脫——這些體驗，就像是因為進入校園後的安心感而一次爆發出來。

進門之後，就是一個沿著傾斜的坡道而建的廣場。左邊的建築物是柔道和劍道使用的道場。右邊是呈現S形、一路連接到校舍的櫻花樹坡道。然後在正面可以看到台階面寬頗寬的七十五階石階梯。要去學校，就要爬上眼前的石階梯或是右手邊的坡道。以距離來說，直線的石階梯會比較近，當然也比較陡峭。但是我毫不遲疑地就朝著石階梯走去。

綠葉中學的七大不可思議之一，就是在深夜時分從石階梯的下方往學校的方向仰望時，看到的不會是校舍，而是城池。接著再從石階梯往上爬，就會發現階數不是七十五階，可能增加、也可能會減少。只不過，現在可不是從容地仰望校舍、數石階梯有幾階的時候。或許自己的疲憊已經超出身體所感受到的程度了。總之，我想要盡早抵達飛鳥家，再好好休息。

石階梯每二十五階就會設置一個樓梯平台。據說歷任校長在入學典禮致詞時，一定都會拿這個石階梯來比擬中學的生活。一開始的二十五階是一年級生、接下來的二十五階是二年級生、最後的二十五階是三年級生。請大家像是一步一步登上石階梯那樣，在我們綠葉中學度過三年的時光吧。記得好像是類似這樣的內容。

突然回想起自己的中學時代、即將要爬完最初的二十五階時……

「喂～」

從石階梯的下方傳來了呼喊聲。

欸……？

我立刻就想回過頭去，但是在轉到一半的時候……定住不動了。

這不是和〈朱雀的怪物〉裡面那個「半顏坂」的情境一樣嗎……

半轉過頭的視線一隅，有個黑漆漆的影子佇立在石階梯的最下方。雖然我不敢直接看過去，不過確實進入我的視野了。

我拔腿就往上跑。一次跨過兩階、跑上了下一組的二十五階。即使很快就喘不過氣了，但總算是先來到了第二個樓梯平台。

「喂～」

這時，石階梯的下方再次傳來了呼喊聲。

我又想把頭轉過去了。但是，絕對不能回頭。雖然心裡很清楚這一點，但就是想要往後轉。這並不是被人搭話時反射性的習慣，因為自己很清楚那個在叫喚的是怪異的存在……即便如此，卻還是想回應、還是想迎向怪異。這是為什麼呢……

不行！

奔上最後二十五階的同時，我也一邊喝斥自己。絕對不可以在這個時候把頭給轉回去。

雖然速度減慢了，但我還是維持一次跨過兩階的方式要衝過最後的二十五階。不過厚厚的大衣重重地壓在全身，感覺自己就要直接趴倒在石階梯上了。而且雙腳還止不住顫抖，或許隨時都可能踩空。

儘管如此，我還是一路來到了最上層。總算是讓我爬完了七十五階。

我的兩隻手擱在雙膝上、維持半彎腰的姿勢，嘴裡大口大口地喘著氣、調整呼吸。

「喂～」

石階梯下方傳來了第三次的呼喊聲。

我猛然回頭望去。

一個黑影就站在正後方。

「哇啊啊啊啊！」

我發出慘叫，整個人也當場癱坐在地。

臀部著地的剎那，過去的諸多往事突然就像是走馬燈般在我的腦海中轉瞬而過。人家都說人要死去的瞬間，就會出現這樣的現象。原來這是真的啊……我竟然還能悠哉地想著這些。

有一種說法認為，動物在面臨死亡這個最大危機之際，會出自本能想逃避這樣的恐懼，於是就會在過往的各種經驗中下意識地探尋解決的策略。不過實在遺憾，在我截至目前的貧乏人生經歷裡，是無法找到應對這種怪異現象的方針的，到最後能感受到的，就只有萬念俱灰的絕望感。

這時，我發現右手邊校園的另一頭蹲坐著一個巨大的漆黑影子。

對了，天皇陵！

蓋在城址上的中學和天皇陵範圍內的土地，就有如駱駝的駝峰般相連。如果直接進到天皇陵的話搞不好就能得救。而且要前往飛鳥家後面的偏屋，通過天皇陵的路徑會比較近。

中學時期，我是從自家的後院出發、穿過天皇陵到學校去上學的。那條路或許現在還在呢。爬上七十五階的石階梯後往左邊前進，就會看到花壇，那裡再往前走一段就是森林。穿過森林，應該就會出現一段半倒塌、又小又窄的石階。它的左側是天皇陵粗壯的石柱柵欄，我記得確實是平行排列的。

我一溜煙地朝著花壇的另一側跑過去。即使耗盡全力也沒有關係，總之就是要全速奔跑。至於那個黑影有沒有追上來，我完全沒有任何可以思考的餘裕。就算只有一秒也好，我想盡早逃進天皇陵的範圍內。心裡所想的就只有這件事而已。

數十公尺的距離，感覺卻相當漫長。來到離花壇還有一半距離的地方時，我還擔心這樣的跑法能不能堅持到最後。就在這個瞬間，突然感受到背後出現了令人毛骨悚然的氣息。雞皮疙瘩立刻爬滿了脖子，讓我不禁加快速度。我自己心裡也很清楚，眼下就是最後能努力的關頭了。

不過，絕對不能在這裡被逮到。

我以驚人的氣勢逼近花壇。雙腿好沉重，再堅持一下就好。速度開始變慢了，可是還不能放棄，要堅持到逃到那一邊為止……

「嗚喔喔喔喔！」

我張口大喊，像是跳遠那樣往前一跳、越過了花壇。接著在落地的同時，立刻就拔腿朝著森林裡奔去。

一路穿過樹林之間後，就看到了記憶中的那個石階梯。勉強還能讓人走的狹窄台階持續往下方延伸。即使稱之為石階梯，但就好像經歷了地震般，每一階都是凹凸不平的醜陋模樣，而且還長了苔蘚、又被雜草覆蓋，所以腳下的狀況相當不穩定。我幾乎像是要跌下去那樣一口氣來到了底下。最後的幾階我甚至是跳下去的，不過因為地面是土壤的關係，緩解了著地時的衝擊力。和剛才在面膽町的巷弄時不同，這次不會覺得腳痛。

雖然很想在這裡暫且喘口氣，可是我不能這麼做。

從我家的後院要前往綠葉中學的花壇，並不是每次都會穿過天皇陵的中間區域。雖然一定會經過天皇陵的範圍內沒錯，但問題在於那裡鄰接了我家和飛鳥家的後院。也就是說，從廉峰町到竹暮町，背朝天皇陵而建的所有住家或多或少都面向這條捷徑。而且根據地點不同，有時還必須得從別人住家範圍的這一側通過。

在英國孩童的遊戲之中，有一個被稱為「Garden Hopping」的遊戲。郊外住宅區的房子會依照區域規劃井然有序地排列，而且每一戶人家都有自己的後院。小孩會把最邊邊那一家的後院當作出發位置，然後彼此較量能穿越多少戶人家的土地而且不被教訓。穿過別人家的後院、非法進入的罪惡感，以及即使被抓到、大多也不會真的受到什麼懲罰的安心感，這兩種感受在這個遊戲中絕妙地交融，充滿了小孩子會喜愛的那種刺激感。

並不是上學、放學的早上或傍晚，而是在深夜裡進行和「Garden Hopping」相近的行為。而且我現在可是拚了命地在逃跑，無論如何都會發出聲響。原本我還想說不要被住戶察覺就好，但突然傳出的狗吠聲簡直要把我給嚇壞了。

喂喂！這裡的居民以前可沒人養狗啊。

如果被發現的話，他們肯定會報警的，這也讓我感到焦慮。不過夜也深了，距離居民起床還有一段時間。我想要趁這個機會盡可能地往前推進，但是途經的人家搞不好有人養狗。我絕對不想被那個影子給逮到，可是無論如何也不希望有警察介入，那只是白白浪費時間而已。

沿途我踉蹌地跌了好幾次，內心祈求能平安無事地抵達飛鳥家，這時鎮上各處都傳來了狗的遠吠。大概是先前那條狗起了頭的關係吧。

得救了……這樣就可以蒙混過關了。

才剛剛像這樣放下心中大石，我又趕緊回頭確認後方的情況。

影子不在……也沒看見怪物……

我瞬間放盡全身的氣力，當場蹲了下來。慎重起見，我還是朝周遭掃視了一遍，不過並沒有看到什麼怪異的現象。

從這裡開始我就減緩了步調，搖搖晃晃地來到了飛鳥家的後院。天皇陵的泥土路和庭院之間就有如懸崖一樣，我幾乎是用滑的下了那個斜面。

不管是身體方面還是精神方面——甚至連衣服也是——都變得殘破不堪的我，打開了偏屋的門。

「信、信一郎……」

儘管發出的只是這種細如蚊蚋的音量，但八疊房間的紙門立刻就打開了。

「你還好吧！」

信一郎飛奔到走廊上。

「嗯啊……」

是在喘氣還是在回答呢？就連我自己也搞不清楚。

「這樣啊。」

然而，信一郎卻嘴角一彎、笑了起來。

「你放心吧，我解開〈朱雀的怪物〉的謎團了。」

星期六（上午）

我借了飛鳥信一郎的和服並換上之後，就一邊喝著他沖的咖啡、一邊聽他說話，過程中我也終於平靜下來了。

剛踏進偏屋的時候，雖然我就只能嚷嚷著「朱雀怪物來了！影子追來了！」但信一郎不斷地告訴我「沒事了」，我也漸漸被那自信滿滿的態度所感化，總算找回了自我。

據說信一郎在剛過午夜十二點的時候，就擔心我是不是發生了什麼事。因為我是從京都車站打的電話，只要電車沒誤點的話，算算時間也應該要出現了。事實上，那個時候我正竭盡全力要從朱雀怪物的魔掌中逃走，然而他這邊好像什麼怪異現象都沒發生。

「為什麼？」

我非常訝異，坦白說甚至還有些不滿。

「應該是拜那個所賜吧。」

信一郎指向房間內的四個角落，上面都貼了護符。

「明日香發燒後，奶奶就拿了這些過來。然後要我把它們貼到房間的四個角落。」

「該不會——」

「不，是奶奶自己察覺的吧，她發現我們被捲入某種不好的事情之中了。看來似乎滿靈驗的呢。」

「這樣啊……明日香現在如何？」

「終於退燒了，情況正在好轉中。」

「太好了……」

「我覺得你應該是碰上怪異現象了，但是我完全不知道該怎麼做。如果是兩個人一起的話，還有解謎這個破除的方法。可是獨自一人的話……當我嘴裡這麼叨念的時候，文几的抽屜就開始冒出了黑煙。」

「那個是——」

「嗯嗯，就是放了《迷宮草子》的那個抽屜。我趕緊開鎖把東西拿出來，就看到皮革封面已經發黑了，上頭還冒出類似瘴氣的東西。我想這就是怪異降臨在你身上的證明。」

我問了時間，剛好是我被捲進霧氣裡的時間點。

「我也考慮過要把奶奶給的護符貼在《迷宮草子》上面。但我又想到即便兩個人沒有聚在一起，與其貼護符，破解〈朱雀的怪物〉的謎團才是幫助你最好的方法吧。」

「是什麼時候解開的？」

又問了時間，結果和我在面膾町的死胡同裡爬牆時幾乎一致。

「那個時候影子之所以會消失，並不是因為月光的緣故嗎？」

「該怎麼說呢……假設那是我獨自解謎的效果，那麼它應該也沒有太大的效力吧。」

「必須得在兩個人都在的場合把事情了結嗎？」

「大概吧，恐怕就是這樣。」

「所以，你解開岩壁莊殺人事件的真相之後？」

「類似瘴氣的東西消失了。只不過，《迷宮草子》像是有了脈搏一樣『噗通噗通』地震動。」

「欸……」

「不，也可能是我看錯了吧。」

雖然信一郎這麼說，但那個時候看到的光景似乎也深深烙印在他的腦海裡。

「都引發這麼多詭異的狀況了，身為始作俑者的那本書會蠢蠢欲動也不是什麼稀奇的事吧。」

「喔，你心態也放開了嘛。」

「這是當然的。我可是被朱雀怪物追著跑呢。」

「來吧，我們來把這篇故事完全做個了結。」

「嗯嗯……」

「話說回來，你讀完之後有什麼想法？」

謎題應該已經被他解開了才對，但信一郎不知道為什麼用一副思索中的表情問我。

「拿截至目前的故事來比較的話，這篇還滿奇怪的……應該說是恐怖吧。」

因為會和故事中的人物遭遇同樣的狀況，這已經不是單純用恐怖就能形容的感受了。

「的確，這有點可怕呢。」

哎呀……和信一郎意見一致。我不禁感到訝異。

原本飛鳥信一郎這個人就不是容易感到恐懼的類型。〈朱雀的怪物〉不是個會讓人感到愉快的故事，讀完以後的感受也很差，但我並不覺得那是會讓他感到害怕的內容。

最主要的是，謎團不是已經解開了嗎……

儘管如此，總覺得他看起來還在思考什麼的樣子。突然感到不安的我，也打算要更接近真相，於是就繼續推進話題。

「這個是《一個都不留》吧。也就是你所謂的『十個小印地安人型推理』沒錯吧。」

「十個小印地安人型推理」這個冗長的名字，是信一郎對S・A・史蒂曼[⑩]的《六名死者》和阿嘉莎・克莉絲蒂的《一個都不留》這類主要登場人物基本上都全數死亡或被殺害的推理作品所取的稱謂。

---

⑩ Stanislas-AndréSteeman。比利時小說家，《六名死者》（TheSixDeadMen）是他於1931年發表的作品。故事描述有六個年輕人約好在五年後再次見面，屆時彼此要分享財富。結果隨著約定的日子即將到來，他們竟一一遇害了。本作曾兩度被改編成電影。

它的由來就是《一個都不留》的原作標題。但是最初的標題並不是「印地安人」，而是《十個小黑人》。不過原題指稱黑人的「Nigger」已經變成歧視用語了，所以才有這段修正為「印地安人」的經過。然而在某個時期，就連「印地安人」也被視為一種歧視的稱呼，這麼一來，難道又要改成《十個小美洲原住民》嗎？

玩笑先暫且不提，我自己認為從故事情節去檢視的話，《一個都不留》會是最適合的名稱。

「是啊。」

或許是對自己命名的稱呼產生反應，信一郎開口回應。

「海外方面，史蒂曼的《六名死者》、克莉絲蒂的《一個都不留》、傑克馬爾&賽內卡爾[11]的《第十一個小印地安人》等作品都是。日本也有西村京太郎的《殺人雙曲線》、夏樹靜子的《然後，有人消失了》、綾辻行人的《殺人十角館》也都屬於這個類型。可是，如果要縝密地去評估哪部作品符合標準是相當困難的。」

「所以，『十個小印地安人型推理』的定義是什麼啊？」

我從信一郎的回答來判斷，最關鍵的解謎應該已經完成了才對。如果不是這樣的話，他應該會顯得更心浮氣躁。

因此感到安心的我，就想要從外圍來開始對〈朱雀的怪物〉發動進攻。意思就是，我要把它視為一種「十個小印地安人型推理」來解讀。

「符合這類型作品的必要條件就是——」
信一郎開始一一提出。
「一、事件發生的舞台要與外界完全隔絕。
二、登場人物要完全被限定。
三、事件結束之後，登場人物全部都要死亡——至少要讓讀者這麼認為。
四、不存在能成為犯人的人物——至少要讓讀者這麼認為。
就是以上這四點吧。」
「原來如此。」
「不過——」
他又接著說下去。
「如果是要嚴謹到完全符合這四個條件的作品，範圍會被極度限縮。」
「基本上第一點和第二點，只要是『暴風雨山莊題材』的話不是都適用嗎？不光是這樣，第二點放到所有的本格推理作品裡面應該都說得通吧。」
我提出一個單純的疑問。

⑪ Jacquemard-Senecal。由耶夫．傑克馬爾（YvesJacquemard）和讓－米歇爾．塞內卡爾（JeanMichelSénécal）組成的雙人作家共用筆名。

「不，這裡所謂的限定，意思是指沒有任何人被差別對待、所有的登場人物都是平等地被擺到舞台上。」

「……」

「的確，本格推理的場合，即使有多達二十人、三十人的大量登場人物出現，最後一定也會被限制的。只是這裡就存在一個問題，就是他們獲得的待遇可說是千差萬別。也就是說，對於發生的殺人事件，全部的登場人物並不會在同一條起跑線上對抗。在他們各自與事件的關聯之中存在著獨有的距離。重點只在於人數的不同所產生的差異而已。因此，作者才能在那種複雜又特異的情況下讓犯人潛伏在裡頭。」

「我好像能理解你要說的東西啦……」

「然而，換成『十個小印地安人型推理』的場合，因為它極端的狀況設定，所以全部的登場人物都會不由分說地和事件有所牽扯。所有的人都平等地站到了聚光燈下面，而且不得不被聚焦，沒有人可以例外。」

「這樣啊。這種情況下的限定，也帶有人數限制的意涵嗎？檢視過去的作品範例，再多也不過就十個人左右而已。」

我終於理解信一郎指出的關鍵了。

「不過，這在『暴風雨山莊題材』也說得通吧。」

信一郎重複我說過的話。

「所以，重要的是第三和第四點。」

「嗯，因為全部的人都死了，就是這類劇情最大的拿手好戲。」

我喜歡約翰・狄克森・卡爾，對於阿嘉莎・克莉絲蒂並沒有什麼特別的情感。儘管如此，如果以客觀的角度來評價的話，以《一個都不留》、《羅傑・艾克洛命案》、《東方快車謀殺案》等作品來說，即便假設它們的完成度不佳，光是能運用這些點子，我認為就足以獲得相當高程度的好評了。

當時在毫無預備知識的情況下讀了《一個都不留》的人們，到底會有多麼驚訝呢。光是想像這點就覺得很有趣。「欸？全部的人都死了嗎？」知曉真相後的震驚，肯定是很棒的感受才對。真是令人羨慕。

「其實第一和第二點不過就是表面的條件罷了。」

信一郎繼續說下去。

「首先，它和『暴風雨山莊題材』有什麼不同？我們先試著思考這個問題吧。身處與外界隔離的世界，總共有十個登場人物，這種場合在兩種設定之間的差異會是什麼呢？」

「被害者的人數不一樣……」

「登場人物越少，當被害者的人數增加時就能縮小嫌疑人的範圍。如果今天有六個人，其中一個被殺害的話，那麼犯人就在剩下的五個人之中；有第二個人遇害的話，犯人就在剩下的四個人之中……誤差就會像這樣漸漸縮小。可是『暴風雨山莊題材』會設定犯案現場是密室，或是存在擁有不在場證明的人，像這樣施加讓人無法簡單縮減犯人名單的技巧。因此這種主題才能夠成立。」

「確實是這樣。」

「然而，就『十個小印地安人型推理』的場合來說，登場人物會明確地減少，而且沒有密室或不在場證明等可以隱藏犯人的要素。相反的，密室和不在場證明都是可以破解的，但是『死亡』就無法破解。原本應該被列為嫌疑人的人物們，卻接連得到了『死亡』這個絕對不會被攻破的不在場證明。這就是兩種設定之間最大的差異性。也就是說，要滿足第三和第四個條件、特別是第四個，就是最為關鍵的課題。」

「不存在能成為犯人的人物——嗎？」

這點就某種意義來說，或許是推理作品的究極主題吧。

「這麼思考的話——」

信一郎臉上浮現難以形容的笑意。

「泡坂妻夫的《失控的玩具》和《死者的輪舞》等，或許可以稱之為優秀的『十個小印地安人型推理』作品呢。」

確實沒錯。當年在第一時間就讀了《一個都不留》的人，他們被所有人都遇害的情節給震懾的同時，應該也感受到「那麼，犯人到底是誰？」這種強烈的懸疑感吧。然而實在遺憾，對現在的我們來說，已經很難再品味「欸？全部的人都死了嗎？」這種驚訝了。但是像《失控的玩具》中那種「明明沒有能成為犯人的人物，那麼，到底哪個人才有辦法犯案？」的驚訝感，還是能透過作家的創意來品味。

不，比起這種事，「朱雀怪物」的真面目要重要多了。岩壁莊殺人事件的犯人究竟是誰呢？就在我想直接問信一郎的時候——

「想到這裡，這篇『紀錄筆記』或許能稱為理想的『十個小印地安人型推理』也說不定呢。而且這裡頭還有兩個其他作品案例中看不到的有趣要素。」

「只有這起事件才有的嗎？」

「假如由你來籌劃一場『十個小印地安人型推理』的犯罪，你覺得最應該花心思的地方是什麼？」

儘管帶了點戲弄的感覺，但是他卻用一副嚴肅的表情問道，所以我也開始認真地思考起來。

「這個嘛……首先就是該怎麼把相關人士一個都不漏地全部集合在一個場所才好呢？接著，因為是基於某些理由才會向所有的人復仇，所以我想要盡可能讓他們理解這件事。然後就是實際的殺人行動，一直殺到兩人、三人的時候，還存活的人肯定會加強防備的，所以要慎重思考包含下手順序在內的犯案計畫。我能馬上想到的就是這三點吧。」

「真不愧是未來的推理作家，著眼點很棒呢。」

他罕見地誇了我一下。

「在相關人士都互相認識的情況下，把他們聚集在一個地方應該是比較輕鬆的。但如果不是這樣的人際關係，就必須具備相當程度的智慧了。比方說，把《一個都不留》裡面的犯人所使用的手法拿到現代就不適用了吧。因為只要出現些微的嫌疑，就會對後續的計畫造成阻礙。至於第二點的想傳達復仇意圖，以這個案例的犯人來說特別顯著。不過這也不是能輕易做到的。雖然一旦被關起來就無法逃脫，可是做得過頭就只會讓人提高警戒心而已，並不能說是上策。不過，就推理小說的情況而言，此舉就是能夠催生懸疑感的必備道具，所以作者會在這裡多下點工夫。而這個第二點的問題，其實也跟第三點有所連結。」

「原本隨著被害者的人數增加，後續的殺人行動就會變得更加困難，所以想在事前傳達犯人復仇意圖的舉動，造成的風險確實太大了。」

「沒錯。所以我經常會這麼想，為什麼犯人不一口氣把全部的人都殺掉呢……」

「咦？」

「如果要同時殺掉所有的人，那麼在眾人全數在場的時候就可以從容地訴說自己的怨恨與艱辛，不是嗎？而且要是殺人的手法夠可靠的話，或許還能讓犯人堂堂正正地現出自己的真面目。」

「啊，原來如此。岩壁莊的事件幾乎是一口氣就把全部的人都殺了。」

「以『十個小印地安人型推理』來說，很多情況下都沒有必要對目標一個一個動手。目的是為了對特定的人們進行某種復仇，所以才要殺掉他們，因此採用一次執行的方式會比較輕鬆，而且也更無懸念。如果你已經處理掉兩個或三個人了，其餘的人或許就會把自己反鎖在房間裡。這樣的顧慮相當充分吧。」

「朱雀怪物就是這麼執行的吧。」

信一郎邊說邊一根一根地扳著手指。

「首先喝到爛醉的 Shigeki 和 Naomi 是在半夜到天亮這段時間內被煙嗆死的。到了早上，Yasuhiro、Koutaro 和 Akemi 被毒殺，最後的 Riyoko 就如同字面的意義那樣悽慘地被殺害。這段時間應該還不到半天吧。」

「這樣的話，一次讓全部的人喝下毒物不就結束了？」

「不，這反而更困難。如果是成年人，還有在酒裡下毒、藉著乾杯的機會讓大家同時喝下去的方法。儘管如此，每個人喝下去的量還是會有所不同，所以是不是能確保所有的人都喝了足以致命的劑量呢……而且這個手法一旦失敗了，就會在幸免於難的人心中深植強烈的警戒心。因為手法是想一口氣殺光全部的人，所以不管是誰都會覺得自己也被盯上了吧。」

「關於這個部分，朱雀怪物處理得很好吧。」

「沒錯。爛醉如泥的Shigeki和Naomi兩人，絲毫沒有被人察覺就在各自的房間裡被殺害了。Yasuhiro、Koutaro、Akemi，這三個人幾乎是同時被毒殺的。而且如果只有三個人左右的話，就算其中有人倖存，也能馬上採取應對措施。然後，只有應該是最受人憎恨的Riyoko，是經歷了十二萬分的恐懼之後，才由兇手自己親手殺害的。」

原來是這樣啊。雖然這麼說不太好，但是這個犯人行事相當合理。

「仍然一無所知的就是Miyo了。明明被視為犯人，但是她的死卻有可能早於其他人。」

「這不是準備很周全嗎。」

「什麼意思？」

信一郎接下來的話就像是在巧妙迴避我的問題。

「在岩壁莊裡發現所有人遺體的時間點，已經是死後經過一週左右了。Miyo的遺體又隔了三天才被發現。所以想要確認她的死亡時間是極為困難的吧。」

「可是，根據這位無名氏的調查，Miyo有可能是第一個死亡的……」

「因為有從解剖的結果釐清了什麼事吧。但是還不足以作為關鍵證據，所以最後才用『可能性』來做結論。不就是這麼回事嗎。」

「意思就是，Miyo 是第一個被害者，或者是活到最後的犯人，然後在犯案後自殺——無論哪一種都有可能。」
「所以才會說準備很周全啊。」
「該、該不會犯人想讓 Miyo 頂罪……」
「是有這種可能性。」
「這麼一來不就束手無策了嗎？」
「沒那回事。因為我們手上可是有當時的警察都不知道的絕妙線索呢。」
「線索？」
「就是這篇『紀錄筆記』啊。」
「你說的線索就是這個嗎？」
這時信一郎再次換上嚴肅的表情。
「至於第二個有趣的要素——」
對了，他說過有兩個有趣的要素。
「正是這篇『紀錄筆記』喔。」
「這話怎麼說？」
「『十個小印地安人型推理』的場合，當然作品也得要是小說，很多都會以第三人稱來推展故事，而且還會透過全部的登場人物來進行多視角描寫。這也是和『暴風雨山莊題材』不同的地方，可是這種多視角描寫和前面說明的『所有的登場人物都是平等地被擺到舞台上』這個特徵有密切的關係。也就是說，所有的人都是被害者候補、同時也是嫌疑人的候補人選，所以自然得採用多視角的描寫不可。」

「那是因為作品是推理小說的關係吧。這起岩壁莊事件是真的走入死胡同的非架空紀錄喔。」

我這麼說完，信一郎臉上就浮現自嘲似的笑容。

「基甸・菲爾博士有句台詞是這麼說的吧。『我們全都是偵探小說裡的人物不是嗎？』雖然沒辦法如此確信，但搞不好我們都是故事裡的登場人物也說不定呢。有誰能斷言我們不是哪裡的癲狂編輯所編織出的瘋狂世界裡的居民呢？想到這裡，圍繞著這本《迷宮草子》的諸多非現實的怪異現象也都能理解了吧。」

「所以，或許你的前世其實是某個異世界的戰士，因為身上的使命還沒有結束，所以為了盡速集結夥伴，才必須在超自然雜誌的投稿單元刊登徵召啟事——這樣的可能性也是存在的嗎？」

「你太幼稚囉。」

是信一郎自己先說了個荒謬的話題，結果現在還直接回嗆我。雖然我心想幼稚的到底是誰啊，但現在竟然能像這樣和他聊起蠢話，在兩個小時以前都還是想都不敢想的事。所以不可否認，我也覺得相當開心。

「聽著，我想說的是這篇『紀錄筆記』的異常性。」

「異常性……」

「對啊。只要讀過這篇紀錄，就會發現是以Riyoko為中心來敘述。但那不過就是因為她是團體的領導者而已。視角並沒有固定在她身上。基本上對每個人的言行舉止都有均等地記錄。也就是說，判斷這是由犯人所寫下的東西也再自然不過了吧。」

「可是，究竟是誰……」

無視我的喃喃自語，信一郎繼續說下去。

「再回到小說的部分，『十個小印地安人型推理』的場合，因為全部的人都死去了，所以犯人時常會留下自白文。如果不這麼做的話，就沒辦法向讀者說明事件的真相了。但是，這篇『紀錄筆記』完全沒有寫明事件的真相。如果是出自存活下來的某個被害者之手倒還能理解。然而，沒有一個人幸免於難。也就是說，能寫下這些內容的人物，怎麼想都不會是犯人以外的人。」

「話、話是這麼說沒錯……雖然所有的人都死了，但是這裡頭的某個人肯定就是犯人，然後這個人寫下了這些內容。」

「是啊。」

「不過……不管是誰都不可能。這麼一來，Miyo 果然還是最可疑的。」

「可是她有可能是第一個死掉的。」

「終究只是可能性而已啊。而且剛才你不是說過了，我們握有『紀錄筆記』這個線索。」

「怎麼說？」

感覺我和平時的信一郎立場顛倒過來了。

「隔天的早餐現場啊。這個時間點至少 Shigeki 和 Naomi 都已經死了。但是 Miyo 應該還活著。這是因為除了她以外，岩壁莊裡根本就沒有其他人會去準備早餐。」

「原來是這樣。」

信一郎輕輕點了個頭。

「這麼說的話，Miyo 是在 Shigeki 和 Naomi、Yasuhiro 和 Koutaro 以及 Akemi 遇害的空檔，被人從二樓的露臺推下去的嗎？」

「也能這麼解釋。」

簡直就像是說出信一郎要講的台詞似的，感覺好奇妙。

「而且啊——」

我繼續往下說。

「犯人認為事件不會立刻被人發現，所以把 Riyoko 送入黃泉以後，他還有成為被害者的一員以隱藏自己的餘裕。」

「所以最符合的就是 Miyo 吧。」

「怎麼說呢？」

「如果她不是第一個死去的話，我們也不必判斷她是在準備完早餐之後馬上就遇害的。Miyo 應該就是犯人，她活到最後，殺害了 Riyoko，然後再自殺。這個解釋才是最合理的。」

「可是，她還是存在一開始就死亡的可能性……」

雖然自己否定了這個說法，但現在又拿出來講了。

「要是 Miyo 是最初的被害者，為什麼『紀錄筆記』裡面沒有描述她被殺害的場面？」

「……」

「明明其他人都有記下各自死亡的情況，為何唯獨 Miyo 的死沒被記錄下來呢？」

「Shigeki 和 Naomi 的遺體實際上也沒有被提到不是嗎？」

「是沒有直接相關的記述。不過有描寫到 Riyoko 在他們各自的房間裡發現的狀況。」

「如果那只是詭計的話——」

「喔？」

「或許 Riyoko 只是看到倒在房間內的兩人，不過並沒有去確認他們是不是死了。不，

Naomi的話，當時是有進去她的房間裡，所以可以說是確認了她的死亡。但是Shigeki的場合就只有打開門，然後看到竄出來的煙霧而已。」

「Shigeki先詐死，然後殺害Riyoko之後再自殺。是這麼解釋的嗎？」

「沒錯。」

信一郎看著我，臉上浮現了難以言喻的表情。

「Shigeki確實很古怪。」

「啊？」

該、該不會，是這樣嗎——

「從他的言行舉止來判斷，他大概是朱雀地方出身的吧。說不定他來自神神櫛村，直到進入中野原高中之前都待在故鄉。」

「意思就是……」

「他可能以前就認識Y了。」

「也就是說，要幫Y報仇……」

「這個解釋很充分。但說是這麼說……」

「有什麼地方不合理嗎？」

「如果是這樣的話，Shigeki最後就是要把自己給嗆死。這種事情到底是可能還是不可能呢？」
「就像Naomi那樣，攝取大量的酒精就沒問題了吧。」
「是有這種方法，但有什麼原因必須要這麼大費周章呢？只要自己也喝下毒物，再混入吃早餐的三人毒發的遺體裡面不就好了？」
「假使真是這麼進行的，就和『紀錄筆記』互相矛盾了……啊！」
「嗯，要是寫下這篇紀錄的犯人是Shigeki的話，不管怎樣他都能任意修改，就是這個地方有矛盾。」
「所以，筆記就是犯人以外的某個人……」
「你是真的這麼認為嗎？」
我不這麼想——當然，這不過是一時嘴硬脫口而出的話。
「而且，如果犯人是Shigeki，就會出現奇怪的地方。」
「……」
「有一段記述提到，就在Riyoko觀察Shigeki房間內部時，朱雀怪物立刻就站到了她的身後。」
「這個……所以才說是詭計……」
信一郎的神色變得有些嚴肅。

「如果懷疑這篇『紀錄筆記』中記載內容的可信度，我們現在進行的事件解釋就沒辦法成立。」

「是這樣沒錯……可是這麼一來，Shigeki竄改內容之類的說法也變得很古怪了吧。」

啊——總覺得腦袋裡亂成一團。

「讀這篇紀錄的時候，讓我不由得感到畏懼的是——」

這麼說來，信一郎一開始就在喃喃自語：「這有點可怕呢。」

「——我想通了寫下這篇紀錄的理由。」

「記錄的動機嗎……」

「對，犯人為什麼要留下這樣的紀錄筆記呢？」

「不僅沒有記錄事件的真相、而且也沒有留下自白……」

「沒錯。我第一個想到的肯定是自我表現欲吧，這是犯罪者特有的心理。而且，像這樣的殺人事件最後甚至成了一樁懸案，我認為犯人想要告訴他人、想要讓人們知道的這種欲求，肯定是非常強烈的。」

「明明是這樣，卻沒有寫下事件的全貌嗎？」

「不如說，這個人反而還想隱蔽事件的真相。犯人推測會出現讀完這篇筆記後就開始對事件進行推理的人，所以拱出了Miyo來作為幌子。一想到那種心理，我就毫無緣由地感受到恐懼。」

「……」

「另一方面，我也對那樣的犯人感到同情……嗯，還是有點不一樣。唔嗯……感受到一種難以用言語形容、像是憐憫般的情感。」

「憐憫嗎？」

「而且，其實讀者也會抱有那樣的情感，或許犯人對這件事也經過徹底的計算了。所以我對犯人萌生了難以比擬的畏懼。」

「到、到底是誰？寫下這篇『紀錄筆記』的究竟是什麼人？岩壁莊殺人事件的犯人又是誰？」

就像是在直接迴避我這種無差別式提問，信一郎毫無意義地拿起火筷在火缽裡頭翻過來又攪過去。

總覺得開始解謎之後，就會把最初的目的——逃離《迷宮草子》的怪異現象——給忘得一乾二淨，並且沉浸在解釋事件的過程中。

因為覺得解謎就是守護我們自己、或者說是守護存在的唯一手段，所以會拚盡全力也是理所當然的。但是一回過神來，就會發現自己會把追求真相放在優先順位。至於是為了什麼才會去嘗試解釋的呢？這個答案已經完全被忘卻，徒留下一片茫然。

儘管如此，我還是用不由分說的語氣再問了一次。

「信一郎，犯人到底是誰？」

「其實打從一開始，我能想到的人選就只有一個。」

「你、你說什麼……」

這到底是什麼意思……

「岩壁莊殺人事件的犯人，就是Y。」

「你說Y……她不是自殺了嗎？」

「不，她只是『被自殺』了。」

「被自殺……？」

信一郎嘆了一口大氣。

「Akemi跟其他人詢問『蓑衣蟲』是什麼的時候，曾經說了『話說，Y後來自殺了？』這句話。接著Shigeki、Riyoko還有Yasuhiro都有開口，但是仔細去讀這個部分，就會發現這段對話很奇怪。Shigeki說了『對她本人而言，就像是被別人殺害一樣，可是那也不是真的事』，還有『又沒有人真的把她給推下樓。所以才會討論到底是意外還是自殺，最後就判定是自殺了』這些意味深長的話。Riyoko則是說『如果Y有那種膽量的話，怎麼不在走到要舉辦自己的葬禮這一步之前想辦法做點什麼』。」

「……」

「所謂的『蓑衣蟲』就意味著被迫穿上隱身蓑衣、遭受到被別人無視的欺凌。那麼就可以推測『舉辦自己的葬禮』就是把當事人視為已經死亡的『葬禮遊戲』吧。」

「葬禮遊戲……」

「雖然『蓑衣蟲』是被所有人無視的欺凌行為，但是上課或分組活動等場合，還是會因應其中的必要性去應對。不過換成『葬禮遊戲』的場合，是不是真的會被視為完全死去，然後徹底無視當事人的存在呢？」

我越聽越覺得不舒服。

「Yasuhiro 曾提到 Riyoko 是『對於蓑衣蟲和狐狗狸大人、火舞、復甦以及奠儀回禮等咒術有全方位了解的權威』。這裡面完全沒有加以說明的就只有『復甦』而已，說得更準確一點或許就是『死者復甦』的簡稱吧。」

「如果『葬禮遊戲』已經進行了，也還是存在藉由『死者復甦』來復活的餘地嗎?可是，不管怎麼想這都不會是彌補的方式吧？」

「當然不一樣。復活當事人，只是為了再次欺負他而已。Yasuhiro 曾說 Riyoko 是巫女，這意味著她掌管了所有的『儀式』、是欺凌的根源。我猜測『奠儀回禮』的真正意涵也是另有蹊蹺。一定是被舉辦『葬禮遊戲』的當事人，他的個人物品就已經不被視為還具備本人的所有權了，所以班上的任何人都可以自由地收歸己用。我想差不多就是這樣的內容吧。」

「這已經不只是霸凌的層次了啊！」

「是啊，這是無視人權的犯罪。」

「欸，等一下……這麼說的話……」

「嗯。和 Riyoko 一行人一起，Y本人**也在**岩壁莊喔。」

「竟然……」

「無名氏發現的『紀錄筆記』，全部都是**以Y的視角去描寫**的。」

「……」

「這篇以〈朱雀的怪物〉為標題的『紀錄筆記』，**作者本人就是犯人**。」

我感受到一股不可名狀的寒意。

「因為是以Y的視角去記錄的，所以在她可能沒辦法看見的地方，才會出現『這個瞬間，Riyoko 也突然停下腳步。當下她的雙眼，想必是亮起了惡意滿盈的光輝』這種拐彎抹腳的表現方式。」

「原來如此……」

「不管是半顏坂的那聲『喂～』，還是狐狗狸大人儀式時那句『就是你……』都是出自Y之口。看起來是微弱的反抗，不過這或許是她犯案前的餘興節目也說不定。只是她也因為這樣被丟出的礫石砸到流鼻血、還讓 Riyoko 抓起西式檯燈扔她。」
「那盞西式檯燈不是從立刻彎下身體的 Miyo 頭上飛過，然後砸在門板上撞碎了嗎？」
「不，檯燈砸中了逃到 Miyo 身後的 Y。所以 Miyo 才會變成『衣服上到處都沾染了滴落的斑斑血跡』的狀態。如果只是檯燈的碎片掉在身上的話，應該不會出現『沾染了滴落的斑斑血跡』這種情況吧。」
「等一下，你說在這之前——Y 逃到 Miyo 的身後？那麼這件事發生以前，她人到底在哪裡啊？」
「在桌子旁邊啊。」
「……」
「Y 被認為擁有靈異體質。也是因為這樣，才會讓她參與狐狗狸大人的儀式吧。」
「欸！Y 也有參與嗎？」
「只要讀一下狐狗狸大人儀式那個橋段，就可以知道 Riyoko 左邊的位子是空的。這個位子和門口那邊的 Miyo，還有 Riyoko 右前方的 Yasuhiro 是位於同一條直線上。」
「狐狗狸大人那一連串的旨意又是……？」
「這個我就不清楚了。但是因應問題的不同，有可能是 Riyoko 或 Y 其中一人回應的。」
「唔嗯……」

「Y說完『就是你……』之後，就在Riyoko暴怒之前逃到門口那邊。那個時候的描寫，其實就和『踩在地板上的啪噠啪噠腳步聲嘈雜地響起』是相符的。起初我認為這一定是在指『連忙逃離了桌子旁邊』的Naomi，但是後續又提到她『逃得慢了』。」

「Miyo那些感覺像是在自言自語的話，全部都是對著Y說的嗎？」

「是啊。被舉辦『葬禮遊戲』的當事人就會被徹底無視。所有的人都必須遵守這一點。不過Miyo卻一而再、再而三地破戒。就某種意義來說，對方是自己唯一的同伴，而且對著比自己還悽慘的Y說話，或許也有慰藉自己的用意吧。」

「同伴……啊。」

「說到底，Riyoko等六人、再加上自己共七個人的行李——而且女生好像還有兩個以上的包包——全部都只靠自己來扛，然後爬上坑坑疤疤的坡道，這根本就是不可能的。要將那張橫長形的沙發扛到二樓也是相同的道理。就連燒炭升火的時候，Y也有幫忙。」

「啊，Miyo把飲料端來的時候……」

「她不小心把Y的份也算進去了。雖然她馬上就想蒙混過去，不過還是惹惱了Riyoko。」

「……」

「就跟飲料數量的例子一樣，如果你仔細去觀察人數的寫法，就會發現不知道該說是大膽、還是一時疏忽把不該寫的東西都寫出來的地方。」

「人數的寫法？」

「一行人要爬半顏坂的時候，Riyoko 逼迫 Miyo 去搬大家的行李。再稍微往後一點的記述中，出現了『Koutaro 臉上掛著擔心的表情，Shegeki 則是打從一開始就一副和自己沒關係的態度。其他四個人就只是在一旁看著眼前的情景』這樣的描寫。文章讀到這裡，應該會覺得其他四個人看的就是 Riyoko 和 Miyo 兩人。那麼除了被大家旁觀的 Riyoko 和 Miyo，以及可以先排除的 Koutaro 和 Shegeki 以外，剩下的人到底是誰？」

「Yasuhiro、Akemi、Naomi 這三個……也就是說，這邊應該要寫成『其他三個人』才是正確的。Y無意間把自己也算進去了。」

「還有 Miyo 在露臺上升火的時候，Koutaro 雖然來了，但是什麼也不能做，只能沉默不語的一段記述。這裡出現了『起初還抬著頭的 Koutaro 漸漸把頭給垂下去。在這個沒有任何人開口的露臺，就只能聽見細微的聲響伴隨著風吹拂過的聲音』。如果露臺上只有 Miyo 和 Koutaro 的話，這裡應該就不會用『沒有任何人開口』，而是寫成『兩個人都沒有開口』或是『他們倆都沒有開口』之類的不是嗎？」

「原來是這樣。」

原本打算在記述時把自己消去，結果卻自然而然地寫出來了嗎。

「準備早餐的也是Y嗎？」

「就是她吧。」

因為我想盡可能別去碰《迷宮草子》，所以我壓抑著內心想重讀一次「紀錄筆記」的想法。

「也就是說，Shigeki 和 Koutaro 在意的人其實是——」

「並不是 Miyo，而是Y。原本Y就長得可愛，但 Miyo 就不是了。從 Riyoko 所說的這句『這還是第一次有男生對你這麼親切吧』來看，Miyo 突然就被兩個人示好也太不尋常了。」

「而且 Shigeki 和Y有可能原本就認識？」

「或許吧。」

「如果是這樣的話，Y為什麼會連 Shigeki 都殺掉呢？而且對 Miyo 也下手了？還有 Koutaro 並沒有帶頭參與霸凌的行徑吧。」

「這件事……就只有Y自己知道了。」

信一郎的說法就像是要甩開這個話題。

「在那之後，Y又怎麼樣了呢？」

我並不是想從信一郎那裡得到答案，因為我覺得就算是他也不會知道。只不過，我在思考Y的事情時，突然察覺到一種可能性。

「該不會——」

然而，信一郎的樣子很奇怪。我原本以為他在凝視緣廊那個方向的紙門，後來他又將視線轉往房間裡其餘的三個方向，最後抬起頭望著天花板。

「喂，你怎麼啦？」

「……」

「你該不會……又感覺到什麼視線了？」

「嗯……總覺得哪裡怪怪的。」

我連忙環顧周遭，可是並沒有發現什麼特別不同的地方。如果是《迷宮草子》的怪異現象，應該會以更直接的方式出現才對。

信一郎一再感受到的視線是什麼呢……？

當然我確實很在意，不過我還是希望盡快把與Y相關的可能性告訴信一郎。

「那個無名氏研究員進去的那間土藏，該不會就是Y老家的建築物吧。說不定S地方的K村，就是朱雀地方的神神櫛村不是嗎？」

「——我想是吧。」

「搞什麼……你早就知道了嗎？」

真是令人沮喪。不過用常理去思考，這是任誰都能推論到的解釋。

「無名氏有寫吧。就是『收藏了古意盎然的頭盔和鎧甲』這句話。」

「嗯嗯，這句話怎麼了？」

「Riyoko用菜刀刺向朱雀怪物的腹部時，刀就被彈開了。Y想必是把一部分的鎧甲包在運動服裡面了吧。」

即使這麼說明，但信一郎看起來就像是在思索完全不同的事。

看了看時鐘，已經過了四點半了，感覺疲憊感突然湧了上來。與此同時，我發現不管再麼靠向火鉢，身體卻依然冷到骨子裡去了。

「不好意思，我借用一下浴室。」

衣服已經換過了，但我還是想洗掉冬日時期那令人不舒服的汗水。

「喔喔……」

身後傳來了信一郎心不在焉的回話，我走出了八疊房間。

因為偏屋這裡沒有浴室，所以必須要到主屋去一趟。在這種不合常理的時間借用別人家的浴室實在是非常打擾人的行為，但是我無論如何都想讓身子變得暖和一點。

話說他到底在思考什麼呢？不是已經解開岩壁莊事件的謎團、把真相查清楚了嗎？

通過走廊朝著玄關走去的途中，我大感不解。

是跟奇怪的視線有關嗎？可是我並不覺得光靠一個勁地專注長考就能釐清那個東西的真相。

我打開門，來到了庭院。

朱雀怪物就站在那裡。
「信一郎！」
我一邊大聲呼喊、一邊跑回走廊，然後打開了八疊房間的紙門。
「在、在那裡！是朱、朱雀、怪、怪物！」
「說不定**就在那裡**。」
「我說了啊，就在那裡啊！」
「是在那裡啊。」
到底在說些什麼啊，信一郎你……
「**Y就在那裡**。」
「就在岩壁莊不是嗎？」
「老家的土藏裡面。」
「……」
「事件發生之後，Y就回到老家了。然後她向家人坦承了嗎？或者是犯行曝光了吧。從那個時候起，她就被幽禁在土藏內的座敷牢[12]裡面。因為無名氏並沒有發現，所以應該是個隱密

⑫日本文化中設置於私有建築物範圍內的禁閉型空間。多半是隱密地配置在屋子內的一處、倉庫或偏屋等地。

的房間吧。Y就是在那裡寫下這篇『紀錄筆記』的。」

「竟、竟然是這……」

「當然，我並沒有證據，只是這麼推測而已。」

「……」

「或許是這個原因，才讓我覺得這篇『紀錄筆記』很恐怖吧。」

我悄悄地打開緣廊的毛玻璃拉門，看向庭院。朱雀怪物已經消失了。

第六章　「鐘塔之謎」

舌渡生

我選了一個天氣預報說是陰天的日子。春季的某一天，為了前往姑姑和千砂居住的時鐘宅邸，我搭上了山斜線的慢車。

之所以會特地選擇陰天，是因為千砂患有名為視網膜色素變性的眼睛疾病。這種因為位於視網膜的神經細胞機能停止，在那裡發生異常色素沉澱的疾病，症狀會因患者而有所不同，而且發病的原因目前還尚未解明。

千砂的情況是直到升上中學三年級之前，自己都完全沒有察覺。一開始是被診斷為夜盲症，也就是所謂的鳥目。但是隨著檢查的進行，就發現她的視野存在缺失的部分，而且還在慢慢地擴大。根據進一步檢查的結果，才知道她罹患的是視網膜色素變性。

這種疾病的發展和症狀也是千差萬別，還存在相當大的個人差異。幸好千砂的情況是在進入高中後就停止惡化了。但是夜盲症的問題還是存在，讓她必須要避開炫目的光線。據說暴露在自然光或人工光源之下就會惡化，不過完全沒有科學根據。可是絕大多數的患者會對耀眼的強光感到不適也是事實。

成為高中生的千砂，和眼科醫師討論之後就戴起了墨鏡。從那時開始，就看到各式各樣的墨鏡被掛在她的臉上。

即便到了現在，姑姑有時還是會像是突然想起來似地埋怨。

「要是我能早點察覺的話……」

不過當事人倒是不在意。

「畢竟是搞不清楚原因的疾病，所以這也是沒辦法的事呀。」

然後她就像是在試穿衣服那樣，愉快地挑選新的墨鏡。

即便如此，高中的三年間，她還是被無法理解的同儕和老師的話語給傷害，也會被路過的大人用像是在看不良份子的視線——畢竟是水手服搭配墨鏡嘛——盯著瞧，所以並不能說是完全沒有煩惱的。

千砂原本就長得可愛，不對，她現在應該還是很可愛吧。但是她卻必須把可愛的面容隱藏在墨鏡底下。青春期本來就是不穩定的時期，不過她並沒有因此自暴自棄。

不管是口出埋怨、像是在責備自己的姑姑，還是並沒有因此氣餒、依然開朗地去讀高中的千砂，我總覺得實際上會不會是基於相同的理由呢。

這位姑姑是我父親的姊姊，雖然她好像很早就結婚了，不過一直沒有懷上孩子，丈夫就離世了。山斜線的埋戶丘那邊有座略略隆起的小山，姑丈的祖父在那裡留下一間附設鐘塔的屋子——當地都稱它為時鐘宅邸——姑姑他們夫妻倆打算有一天要搬到那裡去住。但這件事好像是在姑丈過世之後，姑姑才終於實際進行。不過，那個時候她收養了一個女孩，那個孩子就是千砂。

當時千砂四歲，好像是待在某個地方的養護設施裡，不過詳細情況我就不清楚了。因為無論是我的父母還是姑姑，都無法觸及千砂的過去。

記得我在小學高年級的時候，曾執拗地追問千砂的出身，在此之前從未對我發過脾氣的姑姑，竟然嚴厲地大大訓斥我一頓。

而千砂立刻就跳出來維護被這股氣勢嚇哭的我。

「對不起喔，我來告訴你吧。」

事情的來龍去脈我已經記不得了，但我是在這件事的前一天，才從千砂那裡得知她和姑姑並不是有血緣關係的母女。比千砂小四歲的我，到時鐘宅邸去玩已經有五、六年的時間了。我理所當然會認為她們兩人是親母女，所以對於千砂的告白感到相當震驚。也是因為這樣，我才會跑去追問姑姑吧。

千砂替我道歉後，姑姑的臉上盡是哀傷，然後摸了摸我們兩個的頭，就往這個家的深處走去。時至今日，我對姑姑當時的背影依然記憶猶新。

或許是以這件事為開端，姑姑和千砂對彼此也開始變得顧慮起來。

即便如此，千砂為什麼要告訴我呢？停止哭泣、也平靜下來以後，我又開始在意起這件事。不過疑問很快就消除了，因為我是親戚之中最後一個知道她們關係的人。

時鐘宅邸從以前就是堂親們的交遊場所。因為姑姑很疼小孩，所以每逢春假、暑假、寒假時期，屋子裡就會迴盪著我們的笑聲和哭鬧聲。

姑姑很富有這件事，堂兄弟們都非常清楚，但是從來沒有一個人會去纏著她討零用錢。真是不可思議啊，這種想法完全沒有萌生過。

或許是因為即便看在孩子的眼中，千砂過的也是樸實的生活吧。當然這並不是姑姑的問題，而是她自己的個人風格。而且千砂在時機成熟的時候，便一一向每個堂兄弟說明自己和姑姑的真實關係。就好像是在告知大家，關於姑姑那龐大的財產，自己由始至終都沒有任何的權利一樣。這該說她非常一本正經嗎？但或許也是個能表現她內心相當純真的小插曲吧。千砂肯定是認為只有堂親才能繼承姑姑的財產。不過，事實上每個人都認為自己不該去向姑姑撒嬌，反而是千砂才更應該要依賴姑姑。

隨著堂兄弟們的年紀增長，在時鐘宅邸度過的假期氣氛也開始有了變化。堂兄弟中的每個人都各自在心中思考著對姑姑、對千砂、以及對每個堂兄弟的想法。這是除了姑姑之外的所有人第一次的體驗，說穿了也就是所謂的大人的世界。

話雖如此，我們的歡笑聲並沒有從時鐘宅邸裡消失。每個人都想跟千砂玩，這對沒有兄弟姊妹的她而言，和堂兄弟們一起度過的假期應該是很快樂的吧。特別是我年紀最小，所以千砂總是非常照顧我。

這樣的千砂也即將滿二十歲了，目前是短期大學⑬的二年級生。當時討論考大學的話題時，姑姑希望她去讀四年制的大學。因為以千砂的成績來看，要考上名門大學也是綽綽有餘的。但是她卻選擇進了短大。

「她根本不必顧慮這麼多啊……」

只有我和姑姑兩人的時候，她嘴裡突然嘟囔著這句話。

今年春天，我總算考上了像樣的高中。因為想順便報告這件事，所以我打算造訪久違的時鐘宅邸。堂兄弟們也因為升上中學、高中、大學，所以越來越少前往那棟宅子了。我這一年也因為要準備考試的關係，被禁止到那裡去，所以這次去拜訪，應該會讓姑姑和千砂感到很開心吧。

慢車在不知不覺間駛進了悠閒的鄉下風景之中。時鐘宅邸所在地的埋戶丘車站只有普通車才會停靠，快車在它前後的停靠站也離得很遠，但最重要的就是快車一天就只有幾個班次而已。就結論來說，一開始就搭慢車前往才是最直截了當的方法。

還真佩服千砂能靠這麼不方便的交通運輸到短大去上課。雖然姑姑勸她去住公寓，不過千砂自己希望能從家裡通學。因此無論是大學生特有的社團聚會還是聯誼什麼的，她好像幾乎都沒有參加。就算偶爾出席，也一定會在十點、最慢十一點左右回家。

「我是不希望她晚上還在外頭玩，但有的時候放輕鬆點也無妨呀。」

姑姑含糊不清地說道。

「如果是我這種戴著墨鏡的女生，即使參加聯誼也會讓男生覺得害怕啦。」

據說千砂笑了笑，感覺不以為意。想必她是顧慮獨自待在宅子裡的姑姑，所以對這種事也沒有掛懷了吧。

從車窗看出去的天空，遍布著灰濛濛的烏雲。這麼一來就能帶千砂到外面走走了。不過埋戶丘那個地方也沒什麼東西就是了……

雖然埋戶丘這個地名有個「丘」字，但實際上更接近山。有個形容是「像是把碗倒扣」，但感覺還更像是寺院的吊鐘坐鎮在那裡。小學時代曾在百貨公司的玩具賣場看過一種玩具。在渾圓隆起的山體周圍繞著螺旋狀的道路，上頭有台小汽車會一路往山上開，之後又會再開下山。當時我一眼看到，立刻就不假思索地喊出：「是姑姑住的地方耶！」

現實中的埋戶丘並不存在螺旋狀的道路。它是個蜿蜒曲折的路持續延伸、通路沿途蓋有別緻獨棟屋宅的新興住宅區。過去好像只有山丘上的鐘塔是引人注目的奇特景觀，但現在已經形成一個會讓人誤以為是別墅區的恬靜小鎮。

姑丈的祖父似乎是個相當偏執的怪人。他是在自己這一代白手起家的能人，但是和家族間的關係很不好，於是就在偏僻的埋戶丘山頂蓋了附設鐘塔的宅邸，在那裡一個人過日子，後來就把財產全留給了姑丈這個唯一的孫子。我曾聽父母說過，姑姑因為姑丈離世而繼承財產時，

⑬日本高等教育學制的一種，依科系不同，有二年或三年等修業時間。源自於二次大戰後的學制改制。以傳授能運用於職場與生活的專業能力為教學宗旨。

姑丈那邊的親戚就開始傳出流言蜚語，讓她相當困擾。姑姑之所以會把自己關在宅邸裡，或許也是因為這些事情的緣故吧。

電車行駛到鐵路來了個大轉彎的地方後，埋戶丘就出現在車窗的另一頭。山頂那邊有個被千砂和我稱為「後山」、圍繞著生長蒼鬱的樹木、宛如瘤一般的突起，鐘塔尖屋頂的一部分就從它的後頭露了出來。以灰濛濛的陰天為背景，紅色的尖屋頂逐漸變得清晰可見。

就在這個時候，咚隆、咚隆、咚隆……開始能微微聽見乘著風而來的鐘塔鐘聲。四、五、六……我下意識地數著。當我知道那是十二點的鐘聲時，電車也剛好抵達了埋戶丘車站的月台。

從空無一人的小站埋戶丘的南票閘口——說是這麼說，但其實也沒有北口——走出去後，眼前就是一條規模令人感到不好意思的商店街。雖說姑且還是有食堂和咖啡廳，但是每次在這裡下車時，我就不禁在心中多管閒事地想著「這樣真的會有生意嗎？」。這個地方一直都是如此悄然無聲。

根本不必用到五分鐘就能走出這條商店街，之後就剩下連續的坡道了。

該說是彎彎曲曲，還是蜿蜒起伏呢？迂迴程度宛如蛇在蠕動的坡道不斷往前延伸。如果是夏天，毒辣的陽光會曬到讓人馬上就汗如雨下；到了冬季，吹拂的刺骨寒風會讓身子立刻凍僵。就是這麼一條艱困的道路。

然而，想要前往姑姑住的時鐘宅邸，就必須在這條坡道上爬個三十分鐘。雖然幾乎沒有在開，但姑姑其實是有車子的。只是她應該從來沒有開車到埋戶丘車站來迎接過我們任何一個堂兄弟。

或許也拜此所賜吧，堂兄弟們每個都健康地長大了。居住在時鐘宅邸的期間，我們也會因為玩耍在那條坡道爬上爬下，所以體力也不知不覺地被鍛鍊起來了吧。而且還讓我們在小學低年級的時候就已經認識了「蜿蜒曲折」這個詞彙。

正因為是這麼難走的坡道，所以我最喜歡在春假的時候造訪這裡。偶爾颳起的強風雖然會讓人覺得寒冷，但是在天氣晴朗的日子裡悠悠哉哉地爬上坡道，就覺得內心也一點一點地變得更加清爽了。

這是個天空陰陰的日子，所以會覺得有些冷颼颼的。儘管如此，像這樣漫步十多分鐘左右，身體也自然而然地暖和起來。

從車站那裡抬頭仰望的時候，就感覺屋子的數量跟過往相比有顯著的增加。光是這一年就新蓋了好幾棟房子。說這裡不方便倒也沒錯，但一想到即使在鄉下地方擁有自己的家，可是通勤時間卻要超過兩個小時以上，或許就會覺得這片土地真的是鮮為人知的好地方呢。不過，因為快車不會停靠埋戶丘車站，導致跟快車之間的轉乘相當不便，所以我也不清楚這個問題到底會對通勤造成何種程度的影響就是了。

即便爬上這條坡道，還是一樣沒有遇見任何人。大概是大部分的居民都自己開車的關係吧，然而路上就連車子也很少看到。若是連房子都沒有的話，感覺就跟走在山路上沒有什麼差別了。

爬到一半路程的時候，就看到一個掛著「向陽之地」招牌的咖啡廳，讓我嚇了一跳。在稍微寬廣的露臺上擺了圓桌和椅子，就成了咖啡廳的空間。包含感覺是手工製作的招牌在內，這裡的氣氛與其說是本業，還更像是兼具家庭主婦興趣的店家。這間店肯定是以附近的婆婆媽媽們為對象，所以其實並不是「向陽之地」，而是「聚會之地」吧。

我心裡這麼想著，看了看四周，跟剛才一路走上來的坡道沿途相比，這附近一帶蓋了更多的房子。

「感覺好像沒有變化，但其實持續在改變呢。」

總覺得突然萌生一種自己也上了年紀的感覺。

沿著彎來彎去的坡道一路走上去，就聽見小孩「哇～哇～」的喊聲從上面傳來。過去說到小孩，就只有到此拜訪時鐘宅邸的我們而已。所以，應該就是在地的小孩子在最近這幾年有所增加了吧。

當我爬到坡道三分之二左右的路程時，明明這裡的地勢已經趨於平整了，但還是有一處不管過了多久都沒有興建房子的空地。那裡有四個男孩正在玩球。四人之中有兩個還沒上小學吧，其餘兩人則戴著一看就知道是幼稚園生的帽子。

在玩球啊……

關於玩球，我有段很累人的回憶。雖然時鐘宅邸擁有庭院，但那是個經過細心照料的觀賞用庭院，是不能在那裡玩球的。因此活動式的遊戲，不管怎麼樣都得到外頭去玩。可是宅邸前就是坡道，只要沒有一次把球給接住，就會一路滾下去。這麼一來就很難讓球停住、陷入要到處追著球跑的窘境。這個運動量可不容小覷，光是這樣就會讓人筋疲力盡了。雖然球不會像喜劇電影那樣一路滾到車站前，但我記得最遠也曾經讓我們追到坡道三分之一左右的地方。所以堂兄弟們會放棄玩球類遊戲也是理所當然的。

就是因為有這樣的回憶，所以我有些羨慕地望著他們，通過了那處空地。

往前走了一段路後，坡道拐了個彎，接著突然就變得陡峭了。不知不覺間這裡就被某些人稱為「碎心坡」。夏天的時候，這裡是大家公認的最大難關，入冬以後路面有時還會結冰，變成一個相當危險的場所。

通過這裡以後再轉過最後一個轉角，鐘塔的塔尖就映入了眼簾。隨著雙腳繼續往上爬，塔尖變成了鐘塔、最後整間時鐘宅邸就出現了。

睽違一年再見到的宅邸，覆蓋屋子表面的爬牆虎長得更茂密了，總覺得也因此醞釀出一股怪異的氣氛。爬牆虎一直蔓延到鐘塔那邊，那股勢頭感覺就快進逼到時鐘的盤面。如果繼續放任它生長的話，或許距離被當地的孩子們稱為「鬼屋」的日子也不遠了。

我一邊仰望宅邸、一邊往前走，這時發現道路另一側竟然有小孩子的身影，讓我有些訝異。那是個剛好能停放一台汽車的空地，有兩個看起來應該是幼稚園生年紀的女孩坐在那邊玩。

待在那種地方不是很危險嗎……

雖然有護欄，可是另一邊就是懸崖，如果掉下去可就嚴重了。就在我猶豫要不要跟她們搭話的時候，背對我的那個女孩突然轉過身來。

「哇！」我立刻叫了出來。

因為那個孩子化了整臉的妝。大概是從媽媽的化妝檯偷拿口紅或睫毛膏來用吧。雖然她只是把化妝品隨便抹在臉上，但已經變成一張超越滑稽、極為恐怖的臉了。

而且那孩子還對著目瞪口呆的我咧嘴一笑。或許那就是個和藹親切的微笑也說不定，不過我只感受到一陣惡寒，連忙朝著宅邸的大門跑過去。

「小少爺！」

我邊留意身後的狀況邊往前走，結果就聽到了古瀨（こせ）叔叔的聲音。我望向庭院那邊，就看到手裡拿著長長的水管，被太陽曬得黝黑、臉上掛著笑容的叔叔。那是個讓人不禁感到安心的笑臉。

「您好，好久不見了。」

「我也是很久沒看到小少爺啦。」

我先和古瀨叔叔報告自己考上高中的消息。在這之中也蘊含了自己已經是高中生、就別再喊我「小少爺」了的心情，不過肯定是沒有用的。

古瀨叔叔夫婦是姑姑搬來時鐘宅邸的時候被雇用的，他們原本在商店街那裡開店。叔叔主要負責宅邸的管理和照料庭院，至於阿姨則是負責打掃屋子、做飯、洗衣服等工作。我們住在這裡的期間，他們有時也會在宅邸留宿，不過基本上大多是每天從商店街那裡走那條坡道過來的，所以比起我們還更勝一籌呢。

據說很久以前，他們就和年紀還很小的獨生女天人永隔，所以從千砂到造訪這間宅邸的我們都備受古瀨夫婦的疼愛。年紀最小的我也被他們用「小少爺」來稱呼，不管長到什麼歲數都還是這麼喊。

「恭喜你呀，夫人一定也會很高興的。」

我已經不是「小少爺」的年紀啦……我心想是不是和他們說清楚會比較好。

「小少爺也、也已經是高中生了啊……」

叔叔一臉感慨萬千的樣子。所以我好像也只能再忍耐一下「小少爺」這個稱呼了。

「來，快點去告訴夫人吧。」

古瀨叔叔這麼催促，我便走進宅邸、朝著廚房走去。姑姑她也會為千砂和自己準備餐點，現在剛好是中午，我覺得她人一定在那裡。

結果待在廚房裡的人是古瀨阿姨。

「啊，小少爺！哎呀，嚇了我一跳呢！」

阿姨從以前開始就很誇張。該說是喜怒哀樂的情緒都很激烈嗎？特別是喜悅和悲傷的表現更加強烈到不可收拾。

「欸，長大了呢……讓阿姨好～好看看你的臉吧。」

就連現在也是一股要抱住我親下去的氣勢。

「阿姨你也很有精神呢。」

說完這句話，她像是立刻就要潸然淚下。

「小少爺從以前就很溫柔呢。」

我也和阿姨說了考上高中的消息，她的臉上隨即浮現滿面的笑容，接著一個人歡欣鼓舞起來。

「這得要煮赤飯⑭才行啊。另外還要做點什麼好呢。壽喜燒還是火鍋？入夜後還是挺冷的呢。啊，對了對了，小少爺還沒有吃午餐吧？要不要做你最愛吃的蛋包飯？然後插一支慶祝金榜題名的小旗子。還是乾脆弄成萬國旗吧？」

又不是兒童餐，小旗子什麼的就不要了吧。不過，萬一我真的這麼說的話，肯定會被她回問：「那要插什麼才好呢？」

於是我放棄掙扎，總之午餐就交給她吧。

「姑姑呢？」

我這麼一問，古瀨阿姨的神色立刻就黯淡下來。

「姑姑人在哪裡？」

「還是在老地方啊。對了，要趕快把小少爺考上高中的事情向夫人稟告，好讓她開心一下。」

感覺這段話的後半段像是在說給自己聽一樣。這麼說來，古瀨叔叔提到要快點去通知姑姑的時候，總覺得他的態度也有些古怪。

發生什麼事了嗎？

我稍稍加快了腳步，朝著「螺旋階梯房間」走去。

那裡相當於鐘塔正下方的一樓部分，面向這間宅邸的庭院。所以它的正中央設有通往塔上的螺旋階梯，除此之外就只有在能眺望庭院的窗邊擺了藤椅和玻璃圓桌，從以前開始這裡就被

⑭將糯米混合紅豆或豇豆蒸煮的飯。豆子的紅色會染上米飯，使得外觀呈現淡紅色。主要在吉日或有喜慶之事時食用，帶有慶賀的意涵。

稱為「螺旋階梯房間」。姑姑喜歡坐在這個房間的藤椅上，看看書或是織織東西。

隔著門朝裡頭看了一下，姑姑果然就坐在那邊看書。為了不要讓她發現，我躡手躡腳地走了進去。

「姑姑！」

我一喊她，姑姑立刻就抬起頭來，表情相當嚴肅。不過認出是我的瞬間，馬上就轉成了笑臉。

「啊，你來啦。」

我以前也有一次是突然來拜訪。當時姑姑只是問我：「你是問過爸爸媽媽才來的嗎？」我默默地搖搖頭後，她就打了電話去我家。一直到我回家之前，她什麼也沒有多問。

「我考上中野原高中了。」

雖然我很在意那個在轉瞬之間瞥見的表情，不過還是先向她報告我考上高中的事。

但是，剛才那個嚴肅的表情又是怎麼一回事呢？至少我覺得和她看的書無關。放在姑姑身旁的，是她從年輕時就重看數十次、由露西・莫德・蒙哥馬利所寫的《安妮的青春》。

「恭喜你呀，你真的很努力呢。今晚得好好慶祝一下才行。」

姑姑伸出手拍了拍我的手臂，感覺很高興的樣子。原本她好像是要摸摸我的頭，不過我讀中學之後就迅速抽高了，所以就沒辦法像以往那樣做了吧。

「得讓古瀨太太做點什麼來招待你。要做什麼才好呢？話說你已經是高中生了……先前你還是年紀最小的呢……義務教育已經結束啦……姑姑我也老囉。」

越過眼鏡的目光，似乎是在看向遠方的某處那樣飄移不定。

果然有點奇怪呢。對我考上高中這件事感到高興是無庸置疑的，但除此之外肯定有發生了什麼。而且是讓她煩心的事情……說起會讓古瀨叔叔夫婦倆和姑姑都這麼掛心的事情——

「千砂在家嗎？」

姑姑游移的雙眼焦點終於聚焦在我的身上。

「嗯嗯。」姑姑雖然點了頭，但隨即又用微弱……真的相當微弱的聲音接著說道：「不過現在……」

「怎麼了？發生什麼事了嗎？」

姑姑從以前就對我們相當坦率直接，而我們也對姑姑毫無保留、無話不談。於是我就打算直截了當地詢問。

「呦。」

這個時候，從上方傳來了一個聲音。我嚇了一跳，抬頭往上一看，就看到堂哥幸嗣（こうじ）站在螺旋階梯中段那條通往二樓的短渡廊上。

「啊，幸嗣哥也來啦？」

我已經好久沒跟堂兄弟中年紀最長的幸嗣哥碰面。以前他真的很常陪我一起玩。記得他今年應該是大學畢業了。在學期間他曾擔任滑翔翼社團的社長，與他活潑好動的個性很相襯。所以幸嗣哥是為了報告就職的消息才來拜訪姑姑的嗎？

我心裡這麼想著，也把自己考上高中的事告訴他。

「喔喔，你也是個有模有樣的高中生啦。」

雖然語氣像是在開玩笑，但語尾卻讓人感受到一股焦躁。

「恭喜你啊，晚點再幫你慶祝吧。」

應該是意識到自己說了討人厭的話，於是幸嗣哥勉強擠出爽朗的聲音，然後就匆匆忙忙地爬上螺旋階梯。

什麼啊，這種奇怪的氣氛……？

至此之前從未在時鐘宅邸裡體驗過、戰戰兢兢的空氣正在流動。

該不會……？

我看著低下頭的姑姑，感覺自己好像弄清楚了。剛才幸嗣哥說話的時候一次也沒有看向姑姑，而姑姑也沒有抬起臉望向幸嗣哥那邊。他們兩個都意識到對方的存在，卻刻意視而不見。

原因就在幸嗣哥身上嗎？可是，為什麼呢？

「呼。」

姑姑嘆出一口大氣。

「這麼說來，你以前就是個在奇怪的地方直覺特別敏銳的孩子呢。」

她用半是笑容、半是困惑的表情看著我。

「再怎麼隱瞞還是會被你察覺的，而且那個孩子也會覺得很尷尬吧，所以就由我來告訴你好了，其實啊——」

所謂的「那個孩子」，指的當然是千砂吧。她到底發生了什麼事?這讓我備感焦慮。然而從姑姑口中所說出來的事情，竟然完完全全超乎我的預料。

聽說幸嗣哥說自己想要和千砂結婚。不過並不是現在，而是要等到千砂從短大畢業之後。但是他好像希望在那之前的一年內就訂為婚約期。

感覺還是個孩子的千砂竟然要論及婚嫁了，這對姑姑來說是個相當大的衝擊。而且對象還是千砂相當親近的堂哥幸嗣，或許這也讓姑姑的心情有些五味雜陳。

姑姑並不是認為幸嗣哥有什麼不好。幸嗣哥是堂兄弟之中最年長的，從小就是個認真踏實的人。作為我們的玩伴，姑姑也是打從心底信賴他。

問題在於千砂的感受。就姑姑的判斷，她並沒有那種想法。千砂其實也只是長年和幸嗣哥相處融洽而已。她的個性溫柔體貼，肯定是沒辦法輕易回絕的。這是姑姑的看法。

然而幸嗣哥就不一樣了。他認為千砂的這種態度是因為對姑姑有所顧慮。所以據說幸嗣哥就跑來拜託姑姑，希望姑姑能幫忙說服千砂、要她根本不必操任何心。

從姑姑的角度來看，幸嗣哥很明顯就是徒勞無功。但是他卻深信姑姑是自己和千砂結婚的阻礙。

「你怎麼看呢？千砂喜歡幸嗣嗎？她有想要結婚嗎？她真的是在顧慮我嗎？他們兩個從以前就互相喜歡嗎？」

即便如此，感覺姑姑還是突然萌生了不安，所以連珠炮似地對我拋出問題。

「唔唔……怎麼說呢。」

幸嗣哥對每個人都很親切。他一直都很照顧所有的堂親們，應該不只是獨厚千砂而已。

這點對千砂來說也是一樣的。現在想想，她或許會抱持著唯有自己不是時鐘宅邸的正式住戶這種奇特顧慮。感覺她總是自己先退讓，並且以我們為優先。

即使問我那兩個人是不是對彼此抱持著特殊的感情，我實在也答不出個所以然。

但如果是對千砂的想法，恐怕所有的堂兄弟都懷抱著某種情愫——時至今日依然如此——我覺得可以這麼說。當然，也包含我在內……

姑姑對完全陷入長考的我這麼問道。

「你能不能暗中幫我確認一下千砂的想法呢？」

她用極為罕見的怯懦語氣拜託我。不喜歡麻煩別人的姑姑，竟然說出這樣的話——而且還是對我說的——看來是不得不這麼做了。

「嗯，我明白了。如果是我的話，或許千砂會願意說出來的。」

這當然無法確定。不過首先這樣可以讓姑姑安心，再來是我自己也想釐清關於他們兩個結婚的事情。

「你啊，不要直接喊名字。」

然而，雖然還深陷於煩惱之中，不過姑姑依然照常責備我。

「不能喊千砂吧。應該喊千砂姊姊。」

「好的……」

這裡就先老老實實地回應好了。

我在小學時代喊她「千砂姊」。但是成為中學生後突然覺得害臊，所以就喊她「千砂」了。千砂一開始也氣得說道：「你是在神氣什麼啊——」但不知道從什麼時候開始，她就不再提這件事了。不過要是在姑姑或古瀨夫婦的面前這麼喊，肯定會挨他們三個一頓訓斥的。

「那麼我先離開了——」

不必擔心，沒事的——我用蘊含這個訊息的笑臉迎向姑姑，然後開始爬上螺旋階梯。

「大家都長大了呢……」

鏘、鏘、鏘。被我在螺旋階梯房間裡響起的腳步聲蓋過，所以只能聽見姑姑的低語。

在螺旋階梯爬了兩圈半左右，就連接到通往宅邸二樓部分的渡廊。想要到二樓去，可以使用從玄關一路延伸的走廊盡頭處的樓梯，也可以從這個螺旋階梯爬上去。但是以便利性來說，大多是使用前者。只不過對小孩而言，螺旋階梯的存在就是如此誘人，雖然會繞遠路、發出的聲響也很吵，但大家還是經常一路「鏘、鏘、鏘」地上下階梯。

在持續繞著圈子往上爬的途中，兒時的回憶也接二連三地甦醒了。以這種狀態跟千砂碰面沒問題嗎？正當我這麼想的時候，人已經站在她的房門前了。

原本想要什麼也別想就直接敲門，但果然還是猶豫了。以前進去千砂的房間時，曾經出現過任何一次遲疑嗎……一想到這點，就陷入了難以言喻的情緒。

天真無邪是多麼幸福的狀態啊。

我要抱持這樣的想法，在房間前面站到什麼時候呢？就在剛剛意識到門突然被打開的時候，千砂就從裡面走了出來。

「呀！」

惹人憐愛的驚呼聲在耳畔響起。即使是在這種情境，千砂還是很可愛呢。我宛如在千里之外想著這件事。

「真是的……嚇死我了。你什麼時候來的啊？」

因為一開始看到的就是她驚訝的臉，所以千砂在此之前是什麼樣的表情，我就不得而知了。

「幹嘛呀？一直盯著人家的臉看。」

她勉強擺了一個看似恐怖的眼神、瞪向我這裡。

「好、好久不見……」

儘管結結巴巴，我還是擠出了聲音。

「話說，你考上高中了嗎？」

現在她浮現了擔心的表情，一直凝視著我的臉。

「嗯、嗯……」

「恭喜你！」

千砂笑顏逐開，然後就抱住了我。在我嗅到美好氣味的同時，也感受到了胸前柔軟的隆起，立刻讓我當場僵在那裡。

雖說我也長高了，但是直到一年前我的身高都還跟千砂差不多呢。現在我已經比她高出了一個頭。雖然我的身形還很纖瘦，但還是要比千砂結實許多。可是個頭比我嬌小的千砂，這時的氣勢卻完全壓制了我。

好想一直這麼抱下去。

想要將雙手繞到她的背後，緊緊擁抱她。

不過想是這麼想，我也只是一直呆站在那裡而已。然而過了一段時間後，我才意識到千砂也是一動也不動。

「千、千砂……？」

覺得喉嚨乾渴，無法發出正常的聲音。

「千砂姊？」

我悄悄地把雙手擱在千砂的肩膀上，但身體卻和自己的感受相悖、緩緩地離開了她。千砂哭了……看起來是如此。在我窺視她的表情之前，她便立刻轉身進了房間，所以我無法確認。這麼一來，就不能直接正視她的臉了。

「房間還是整理得很乾淨呢。」

跟在後頭進了房間的我沒有看向千砂那邊，裝出一副正在環顧室內的樣子。她在這段時間迅速拭去了淚水，接著宛如什麼事也沒發生過似地再次開口。

「該送你什麼賀禮呢？」

站在眼前的是我所熟悉的千砂。

「模型嗎？但你也不是那個年紀了呢。所以還是字典比較好嗎？嗯……乾脆豁出去了，送你手錶吧。」

像這樣一個人自說自話的模樣，與其說很像姑姑，倒不如說還更像古瀨阿姨。

「欸，選什麼比較好呢？你再不出主意的話，我就要送你參考書囉。」

因為我一直沒有說話，所以她開玩笑似地打量起我的樣子。

「讓我想一下吧，先不說這個——」

我當然是打算要問她關於幸嗣哥的事情，只是事到臨頭就連句話都說不出來。

「我收到情書了。」

「欸……」

我還處在遲疑的狀態，千砂就自己說了出來。

「那、那封情書是……」

幸嗣哥是在什麼時候把那種東西送去給千砂的？不對，我已經一年沒碰到他們兩個了，所以不知道也是理所當然的吧。可是，這件事或許比姑姑認為的還要更根深柢固。

「小健（たける）啦，我收到小健的情書。」

「……小健？」

咦？不是幸嗣哥嗎？欸，小健是誰啊？

看我一臉困惑的樣子，千砂換上了一副惡作劇般的表情。那張面容就是她已經回到過往那個千砂的證據。

「你從坡道爬上來的途中，有看到一間叫『向陽之地』的咖啡廳對吧。」

「噢，嗯嗯。」

「有一天下午我從學校回來、經過那家店的時候，老闆娘就向我搭話，還問我要不要去裡面坐坐。在那之後，如果比較早下課或是碰到假日，我就經常到那邊去喝茶。雖然老闆娘年紀還輕，但是已經有個讀小學的孩子了。」

「那孩子該不會就是小健吧？」

「是啊。」

她一臉若無其事、相當乾脆地回答。

「我去了好幾次以後，跟他的關係也越來越好。」

「……」

「可是啊。」

千砂像是要說什麼祕密似地壓低了音量。

「這可是三角關係喔。跟向陽之地相隔三間的那一戶，他們家的琉里（るり）小妹妹很喜歡小健，所以就把我視為情敵了。聽向陽之地的老闆娘說，她還會拿媽媽的化妝品來化妝。是個不怕生的可愛女孩呢。」

是那個孩子！在時鐘宅邸前面、那個把臉塗得跟妖怪似的孩子就是琉里啊。也就是說，小健就是那幾個在底下空地玩球的男孩子之一嗎？琉里該不會是不想讓自己喜歡的小健靠近千砂居住的時鐘宅邸，所以才待在那個地方監視吧？而且她對千砂燃起了競爭意識，甚至還因此化了妝。

我告訴千砂以後，她好像有些驚訝。

「欸，你也到了能理解女孩子心情的年紀啦。」

「對方是個小孩吧。」

「那樣的心情啊，不管到了幾歲都不會改變的喔。」

那惡作劇般的笑容，不知在什麼時候從千砂的臉上消失了。

比起這些事情，幸嗣哥已經向她求婚了吧？那千砂自己又是怎麼想的呢？她的心情又是如何？

這些話已經來到嘴邊了，最後卻又嚥了下去。千砂肯定知道我想說什麼。也因為如此，她才會提出這個話題來轉移焦點吧。她想要迴避的問題，我又能怎麼開口呢？

雖然對姑姑說得一副胸有成竹的樣子，但果然還是辦不到。我這樣的想法，完全是把跟千砂的應對看得太過簡單了。

話說是從什麼時候開始的呢？我已經變得無法將自己內心的想法告訴千砂了……

「小孩子那種『喜歡一個人』的直率情感真的很棒耶。」

千砂的臉朝向窗外，嘴裡這麼低語。

「大人不是也有相同的情感嗎？」

不知道為什麼，我的口吻變得像是在發脾氣。

「也是呢……」

千砂有氣無力地回應。

「對方究竟會不會接納這種直率的心情，這一點無論是小孩還是大人，好像都一樣無法得知呢……」

「就是說啊。」

聽了我的回答後，千砂才一臉如釋重負地點了點頭。

在那之後，我和千砂就聊起了各式各樣的話題。孩提時代的時鐘宅邸回憶、千砂高中時代的事情、以及關於我自己的高中生活……這些都是我想過可以在見到千砂以後和她閒聊的內容。

後來，鐘塔響起了一點的鐘聲。十分鐘之後，古瀨阿姨打了內線電話過來，於是我們兩個人就一起下樓前往廚房。姑姑和幸嗣哥好像沒有要吃午餐，而我們則是一起享用了插著三支日之丸小旗子的蛋包飯。阿姨還一臉遺憾地表示，因為時間不夠，所以就沒辦法準備萬國旗了。

用餐完畢，我對想爬上鐘塔「瞭望台」的千砂說自己「等一下就過去」，然後就前往「後山」。

那裡位處時鐘宅邸的東側，是一座宛如隆起的瘤那樣的小山，實際上並不是位在宅邸的後方。儘管是這樣，千砂和我還是從以前就把它稱為後山。

山上蓋有姑丈和他祖父的墓。先前我就聽姑姑說過，家族代代的墓都設在另一處寺院，這裡的墓是分骨⑮。姑姑說過，等到她過世之後，想要埋葬在姑丈的旁邊。

來到時鐘宅邸作客時，就會在當天前去致意，所有的堂兄弟們都有這個習慣。因為如果我們去的話，姑姑就會相當開心。我也是從年紀很小的時候就開始這麼做了。時至今日，只要沒有去一趟，就會覺得內心無法平靜下來。

走到庭院這裡、從古瀨叔叔手上拿到一些花之後，我就沿著通往後山的小路前進。由於姑姑、古瀨叔叔夫婦、還有我們長年行經此地的關係，這裡自然而然地形成了一條通道。踩在狹窄的泥土路上，抬頭仰望天空，就窺見烏雲密布的天空中有一些地方露出了縫隙。這麼看來，應該不會下雨吧。

等到我爬到山頂處後回頭一望，就看到人在瞭望台上的千砂正對著我這邊揮手。

我用笑容回應她之後，就把帶來的花分成了兩份、供奉在墓前。我雙手合十，一心一意地為千砂祈求幸福。

⑮將故人遺骨分出一部分埋葬在其他地方。

請一定要守護千砂。

請務必引導她、讓她能坦率地順應自己的心情做出選擇。

就在這個時候，我突然感到背部暖了起來。大概是太陽從雲層間探出頭來的關係吧。暖洋洋的，感覺相當舒服。

「……」

剛才是不是聽到了什麼？

好像是叫聲……

我猛然把頭轉過去。

——不見了。

心臟撲通跳動的吵雜聲響傳到了耳際。

剛才那個像是哀嚎的聲音是……

該不會、怎麼可能……？

該不會、該不會、該不會……我連滾帶爬地衝下後山，與此同時，內心還不斷地重複叨念著。

千砂的身影，從鐘塔的瞭望台上消失了。

千砂死了。

從鐘塔的瞭望台上摔下來，千砂就這麼香消玉殞。

警方得出的結論是意外。因為陽光突然從雲層之間照出來，讓患有視網膜色素變性的千砂頓時目眩，才因此跌了下來。

鐘塔的瞭望台，是個在巨大的時鐘盤面下方繞行一圈、寬度只能勉強容納一個人走動的狹窄迴廊式空間。只要站在這裡，就能從塔上眺望三百六十度的全部景緻。堂兄弟們、我還有千砂時常一起登上瞭望台。大家圍成一圈朝外坐下，把雙腿從扶手的間隙之間伸出去，然後就這麼俯瞰埋戶丘的風景。

這裡的扶手對小孩來說是剛剛好的高度。不過我們還是喜歡坐在這裡，因為大家覺得將雙腿從瞭望台向外伸出、再上下擺動相當有趣。

現在扶手的高度已經位在千砂的腰部下方了，所以先前大人們好像就認為「這太危險了」，也在評估要不要翻新。但是隨著堂兄弟們來訪的次數減少，大家也不會像以前那樣待在瞭望台消磨時間了，所以這件事最後也就不了了之。

起初警察訊問了姑姑、古瀨叔叔夫婦、幸嗣哥還有我，結果判斷這是因為戀愛煩惱而觸發的衝動性自殺。但是所有的人都對這點抱持異議，於是最後就視為事故處理了。

千砂把身體探出扶手外的時候，因為太陽光突然透出雲層、照到了她的眼睛，於是她反射性地用手去遮擋，結果引發了類似直立性低血壓的症狀，身體因此失去平衡就跌了下去。以上是警方的見解。

之所以從一開始就只考慮自殺和意外事故這兩種方向，是因為事發當時，待在鐘塔瞭望台上的就只有千砂而已。

在廚房和我分開後，千砂立刻就爬上了瞭望台。待在螺旋階梯房間裡的姑姑有看到這一幕。順帶一提，在千砂上去之前，並沒有其他人到塔上去。透過人在庭院的古瀨叔叔的證詞，也確認了姑姑並沒有爬上去。姑姑待在螺旋階梯房間的固定位置，並沒有移動。另一方面，姑姑也作證叔叔在庭院裡。古瀨阿姨當時在進行午餐的收拾善後，這一幕也被過來泡咖啡的幸嗣哥目睹了。不必多說，阿姨逮到了幸嗣哥，當然就說個沒完沒了。接下來，古瀨叔叔也看到我爬上了後山。

也就是說，事件發生時眾人的所在位置都很明確。而且登上鐘塔瞭望台的人就只有千砂一個。除了她之外，不可能有其他人躲開姑姑的視線再爬上去。待在塔上的，就只有她而已。

看來警方的搜索——在鐘塔的現場蒐證與千砂的司法解剖——好像都沒有發現可疑的地方，所以就縮小到自殺和意外事故兩個方向來進行檢討，最後以意外事故收尾。

事件發生後的一個禮拜都兵荒馬亂的。

我要照顧幾乎陷入瘋癲狀態的姑姑、還得負責應對警方以及喪禮相關的準備，而幸嗣哥也沒辦法幫上忙。古瀨叔叔夫婦雖然有協助我，但我想他們也和姑姑一樣深受打擊。所以兩人經常一臉不知所措的樣子，就只能眼巴巴地看著我。

我的父母和其他堂兄弟們也都趕來了，但是他們都有各自的工作和家庭要顧。我從一開始就待在時鐘宅邸，而且時間也是最多的，所以回過神來就自然而然地開始主導事務的進行了。

要說我完全沒有受到打擊是騙人的。不過，因為周遭的大人幾乎都派不上用場，所以我只能盡力打起精神。也是拜這點所賜，我完全沒有失落消沉的時間。所謂的葬禮，莫非就是在悼念往生之人的同時，也擔綱讓留下來的遺族忙碌起來、緩解悲傷的職責嗎?而這樣的先人智慧……我也開始有了能夠思考這些事情的餘裕了。

然而，在一切都結束後，我也立刻得準備承受千砂的死了。當這間時鐘宅邸只剩下姑姑、我還有古瀨叔叔夫婦，同時也變得沒有事可做的時候，事件的沉重與黑暗就猛然直撲而來。

堂兄弟裡面有好幾個人表示要住下來，即便只有一天、也希望能留在姑姑的身邊陪伴她。但是一想到現在可能會造成反效果，所以我們便婉拒了。相對的，古瀨阿姨在這裡住了三天左右。事件發生之後，幸嗣哥和姑姑一句話都沒有說，等葬禮結束後就回去了。在他的心中，說不定是抱持著「該不會是尋短吧」這樣的想法。

氣力放盡的我就連回家都嫌麻煩，而且也還不想離開時鐘宅邸。因為擔心姑姑的父母也表示「再待一段時間比較好」，所以我就繼續留在這裡。

千砂比姑姑還先被安葬在後山，就在姑丈與他祖父的墓隔壁。即使眼淚都已哭到乾涸、一整天都魂不守舍的，姑姑她還是會早晚去千砂的墓祭拜。後來她看到我的臉，也開始能露出淺淺微笑了，所以我明白她也慢慢在恢復中。

我什麼也沒做、無所事事地讓時間流逝。也可以說我活在自己與千砂過往的記憶之中。不過另一方面，某個想法也在不知不覺間日漸增強了。

千砂真的是死於意外事故嗎……？

竟然會懷疑她的死因，一開始就連我自己都感到訝異。但我也在思考這個疑惑究竟是從何而來。於是，我開始重新回顧事件發生的那一天。

那一天從早上開始就是個灰濛濛的陰天，所以我才會決定要拜訪時鐘宅邸。不管是從電車裡望向埋戶丘的時候、還是從車站那裡爬上坡道朝宅邸走來的時候，覆蓋天空的雲幾乎是毫無變化。

但是當我前往後山的時候，雲層已經能看到縫隙了。這也表示在千砂上到鐘塔的瞭望台時，應該也確認到這個徵兆了。也就是說，她應該能充分預測太陽或許會露臉。

然而千砂卻沒有回房間去拿墨鏡……

就算千砂打算立刻從塔上下來，我也不認為平時就很注意太陽光的她，會在裸眼的狀態下把身體探出扶手外面。千砂她肯定會把背靠在牆上吧。然後等到太陽探頭了，一定也會不疾不徐地從瞭望台走下來。這麼一來，因為意外墜樓導致身亡，這個解釋不就不成立了嗎？

那麼會是自殺嗎——雖然這麼思考，但這個理由也是不可能的吧。千砂確實因為幸嗣哥的事而煩惱，但是她自己完全沒有尋短的必要。

她是喜歡幸嗣哥卻又顧慮姑姑，或者是對幸嗣哥毫無情感，無論是哪一種情況都不至於會想尋短吧。千砂、姑姑、幸嗣哥，這三個人之間的關係出現奇妙的變化也是事實，但應該還有商討的餘地才對吧。正因為不光是我，就連幸嗣哥和古瀨叔叔夫婦都有相同的感覺，所以全部的人才會對警方做出的自殺說抱持反對意見。比起意外死亡，自殺還更不可能。

如果不是意外，但也不是自殺的話，剩下的就是他殺……也就是所謂的殺人了。

「怎麼可能……」

持續推論到這一步的我，不自覺地脫口而出、否定了這個可能性。

到底會有誰想殺害千砂啊？

雖說是養女，但姑姑也是一路養育千砂到今天，她不可能做出這種事。把千砂當成自己的孩子對待的古瀨叔叔夫婦也是相同的道理。就算是幸嗣哥好了，也不可能逼迫自己喜歡的人去死吧。

無論是哪一個人，都不存在要把千砂從鐘塔上推下去的動機。

即便是這樣，如果非得要找一個犯人出來的話，那會是幸嗣哥嗎？愛得越深，恨意也越深……這樣的心理我還無法理解，不過這或許是男女之間經常出現的動機。無論怎麼等待都等不到千砂回覆自己，這讓幸嗣哥等得不耐煩了。如果是這一點，就能成為充分的動機。

可是，關於這個論點我還是無法想像。原因就在於幸嗣哥深信自己與千砂結婚的障礙就是姑姑。在幸嗣哥的理解中，千砂對姑姑的顧慮，阻礙了他們倆的婚事，而他相信千砂那邊的感受並沒有問題。這麼一來，他對姑姑萌生了殺意、對於千砂的愛也因此起了變化，最後終於演變到殺人的地步。不過這種論點也太牽強了。

還有，如果是他殺的場合，比起動機，更關鍵的就是手法。千砂從瞭望台上掉下來的時候，鐘塔上就只有她一個人而已。不僅沒有任何人接近她，實際上也沒有其他人爬到塔上。如果用推理小說的表現手法來比喻，當時鐘塔的瞭望台就處於「空中密室」的狀態。

不過，事情真是如此嗎？我又試著再次回想那一天的情況。

當我抵達宅邸時，古瀨叔叔拿著澆水的水管，待在庭院裡。直到事件發生之前，他都一直待在那裡。踏入屋內往廚房走去，見到了古瀨阿姨。在我前往螺旋階梯房間之後，阿姨在幫我和千砂做午餐。姑姑待在螺旋階梯房間裡讀書，根據古瀨叔叔的說法，據說她在十點以前就坐在那裡了。

我和姑姑談話時，幸嗣哥出現在二樓的渡廊上。他是從二樓那邊過來的，先前大概是待在自己或千砂的房間吧。在那之後，他爬上了鐘塔的螺旋階梯。

對了，至少現在知道在千砂爬上鐘塔之前，已經有人先上去過瞭望台了。

我去了千砂的房間，和她聊了一會兒。後來古瀨阿姨打了內線電話，叫我們兩個到廚房去吃蛋包飯。依照姑姑的說法，幸嗣哥從瞭望台下來的時間點，是我和千砂吃午餐的時候，所以他應該是回自己的房間了。在房內待了一段時間的他，就在我們離開後沒多久進入廚房泡咖啡。當時他有和古瀨阿姨閒聊。

離開屋子的我從古瀨叔叔那裡拿到了花，走向後山，至於從螺旋階梯房間那裡登上鐘塔的千砂則是走向瞭望台，我們各自朝著目的地前進。

千砂來到瞭望台的時間點，姑姑在螺旋階梯房間裡讀書、古瀨叔叔則是在整理庭院。另一方面，古瀨阿姨在廚房進行午餐後的整理，這時來泡咖啡的幸嗣哥出現了。姑姑和古瀨叔叔、古瀨阿姨和幸嗣哥，這兩組人剛好確認了彼此的存在。

意思就是，沒有任何人接近千砂、也沒有能把她從鐘塔上推下去的人。因此他殺這個論點也是不可能的。

像這樣否定了事故、又駁回了自殺，現在就連他殺也都不可能的情況下——千砂身上究竟發生了什麼事呢？

咚隆、咚隆、咚隆……

宅邸鐘塔裡的鐘開始鳴響。

隨著新興住宅增加，現在已經調整為晚上七點以後的鐘鳴聲轉小、午夜十二點以後到清晨六點都不會鳴響的模式。

現在像是要悼念千砂的死而響起的，是最後的十二點鐘聲……

五、六、七、八……我在千砂的房間裡，數著十二點的鐘聲。一開始我是在自己的房間裡思考的，途中就換到了千砂的房間。我躺在她的床上，東想西想、反覆思考著。

截至目前的推理過程應該沒有什麼特別的問題。所以我認為應該能重新檢視一次事件。然而，我還是什麼都不知道。是哪個地方走錯路了嗎？還有沒觸及到的分支方向嗎？還是說，到目前這個階段的考察之中其實有疑點被遺漏了？

疑點……在千砂爬上鐘塔之前，幸嗣哥就上去過瞭望台了。說到令我在意的部分，那就是這個事實……

只不過一旦思考幸嗣哥當時到底能做到什麼，我就束手無策了。假設他動了某些手腳的話，應該會被警察發現。而且能把人類推下去的機關什麼的，也不是那麼輕易就能做出來的吧。就算真的做出來了，肯定也會在瞭望台上留下痕跡。

雖然腦袋是這麼理解的，但我還是在一股衝動的驅使下從床上起身，然後來到走廊、準備到鐘塔去一趟。

宅邸內只剩下我和姑姑。雖然明天早上古瀨阿姨會過來，但現在就只有我們兩個人而已。

因為姑姑的房間位於一樓的深處，所以我不必擔心自己的動態會被她聽見。而且時間已經超過午夜十二點，姑姑她應該已經入睡了。

即便如此，走出千砂房間後，我還是輕輕地闔上門，完全是躡手躡腳地在走廊上移動。終於來到通往螺旋階梯房間的渡廊了。我下意識地越過扶手、確認一下一樓窗邊的藤椅附近，理所當然沒有看到姑姑的身影。椅子前面的小圓桌上，擺著從千砂過世那天就一直被扔在那裡的《安妮的青春》。

沿著渡廊踏上螺旋階梯，我開始一步一步慎重地往上爬。如果像平常那樣的走法就會發出「鏘、鏘、鏘」的吵雜聲響，於是我就以像是踏在結冰道路上的腳步往上走。

包圍螺旋階梯的牆壁，每相隔一定的距離就會開一扇採光用的小窗子。每經過一扇、我就會停下腳步調查一下，但是因為窗子不是活動式的，所以連手都沒辦法往外伸。就算能把窗子打開好了，光是要把頭伸出去就相當費勁。從這樣的窗子窺伺被黑暗籠罩的外頭，感覺就像自己被幽禁在化為牢獄的高塔之中。

雖然很小聲，但是當我回過神來，自己已經在往上爬的過程中發出了「鏘、鏘」的聲響。於是我又再次慎重地邁出步伐。

持續繞著螺旋階梯拾級而上，腦袋也漸漸變得空白，感覺思考力也因此下滑了。我陷入了一種奇特且難以用言語形容的感受。萩原朔太郎的《貓町》中，主角為了前往「現實世界另一頭的風景」旅行，於是刻意想出了對方位產生錯覺的方法。我覺得當下的自己也在進行類似的舉動。

以這種什麼也不去想的虛無狀態，一個勁地繼續爬著螺旋階梯，會不會真的因此去到另一個世界呢……

就在這個瞬間，一個過去曾經讀過的短篇故事突然在腦海中浮現出來。標題和詳細的內容我都記不得了，不過主角是身在一個細長圓柱的內部，從故事開始就在螺旋階梯上上下下。記得主角本人對於自己為什麼會身在此處、為什麼要爬這道螺旋階梯都完全一無所知。或許他連自己是誰都不知道也說不定。主角就以這樣的狀態，持續地在這道螺旋階梯上爬上又爬下……而且不管再怎麼往上爬了又爬、往下走了又走，兩個方向都沒有終點。無論是哪一邊，都只有往上與往下延伸的螺旋階梯——就是這樣的世界。

微弱的月光從採光窗照了進來，不知不覺間，我已在朦朧浮現的螺旋階梯途中駐足。扭曲的空間裡一片寂靜，只能隱約聽見外面的風吹聲。咻咻咻咻……風聲在小窗子的另一頭呼嘯。除此之外，什麼聲響也沒有。

剎那之間，我突然不知道自己為什麼要爬這道螺旋階梯，頓時感到毛骨悚然。我鼓舞自己，然後再次往上走。

最後終於看到通往瞭望台的那扇小門。那個大小，現在的我如果沒有彎腰低頭就過不去了。

我把手擱在門上，「嘰咿咿」的詭異咿軋聲就在這座圓筒的內部響徹。雖然我不覺得姑姑的房間那裡能聽見，但還是緩緩地打開門，走到瞭望台上。

天空突然變低了，近到從漆黑的雲層間探出臉來的月亮都感覺近在咫尺。形成一種從頭頂上往下進逼的壓迫感。這麼一說，就跟那天一樣，今天也是個陰天。在我眺望鬱悶的天空時，就覺得一大片的烏雲正朝著這邊落下，宛如裝設在古城地牢中的祕密機關天花板。

俯瞰地面，就看到位於正面的埋戶丘車站燈火。從車站前的商店街沿著蜿蜒曲折的道路，追逐著點點街燈的光芒，山丘上的家家戶戶都進入了視野。或許是沒有夜貓子的關係吧，每戶人家都是黑漆漆的。在那之後，似是民家的燈火也只是在山斜線鐵道沿線若隱若現，夜晚的黑暗悄悄地降落至埋戶丘的每一個角落。

往右邊半轉過身，就看到了後山。那是姑丈和他的祖父，還有千砂現在的長眠之地……

我在瞭望台上順時針緩緩漫步。如果現在不是晚上，而是能清楚看見周遭環境的白天，或許會覺得有點恐怖。迴廊的寬度就是這麼狹窄，扶手的高度也很低，更讓人感受到鐘塔的高度。睽違一年再登上瞭望台，和記憶中的樣子已有所不同。

我打算一邊繞圈、一邊調查迴廊和扶手是不是有什麼可疑的地方，但是並沒有發現異常之處。想在這種什麼都沒有的場所設置機關，本來就是件很勉強的事。無論是怎樣的東西，應該都會立刻被千砂察覺的吧。然而，如果要把人給推下去的話好像就能輕易做到。因為只要潛伏在瞭望台的後面那一側，等待要殺害的對象走上來，然後靜悄悄地從身後靠近、再猛然朝對方的背部一推，就結束了……

可是，那個時候待在塔上的人就只有千砂一個，沒有其他人登上瞭望台。不管是誰都不可能去推千砂的背，剛好就和現在的我一樣——

想到這裡，突然就覺得瞭望台後面的那一側變得很可怕。

某個人比我先上到這裡來，然後潛伏在後面那一側……如果那個傢伙配合我在迴廊上的步調、也用相同的速度往同一個方向前進的話……所以，現在他是不是就躲在後面……一直蹲在黑暗之中咧嘴笑著、觀察我這邊的動向呢……

這種令人厭惡的疑慮，突然大量充斥在我的腦海裡。

背脊頓時打了個寒顫，讓我開始在意起自己身後的情況。明明知道一個人也沒有，但一回神，我已經繞行瞭望台一圈了。我當然沒有發現有誰潛伏在黑暗中，一切都只是我的妄想。

可是，如果對方也採取了同樣的行動……

內心感到疑惑的同時，我也連忙再次沿著迴廊邁步。

這是因為對方也同樣在兜圈子……

我在途中往後一轉，開始逆向行進。

那個傢伙肯定也一樣……

再繼續像這樣繞著瞭望台轉圈圈、玩起空中版的鬼抓人，就令人感受到無法終結的恐懼。明知如此，卻又無法停止。只要我一停下來，那個傢伙就打算從後方神不知、鬼不覺地接近。我已經完全被這種強迫觀念給束縛了。

這時颳起了強風，讓人覺得無比寒冷。碰巧走到門前面的我，意識也瞬間被拉了回來。在這個時間跑來鐘塔上，到底要做什麼啊……？

我全身的力氣一下就被抽離了。當場就彎下了腰、雙手擱在扶手上，就連下巴也靠了上去，就這麼俯視著下方的地面。

「果然是意外嗎……」

我一邊喃喃自語、一邊看向宅邸前方。就在這個時候，我回想起有個連警察都沒察覺到的目擊者存在，接著就直接在深夜的鐘塔瞭望台上喊了出來。

「對了，那個孩子！」

隔天早上，我吃完古瀨阿姨做的早餐後就立刻走出了時鐘宅邸。這是為了尋找那個把妝化得像妖魔鬼怪的孩子琉里。

那一天，那個孩子和她的朋友就在宅邸前面的空地上玩耍。換言之，她們有可能看到從鐘塔上摔落之前的千砂，說不定還目睹了摔下來的瞬間。不光是這樣，還可能目擊到某些更重大的東西……

宅邸前面的狹窄空地上一個人也沒有。是時間太早的關係嗎？還是中午過後才會到外面來玩呢？我邊想邊走下了坡道，結果就在男孩子們玩球的那塊空地上找到了全部的小孩。四個男孩還是一樣在追著球跑。那兩個年紀比較大的孩子，其中之一就是那個喜歡上千砂的小健吧。距離他們較遠的空地一隅，琉里和她的朋友正在玩娃娃。

我一邊接近女孩們，思考著該如何和她們搭話，突然就陷入了苦惱。對方是年紀還很小的女孩，如果突然哭了起來那該怎麼辦呢……坦白說，我內心縈繞著這種窩囊的想法。

像這種時候，如果是千砂的話，肯定能好好地妥善處理吧——在我這麼想的時候，已經來到了兩個孩子的旁邊。

「你、你們好……」

總之先打招呼吧。雖然我有思考若是以孩子為對象的時候到底該怎麼做，但還是不明白究竟該怎麼辦才好。

「有什麼事嗎？」

她的女生朋友乾脆地回話，讓我非常驚訝。但問題是琉里只瞥了我一眼就沒再理睬我了。

「那個……」

被女孩的反應賦予勇氣的我，一邊揀選用詞一邊攀談。首先要確認的，就是孩子們在那一天是不是在時鐘宅邸的前面玩耍。

根據女孩的說法，如果自己化妝的話會讓媽媽生氣的，所以回家吃完午餐後，據說她就沒有再和琉里一起玩了。

這就表示，琉里果然還是救命的稻草。

「琉里小妹妹……」

被我這麼一喊，嚇了一跳的琉里就把頭轉了過來。為什麼這個人會知道自己的名字？她一定感到相當不可思議吧。不過也拜此所賜，讓我覺得可以和她進行對話了。

「琉里小妹妹，那一天你在中午以後就待在時鐘宅邸的前面玩嗎？」

「……嗯。」

「你有看見鐘塔上面的情況嗎？」

「有看到。」

「有什麼人到那邊去了嗎？」

「男生。」

是幸嗣哥！我的心跳突然就加快了。

「那個男生在做什麼呢？」

「繞圈圈……」

「繞著鐘塔轉嗎？一圈一圈地繞著轉圈？」
「對……」
「然後呢？」
「我再看過去的時候，就不見了。」
原來如此。不可能一直盯著那邊看的，這應該也是理所當然的吧。
「在那個男生之後，你還有看到誰嗎？」
「女生。」
是千砂。千砂接在幸嗣哥之後上到那裡去了。這也是佐證。
「那個女生做了什麼？」
「轉過頭了，她在揮手。」
是對著人在後山的我揮手的時候吧。
「後來呢？」
「後來呀，她把雙手放在臉上。就像這樣，好像帽子一樣……」
太陽露臉了。所以千砂才把兩隻手搭成像是屋簷那樣來遮蓋陽光吧。那個瞬間，恐怕是最沒有防備的狀態了。
「接、接下來呢……？」

「不知道。」
「咦？」
「琉里要回家了。」
她沒有看到千砂從塔上摔下來的情況……
稍微想想也是很合理的。假使目睹那一幕的話，琉里也會遭受精神上的衝擊吧。如果真是這樣，她的父母肯定會把這件事告知姑姑和警察的。
我從又變得對我不理不睬的琉里以及向我揮手說著「掰掰」的女孩身邊離開，無精打采地回到通往宅邸的路上。
結果也只是對事發當時的塔上情況有了新的認識。幸嗣哥在千砂之前爬到塔上。但是他除了繞行瞭望台之外什麼也沒做。在那之後，千砂一個人上了塔，然後就摔下去了。就只有這樣而已。
無意識之間，我已經回到了時鐘宅邸的前面。
抬頭望去，鐘塔正俯視著我。它只是默默不語、一直俯瞰著什麼也辦不到的我。
「……」
我就這麼和姑姑道別，然後離開了時鐘宅邸。在那之後，一直到今天，我都再也沒有造訪埋戶丘那塊土地了。

星期六（下午）

在飛鳥家洗了澡之後，我想要稍微小睡一下，就躺了下來。結果等我睜開眼睛時已經是中午了。

公司會在隔週的星期六放假，幸好這一天剛好就是假日，所以不會有什麼問題。但我還是擔心在自己悠哉睡著大覺的期間，《迷宮草子》的影響會再次出現。只不過，看來好像是我杞人憂天了。因為比我還早起床的信一郎告訴我，到目前為止還是什麼也沒發生。

就在我放下心中大石的瞬間，又從他的口中聽到了最不想知道的訊息。

「明日香的燒退了，可是好像還沒有清醒的樣子。」

聽說他媽媽和奶奶都很擔心。

「果然不是普通的發燒是嗎？」

「該怎麼說呢……但我覺得是《迷宮草子》造成的。」

我們用奶奶自己醃漬的梅乾配著她幫我們捏的飯糰，邊吃邊討論。

「拿飯糰過來的時候，奶奶問了我一件事。」

「她問了什麼？」

「什麼時候才會結束呀……她是這麼說的。」

「……」

奶奶她知道把我們捲進去的某種意想不到的東西，跟明日香的發燒並不是毫無關聯的。在擔心明日香的同時，她肯定也相信信一郎會解決那個駭人的某種存在。

「那你怎麼回答？」

「今天吧，或者是明天……」

「奶奶怎麼說？」

「就只是點了點頭，然後就回主屋去了。」

「別說什麼明天了，我們今天就一口氣解決吧。」

是因為昨晚的疲憊導致睡眠不足嗎？我的腦袋一片空白，也覺得身體很遲鈍。不過，我還是不得不這麼說。

「你說得對。」

信一郎好像也有相同的想法，他把《迷宮草子》遞了過來。接下來就直接把最後的兩篇故事一口氣解決吧。

然而就在這個瞬間，我還是對伸手接下這本書感到猶豫了。原本已經準備要說出一番氣勢十足的台詞，所以現在這副德性實在很丟人，不過光是想到要去觸碰到《迷宮草子》，就被一種強烈的厭惡感給束縛了。

「怎麼了?你還好嗎?」

「啊啊，沒什麼。」

我鼓起全部的勇氣，彷彿要從一臉憂心的信一郎那邊搶過來那樣、以驚人的氣勢接下了《迷宮草子》。接著立刻翻動書頁，開始讀起〈鐘塔之謎〉。

讀完之後，我還心想這不是那麼複雜的案子嘛。

「是滿單純的事件呢。」

應該是在悄悄觀察我的樣子吧，在此之前都不發一語的信一郎開了口。

「你說單純，是指千砂的死是一場意外嗎?」

「不，不是意外。」

「那麼，真的是殺人……」

「唔唔，也不能這麼斷言。」

「欸，難不成是自殺?」

「不，絕對沒有那種可能。」

現在才剛過中午而已，這個房間裡也已經貼上了護符。而且信一郎認為〈鐘塔之謎〉是一起單純的事件。雖然我也因此稍稍感到放心了，但是卻無法理解他後面所說的話，所以猛然又感受到了不安。

或許是我的心情傳達給他了，信一郎彎起嘴角笑著說道。

「關於這起事件，故事中的『我』已經仔細解讀了一番。只不過，還是存在著沒有討論到的問題，所以就讓我們在同時考量那些部分的情況下、試著彙整看看吧。」

「是什麼地方還沒被討論到？」

「時間的經過。」

「時間……？」

信一郎拿起我擱在火鉢邊緣的《迷宮草子》。

「故事中的『我』在抵達埋戶丘車站之前，就在電車裡面聽到了十二點的鐘聲。從車站到時鐘宅邸大約要三十分鐘，所以可以推測他到達宅邸的時候是十二點四十分左右。在那之後，他依序跟古瀨夫婦、姑姑、千砂談話，然後在千砂的房間裡聽到一點鐘的鐘聲響起。過了十分鐘左右，古瀨阿姨打來內線電話，所以他們倆下樓到廚房去吃午餐。之後他就上了後山。」

「所以有問題的地方是？」

「兩個人吃完午餐是一點四十分左右吧。這樣的話，就能推測千砂從鐘塔摔下來的時間就是一點四十五分到兩點之間。」

「即使知道被害者的死亡時間，但還是沒有因此被推翻不在場證明的人吧。她爬到塔上的時候，包含『我』在內的五個人各自都在什麼地方，這一點很明確。所以就算我們釐清每個人從幾點幾分開始都在哪裡，也不會帶來什麼進展。」

「是這樣沒錯。」

信一郎一副裝模作樣的態度，他到底在想些什麼啊？

「但是，掌握時間的前後經過是很重要的。」

「原來如此。所以你知道什麼了嗎？」

「應當是案發時間的一點四十五分至兩點之間，沒有一個人靠近鐘塔的瞭望台。這一點是非常清楚明確的。」

關於這件事，「我」也寫到過好幾次不是嗎？我在視線裡夾帶了無言的抗議，而信一郎依然是一臉神清氣爽的表情。

「我認為啊，這是擔綱偵探角色的人物會有的壞習慣，總是要繞著圈子說些無關緊要的事情。」

因為事實就是如此，所以我默默地點頭。

「可是在這起事件中，時間的經過特別重要也是不爭的事實。」

「……」

「故事裡面的『我』做了非常好的考察。他紮實地從機會和動機出發，對事件進行了深入的思考。不過可惜的是他遺漏了一個東西。如果能考量到這個方法的話，或許就能觸及真相了也說不定。」

「方法……嗎？」

果然是殺人事件嗎？

「以這個場合來說，比起方法，其實事件的舞台設定還更加關鍵──」

「你是指鐘塔的那個瞭望台嗎？」

「嗯。我們就跟著故事中的『我』的思考來試著想想看吧。首先是自殺，這種情況下就如同『我』的解釋，我認為是不可能的。那麼意外呢？琉里的證詞在這裡就派上用場了。千砂在瞭望台上將雙手搭成像是屋簷那樣、遮在眼睛上。因為她患有視網膜色素變性，所以眼睛會畏光，像瞭望台這種環境不安定的場所，她應該會以避免被太陽直射為優先才對。」

「意思就是，這是極其自然的動作。」

「這樣的話，她怎麼不直接從塔上下來呢？那麼危險的狀態，為何還要留在塔上呢？」

「這麼一說……」

「其中一個理由就是『我』之後會過來，所以千砂在那邊等他。」

「可是，要是會危害到自己身體的話，再怎麼說都會先下來吧？」

「然而，千砂並沒有下來。」

「為什麼？」

「因為她是背對著太陽的。」

「……」

「『我』爬上瞭望台的時候，可以看到位於正面的埋戶丘車站燈光，還有車站前方的商店街——故事裡是這麼寫的。商店街位在車站的南口這邊，這麼一來，就知道鐘塔瞭望台的門是朝著北方的。」

「對耶。千砂到塔上的時候是一點四十五分到兩點之間，太陽是在南方的天空上。」

「因此她是背對著太陽的。不，因為很清楚自己眼睛的狀況，所以我認為除了對著『我』揮手的時候，千砂在其他時間都是朝向北方。這麼一來，即使陽光從雲層間照出來，她用雙手護住眼睛的方法也是沒有問題的。」

我終於理解信一郎如此在意時間的理由了。只不過，現在說的這些都是時間和方位這兩個層面的問題吧。重要的關鍵還是沒提出來。

他應該看透了我在想什麼。

「我剛剛說過舞台設定很關鍵對吧。」

「這個我是理解……千砂面向北方，如果有用到兩隻手來遮陽的話，應該不會不小心掉下去吧？」

信一郎輕輕地搖了搖頭。

「不是意外。如果能把到這裡為止的狀況給弄清楚，後續就簡單多了吧。」

「咦？」

「在那種狀態下，萬一千砂正面被光照到的話會怎麼樣呢？不是會因為太過刺眼而引發直立性低血壓，然後從塔上摔下來嗎？」

「從正面？是誰做的？又是怎麼辦到的？」

「是琉里——」

「什、什麼……」

「肯定是利用化妝時不可或缺的鏡子——」

「啊……」

機會和動機……她都有。

「千砂說過琉里這個孩子不怕生。『我』第一次遇見她的時候，她確實露出了笑容對吧。」

「因為她知道『我』是時鐘宅邸的人嗎？」

但是到了第二次碰面時，她卻不理不睬的。」

「就是這樣吧。只不過，說到琉里她究竟有沒有抱持殺意——」

「她知道千砂病情的可能性很低吧。當然，應該也無法理解視網膜色素變性這種疾病。」

「但是考量到和小健之間的**三角關係**，她之所以會用鏡子反射太陽光去照千砂，或許只是抱持超出惡作劇的惡意所做出的行為也說不定。當然，她並沒有要用這種方法殺害對方的意思。說得更準確一點，她也沒想過這樣會殺掉對方。」

「不能斷言是殺人……就是在指這一點嗎？」

「即便如此，也並不是間接故意⑯。」

原來如此，這的確很難解釋。

「話是這麼說，但琉里後來也理解了千砂究竟發生了什麼事。」

「所以她才會想避開『我』。」

「嗯。沒有駐守在時鐘宅邸前面就是最有力的證據。因為她已經沒有必要再監視小健會不會靠近宅邸了。」

「情敵啊……」

「關於這一點，其實琉里的證詞裡也存在著線索。她稱呼爬上塔的幸嗣為『男生』倒是還好，可是對於身為自己情敵的千砂，卻像是一無所知那樣、用『女生』來表現，這就有點奇怪了。」

「因為內心有愧，所以刻意裝成毫不知情的樣子嗎？」

「大概是這樣吧。」

信一郎這麼說著，環抱起雙臂。

「等琉里長大、進入青春期的時候，不知道對這起事件的記憶會變成什麼樣子呢……」

我對自己說出的疑問感受到些許的寒意。

「不過——」

信一郎沒有顧及我的反應，依然雙手抱胸說道。

「——不過，雖然我是這麼思考的，但另一方面還是會心想事實真的就是這樣嗎？」

「怎麼說？」

「琉里應該每天都會在時鐘宅邸前面監視吧。」

「為了不要讓小健接近千砂嗎。」

「這樣的話，即使千砂走到瞭望台上的樣子被她看了好幾次，也不是什麼稀奇的事情吧。如果是這種情況，琉里非常有可能看過千砂在太陽出來時就會用雙手遮掩的模樣。換句話說，即使不知道千砂患有疾病，或許也能察覺到她異常地討厭太陽光……」

「該不會……」

「她能夠預料自己的行為會引發什麼樣的結果——這麼一來，就是毫無疑問的『間接故意』

⑯大陸法系刑法中的一種故意責任型態，意指行為人對犯罪事實有所認知，且犯罪事實的發生並不違背其本意。

了。」

聽著信一郎的聲音，不知道為什麼，就感覺自己正墜落到深邃、深沉的黑暗之中。

他在這時微微一笑，突然變了個語氣。

「話雖如此，故事裡也提到了《貓町》裡面的『景色背後的真實』，這個『我』和你之間好像也有相通的地方啊。」

……當我回神的時候，我正待在飛鳥家偏屋深處的那個六疊房間內、躺在被窩裡。額頭上還敷著打溼的毛巾。

「你醒來啦？」

應該是注意到我醒來的氣息，信一郎從隔壁的八疊房間探出頭來。

「我暈倒……了嗎？」

「嗯啊，發了高燒呢。你還好吧？」

與怪物之間的追逐戰，果然還是受到影響了啊……

我問了信一郎，他說我突然往前一撲、整個人就倒在地上了。然後他用手摸了我的額頭，發現我發燒了，所以才把我搬到最裡面的這個房間休息。

「這樣啊……」

「我會打電話跟你家裡聯絡的，今天你就直接睡在這裡吧。如果你倒下的話，就沒有辦法跟《迷宮草子》來個最後的了斷啦。」

「可是……」

制止想要起身的我之後，信一郎像是在教誨似地對我說道。

「沒關係，還有一天。」

其實我也不可能再爬起來了。就算能離開棉被，感覺也沒辦法正常思考事情，這樣就只會扯信一郎的後腿而已。

於是，我和信一郎迎來了圍繞著《迷宮草子》的第七天，而且恐怕還是最後一天了……

第七章　「首級之館」

裕

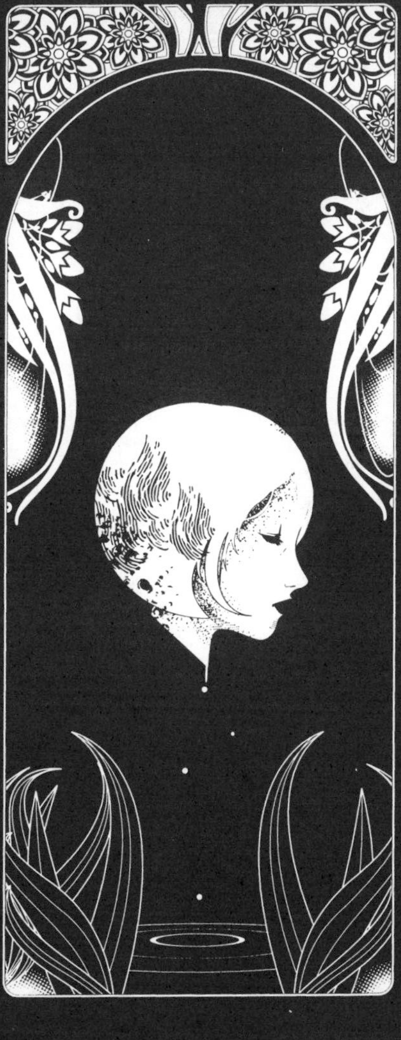

她的頭，僅僅只被一張皮連接著。

沒錯——就如同字面上的意義，將包含頭顱在內的首級部分和身軀連接在一起的，就只有頸子的一張皮。把飛濺到周遭的大量血液擦拭得乾乾淨淨時，我確認了這一點。她把頭伸進了印刷廠使用的裁紙機，將自己的頭給切了下來。

裁紙機是透過電腦控制、輸入需要的紙張大小數據後，就能自動裁切紙張的業界特有機械。如果只有單獨一張紙，不僅輕也很脆弱，但是將它們堆疊起來就會變得厚重，想要一次裁切就需要相當程度的力量。而且不是只有裁開而已，還要裁成一定的大小，所以想靠手工作業根本是不可能的。

在這個部分，裁紙機可以在瞬間將一定的壓力施加到厚厚的一疊紙上，用宛如斷頭台的刀刃在轉瞬之間切得乾乾淨淨。切壞所造成的誤差只有僅僅零點幾釐米而已。但也因為這個緣故，經常發生不小心切斷手指的事故，所以就設置了緊急停止按紐來防範這類意外。只不過，刀刃落下僅僅只是一瞬間的事情而已，真的有辦法在遇上緊急情況的時候踩剎車嗎？對此我抱有很大的疑問。

沒錯——「我」的情況就是來不及趕上。

她為了切斷自己的頭，在裁紙機輸入了程序，並按下執行按鈕。至於「我」則是幾乎在同一個時間點飛奔到了緊急停止按鈕那裡。儘管如此，她的頭還是被切斷了。

結果「我」按下了緊急停止按鈕，勉強能阻止的就是不讓她的頭完全跟身體分離。就只有這樣而已。

和身體分開的頭，還有只剩一層皮連接的頭。這兩者有多大的差異呢？

想到這裡，內心深處頓時湧現一股笑意。極為苦澀的笑意，像是要無窮無盡地滿溢而出。但是，我總覺得如果就這麼笑出來的話，自己的腦袋就要變得異常了。所以我拚命地壓抑那股衝動。

她確實非常煩惱、滿懷鬱悶，很想尋死。

然而，煽動她、引導她以如此殘酷的方式結束性命的，就是**那些傢伙**。

在「我」所創立的網站「迷宮社」上，作為聊天室固定成員的那六個人，戲謔地玩弄她的煩惱，還跟她介紹了各式各樣的尋短方式，最終將她逼上了自我了斷這條路。

「我」也真夠愚蠢的。因為忙碌而疏忽更新，就連聊天室也沒有去看。但沒想到的是她竟然登入了這個網站，還跟那些成員對話……而且甚至還被逼到得找素昧平生的成員討論的地步……事到如今，「我」已經沒用了。「我」根本派不上任何用場。

她真是可憐……

要是能早個五分鐘確認聊天室，並且趕到舊印刷廠的話，即使不必倚靠緊急停止按鈕也能及時救她一命。

當然，就算能拯救她的生命，也不會讓她的煩惱煙消雲散。即使是這樣，只要能繼續活下去的話，或許就還有希望，不是嗎？

而**那些傢伙**卻……

剛好從明天開始就準備要在狗鼻島的住宿設施展開迷宮社四天三夜的首次合宿。身為外部人士的她原本應該也會參加。我是以轉換心情為由邀她的。

在祖父那一代創立的小型印刷廠，時至今日已經是半關閉狀態。十多年前鄰接而建的現今總公司，也不太會有人從那裡過來。如果是三、四天的期間，要藏匿她也是綽綽有餘了。

對——只要有三、四天就夠了。只要在狗鼻島能有四天三夜的時間……

對於身為迷宮社代表兼《迷宮草子》幹事長的「我」來說，這肯定會成為被復仇妝點的時間啊。

◆

唰啦啦啦啦啦啦——才剛想著窗戶玻璃一眨眼之間就被水滴給覆蓋了，外頭瞬間就降下了滂沱大雨。

我停下正在打開行李的手，暫時眺望窗外。

要是再晚個十分鐘才抵達「狗鼻館」的話，全部的人都會淋得一身濕了。

這裡所說的全部，就是包含我在內的「迷宮社」網站的常駐成員。即使說是網站，對一般人來說應該也不清楚那是什麼吧。

簡單說明的話，就是以讓別人造訪為前提所製作的電腦內空間。雖然經常會用廣場或是房間來比喻，但實際上「興趣的房間」這種表現應該是最相符的也說不定。

這個興趣房間的內容，會因為製作者的嗜好或目的、如同字面意義那樣出現千差萬別的結果。像是公開自己的讀書心得、發表長年研究的成果、介紹自家栽種的農作物等，真的是千奇百怪。目前絕大多數的人對這個領域都還不熟悉，但是今後隨著桌上型電腦在一般家庭普及之後，個人網站想必就會飛躍性地增加吧。

迷宮社就是那些依然很罕見的網站之一。雖然感覺很像是什麼可疑的公司，但只要把它想成是在電腦上製作的同人誌就可以了。

只不過，同人誌是集結多個彼此認識的人來製作一本刊物。相對來說，迷宮社是互不認識——連本名都不知道——也沒有實際碰過面、說到底就是只有透過網路集合的一群人在網站上發表自己的作品或文章。這一點就是很大的不同。

之所以會不知道每個人的本名，是因為大家都擁有各自的網路暱稱——類似筆名的一種稱呼。因為在網路上使用這類名字是一種不成文的規定。順帶一提，我的網路暱稱是「藍包（らんぽ）」。

這裡想先說明一下，不知道為什麼，網路暱稱中總是會出現很多稀奇古怪的名字。作家的筆名有時也會出現標新立異的名字，但至少還分得出姓氏和名，能讓人判斷這是個名字。然而有很多網路暱稱幾乎都跟綽號差不多了，或許該稱之為記號吧。

我的情況就非常單純了，是取自我喜愛的作家江戶川亂步（えどがわらんぽ）。「藍」和「包」都只是借用它們的讀音[17]而已，漢字本身並沒有什麼意義。

話雖如此，其中還是有相當講究名字的人。雖然命名的由來不去問本人的話就不會知道，但通常本人也不會先跳出來揭曉答案，所以不了解網路暱稱的人看到了，就只會覺得那很奇怪而已。我希望各位能先理解的就是這件事。

那麼，說到這群成員為什麼會聚集在無人島上的別墅，就是為了參加迷宮社的第一次合宿。原本大家只是在網路上交流互動，根本沒有實際碰過面。而這群網站上的夥伴全部都表示要參加這次的聚會，是因為要針對紙本同人誌《迷宮草子》召開製作討論會。

目前人們才剛剛開始在網路上嘗試發表小說、隨筆、研究與評論等作品，因此現階段這個圈子都只有業餘人士。或許將來可能會有職業作家也參與其中，但最大的問題還是在於這能否成為一門生意吧。關於這一點，像我們這種愛好者的聚會，因為打從一開始就沒有考慮利益，所以反而從不需要金錢支出的網路創作發表之中感受到更強的魅力。

不過話是這麼說，也不是所有的成員都排斥書籍這種媒介，倒不如說這些人盡是些愛書人士。在網路上發表作品聽起來很棒，但是從另一個角度來看，就是實體刊物媒體對我們不感興趣，所以無計可施之下，只好選擇其他的方法來替代罷了。因此，所有人都懷抱著想把自己的作品印出來的渴望。雖說只是同人誌，不過這應該是有機會實現的。所以不管是誰、無論情況如何都會想參加，這也是理所當然的吧。

再加上如同能從「迷宮社」這個網站名稱所擷取到的訊息，所有的成員都特別熱愛怪奇小說和幻想性的故事。因此，在無人島上聚會這種充滿魅力的舞台設定，肯定是觸動了每一個人的心弦。大家應該都不想眼睜睜地看著參加的機會飛走吧。至少我就是這麼想的。

只是網路上的既有規則也不能在這次的合宿中破壞。也就是說，雖然我們會因此見到彼此，但並不會自我介紹，而是在事前就決定由始至終都要用網路暱稱來互相稱呼。

這是個有趣的嘗試，但實際上好像也會同時衍生出一些非常麻煩的狀況。原因在於因應《迷宮草子》的製作，我們決議要讓所有的人都想一個網路暱稱之外的筆名。而且大家都不會知道彼此的筆名。意思就是，網路暱稱和筆名完全不會被連結在一起。

欸，比起說明這個，還是先來談談《迷宮草子》的事吧。

成員們會在迷宮社的聊天室裡面天南地北地談天，聊著聊著就出現了「有沒有哪位碰過什

⑰藍包的讀音與亂步的讀音相同。

麼神祕的體驗呢？」這個話題。順帶一提，所謂的聊天室，指的是讓參加者全員同時進行對話、真要說的話就像是電話的文字版本那樣的系統。雖然還是會出現時間差，但自己所打出來的文字幾乎是即時出現在電腦螢幕的畫面上，是一個能和其他成員以文字來進行對話的模式。

經由這次的聊天室話題，才知道所有的人都曾經歷過奇特的體驗。於是話題就發展成——既然如此，就讓每個人都把那些事以小說的形式彙整後再發表吧。接下來，忘記是哪個人提議「既然要做的話就想做成實體書」，然後全部的人立刻都表示贊同。要使用筆名的這個提議，也是在這場對話中催生的。《迷宮草子》的企劃就開始一步一步地往更具體的方向推進了。

從截至目前的報告來看，已經確認七個成員之中有六人已經完成小說了。作品的標題和作者筆名請見以下記述。

第一章〈霧之館〉　依武　相
第二章〈食子鬼起源〉　丁江　州夕
第三章〈作為娛樂的殺人〉　泥　重井
第四章〈底片裡的毒殺者〉　廻數回　一藍
第五章〈朱雀的怪物〉　筆者不詳
第六章〈鐘塔之謎〉　舌渡　生
第七章〈？〉　？（由代表兼幹事長負責）

代表兼幹事長就是「迷宮社」的管理者——創設這個網站的人物——同時也是《迷宮草子》的發行人。換句話說，迷宮社的代表就是《迷宮草子》的幹事長。這次的聚會是《迷宮草子》的製作討論會，所以後續就以幹事長來稱呼。其實幹事長的老家好像就是開印刷廠的，因為能用非常便宜的價格來進行印刷和裝訂作業，所以會決定要出版《迷宮草子》，背後也是有這層緣由存在。當然，資金還是由所有的成員來負責，但是比起正式委託印刷廠的價格還是要來得便宜許多。

只不過，這麼一來不就知道第七章的作者就是幹事長了……或許大家會這麼認為，但完全不必為這件事操心。那是因為沒有一個人知道幹事長的網路暱稱是什麼。

當七個人在聊天室對話的時候，代表會使用自己的網路暱稱。所以其他六個人裡面到底哪個人才是代表，我也猜不出來。還有，「代表」這個身分唯有在迷宮社的公開發言場合才會登場。《迷宮草子》的企劃啟動之後，才又再加上一個「幹事長」的身分。即便如此，「代表兼幹事長」也不會在聊天室對話時顯露自己的立場。若是問我為何能這麼斷言，其實我自己也覺得很困惑，只是自然而然就明白了那種伎倆。

現在我所寫的這篇原稿就是出自幹事長的想法。要把「迷宮社」在狗鼻島合宿時的情況記錄下來，然後製作成《迷宮草子》的附錄。我會負責記錄的工作也是因為幹事長直接拜託我，絕對不是我自己自告奮勇的。幹事長表示雖然事情來得很臨時，但請我務必要幫忙，於是我就接下了。既然要製作附錄，那我也希望盡可能記下有意思的紀錄。

開場序有點太長了。不過這也是來自於幹事長的希望，想要為一般的讀者說明一下《迷宮草子》誕生的來龍去脈。

欸——

你說其實我就是幹事長……嗎？

而且也可以認為是我任命自己來當記錄者的？

真不愧是會閱讀《迷宮草子》的讀者們，你們的目光很犀利呢。是不能否定這樣的可能性啦——我只能這麼說。

把行李都整理好之後，我走出了被分配到的西端房間。就在我突然猶豫該不該鎖門時，「土轉（つちころび）⑱」就從東邊的第二間房現身了。當然，這裡說的並不是那個會在山裡出現的妖怪，而是這個身高一百八十五公分、身軀龐大的二十九歲登山愛好者的網路暱稱。

明明應該是素不相識的人，為什麼會知道他的年紀和身高呢？這是因為在開往這裡的船上，所有的人都做了簡單的自我介紹。如果是中學生、高中生就另當別論，但是一旦見面以後，就知道只用暱稱來稱呼對於年紀已經不小的這群成年人成員來說是很害臊的。因此才做了一個極為簡單的自我介紹。

「行李整理好了嗎？」

土轉向我搭話。

「是呀，因為東西沒有很多嘛。話說，要鎖門嗎？」

因為第一次見面就對他印象不錯，所以我就毫無顧慮地問了。或許是在相同的業界工作的關係，所以才會覺得很親近吧。

我是在某出版社負責文藝書籍的編輯，他是以某山岳專刊為主要接案對象的文字工作者。而且他二十九歲、我三十二歲，年紀也很接近。

「不鎖應該也沒關係吧。雖然是在人生地不熟的土地住進陌生的地方，但我也不覺得這裡會有小偷呢。」

他邊面露笑容邊朝著我走過來，於是我們就一起往樓下走去。

這座在聊天過程中被我們戲謔地命名為「狗鼻館」的建築物，好像是幹事長老家的印刷廠作為休閒會館所建的。

這裡先簡單說明一下位置和空間格局。這是個背對狗鼻島南側懸崖的二層樓長方形建築。

⑱日本妖怪，也稱槌轉。據說外觀像是形似槌子的蛇，會在山林中以滾動的形式追逐過路的人。

它的長邊往東西方延伸。玄關設置於北側長邊的正中間，進去之後是一個寬敞的大廳。正面是食堂，食堂的西邊鄰接廚房和食材儲藏室兼備品室、東邊則是與客廳相鄰。食堂和客廳面對這座島上最高的一處懸崖，能將景緻一覽無遺。

從大廳往西延伸的走廊，它的北側、也就是廚房和食材儲藏室兼備品室的對面，就是很像印刷公司休閒會館會出現的娛樂室兼圖書室。往東延伸的走廊北側、亦即客廳的對面，設有廁所、浴室、洗衣間。

沿著自大廳延伸而出的兩條走廊一直走到盡頭，就會來到通往二樓的樓梯。只不過西側的是北向、東側的是南向，兩邊樓梯上樓的方向不同。而二樓的區域全部都是寢室。

我和土轉走下來的是西側的樓梯。我們兩人從這裡沿著走廊走到幾乎要靠近最東邊的位置，踏進了客廳。

專攻建築史的五十四歲大學教授「立直（りーち）」，還有主要以日本的怪異傳說和傳承為取材對象的三十八歲攝影師「洪太郎（こうたろう）」就坐在客廳裡的沙發上。當然他們兩個人的名字跟我和土轉一樣都是網路暱稱。

「雨下得好大啊。」

剛才好像還和立直一起望著窗外的洪太郎，把臉轉向我們這邊，繼續說道。

「感覺天氣好像會變得更糟呢。」

窗戶外頭的風景有些壯觀。比我待在房裡時還要更強烈的風雨，正毫不留情地敲打著客廳那寬廣的窗戶。將視線再往遠方移一些，明明才剛過下午三點，但是黯淡陰鬱的天色已經蔓延了整片視野，還能看到已經漸漸變得洶湧的大海波濤。

「以迷宮社舉辦的《迷宮草子》聚會來說，這不是挺有氣氛的嗎？雖然山跟海的天候變化很嚇人，但是也不至於把這棟狗鼻館給吹跑吧。」

雖然土轉用說笑似的表情回應，但我卻開始有些擔心了。

「如果演變成暴風雨、持續個五天還是六天之久，讓交通船沒辦法過來的話，那可就麻煩了。」

「因為負責的書沒辦法上市，會讓作者生氣的關係嗎？」

「不，倒是不至於那樣……但還是會帶來各式各樣的影響吧。」

「因為我拚了命地把委託的稿子全部都交出去了，所以稍微停留久一點還沒什麼關係。但話是這麼說，要是等上一段很長的時間都還回不去的話，立刻就會沒飯可吃了吧。」

「聽你這麼一說，你們兩位都是從事跟出版相關的工作呢。」

洪太郎輪流看向我們。但是他才剛加入話題，視線一直望著窗外的立直就語帶困擾地開口。

「這裡連杯咖啡都沒有呢。」

這傢伙是怎樣啊……我心裡這麼想著。

「我來泡吧。」

土轉馬上使出與身高體重不符的輕巧動作，迅速地踏出了這個房間。

「我要黑咖啡。」

立直立刻對著土轉的背影說道。

「我來幫忙好了。」

因為洪太郎慌亂地追在土轉的後面，於是我也連忙跟上他們兩個。因為我不希望只有自己跟那個教授留在客廳裡。

「搞什麼啊，那個老爹……」

趕上他們兩個以後，我不經意地脫口而出。

「聽說是出身東大的菁英，還會說四國語言呢。」

「這是立直先生自己說的嗎？」

「那個人在船上和舞舞（まいまい）小姐聊天時被我聽到的，不過就是兜圈子似地稍微透露一下而已啦。還說什麼『我也有個和你差不多年紀的女兒』之類的。」

「還真是個可愛的老爹啊。」

從土轉的語氣聽來，實在搞不清楚他是不是在揶揄立直。

「這麼說來，在聊天室的時候也是，總覺得立直先生一副高人一等的態度……但那時好像沒這麼露骨啊……」

我有些困惑。

「因為舞舞小姐很可愛吧。」

而洪太郎則是嘲諷似地回答。

「老爹真的是越來越可愛了呢。」

看來這次土轉完完全全就是在鄙視了。

首先我們看了一下食堂，但除了桌子和椅子之外就空無一物。接著直接穿過西側牆壁的拱門進入廚房，那裡擺著虹吸咖啡壺和杯子。只不過，並沒有找到最重要的咖啡豆。把準備工作交給土轉之後，我和洪太郎先來到走廊，然後朝著兼做備品室的食材儲藏室走去。

咖啡豆很快就找到了，並連同砂糖一起拿出來。記得牛奶好像有誰帶來了，用那個應該就可以了吧。接下來要拿些餅乾當作茶點嗎——我一邊和洪太郎商量、一邊準備必備的用品，最後回到了廚房。

「舞舞和 π 剛才把攜帶型冰桶搬來囉。」

拿出咖啡豆以後，土轉便這麼告訴我們。

「他們要幫忙端咖啡，不過我說這裡已經有三個人了，所以就請他們先過去客廳。」

「嗯，我是想和舞舞小姐一起端的啦。」

洪太郎的口吻像是在說笑，不過應該也有一半是真心的吧。

順帶一提，「舞舞」和「π」都是他們的網路暱稱。舞舞短大畢業，現在是自由業。是個非常喜歡暹羅貓、而且已經養了三隻的二十一歲女性。π是主修理工科的大學生，據說因為太熱衷於機車所以被留級，是小個子的二十五歲男性。這群人之中有妻小的應該就只有立直了。最後還有一個網路暱稱叫「神童末寺（しんどうまつじ）」的成員，原本「迷宮社」的七個成員應該要全部聚在一起的，但神童末寺好像沒有參加，集合時間都到了卻還是沒在集合地點出現。

因為只有這個人姑且算是取了個名字，我還想像對方應該會是個認真的人，所以覺得有些沮喪。在這種盡是素昧平生的人齊聚一堂的聚會，就算只有一個正直老實的人就已經很不錯了。明明不過只是針對網路暱稱所做的判斷，但我卻擅自讓神童末寺擔綱了這個角色。

π拿來的攜帶型冰桶裡面放了飲料，打開後就看到裡面排列著啤酒、果汁、牛奶。於是我倒了一點牛奶到奶壺裡面，然後和砂糖一起放到托盤上。

應該是咖啡派的沒錯，土轉正掛著一副宛如咖啡專門店店員的認真表情沖著咖啡。感覺可以期待一下味道呢。

「土轉這個名字，是指妖怪的那個土轉嗎？」

在廚房裡沒事可做、走來走去的洪太郎來到土轉身邊後就這麼問道。

「是啊，我登山的前輩中有個喜歡妖怪的人——過去在登山小屋聽過的妖怪裡面就出現過土轉。我好像是因此留下了印象，所以在思考網路暱稱的時候，它就突然浮現出來……所以我就直接拿來用了。」

「網路暱稱什麼的就是這樣的東西嘛。藍包先生的話，應該就是源自江戶川亂步吧？」

「這種乏味的名字還真是難為情，沒錯，就是這樣。」

我邊苦笑邊點著頭。

「沒有那回事啦。對有興趣的人來說直接就能理解，這不就是個很棒的名字嗎？」

土轉的雙眼沒有離開咖啡壺，但還是幫我補了一句。

「洪太郎先生這個名字，該不會是從河童來的吧？」

三個人裡面已經弄清楚其中兩個人的名字由來了。雖然沒什麼自信，但我還是試著問問看。

「你很清楚耶。看來我這個名字才是最乏味的吧。」

洪太郎看向我，臉上掛著驚訝的表情。

「咦?為什麼是河童呢？」

土轉的臉還是沒有從咖啡壺上頭抬起來，雖然看起來有些訝異，但好像也沒有特別在問哪個人。

這裡還是交給專業的來發揮吧，於是我做了個動作示意請洪太郎來說明。

「河童這個稱呼雖然在現今已經是全國通用的名稱了，但其實也是昭和時代以後的事。過去根據地區不同，對河童的稱呼也是千奇百怪，有一種說法認為有四百種之多。例如カワコ（kawako）、メドチ（medochi）、カワソ（kawaso）、エンコウ（enkou）等，真的是相當多樣化呢。其中還有コウタロウ（koutarou）這個名稱，所以我就代換了同音的漢字，用洪太郎來當作網路暱稱。」

「啊，對了。洪太郎先生的專業是民俗學呢。」

土轉理解緣由後，洪太郎又接著說道。

「說是民俗學，也只是聽起來比較像樣罷了。其實我只是個喜歡妖怪的怪人。」

「你覺得其他人的名字都有什麼意義呢？」

聽了洪太郎的說明，土轉好像也對名字的由來產生了興趣。

「真要說的話，立直大叔就是個痲將迷吧⑲。π在大學是讀理工科的，所以直覺思考就想到了圓周率。」

「痲將迷是可以理解啦，但是有喜歡圓周率的人嗎？」

我打趣地說道。

「這個世界可是很寬廣的喔。不過確實是很沒創意的命名方式呢。但我自己也沒資格言人長短就是了。」

「那麼舞舞小姐呢？」

土轉終於把視線從咖啡壺上抬起。大概是相對於前面兩個人，還更想知道舞舞的事情吧。

「嗯，該怎麼說呢？像是喜歡蝸牛之類的[20]……」

「欸，感覺好不舒服喔。」

我誠實地說出了感想。

「姑且先不論實物，蝸牛的角色性或許是會讓女性覺得可愛的類型吧。況且還有喜歡爬蟲類的人呢，所以即使覺得蝸牛很美也沒什麼好不可思議的吧。」

散發高雅香氣的咖啡終於完成了。將咖啡倒入六個杯子後，我和洪太郎各放三杯在托盤上，把咖啡端到客廳去。

「這香氣很棒吧？」

「土轉先生幫大家沖了好喝的咖啡喔。」

我和洪太郎異口同聲地稱讚咖啡、踏進了客廳——可是，因為感受到現場的異樣氣氛，於是我不禁停下了腳步。

⑲在日本麻將的術語中意指喊出聽牌的狀態，或是隨宣告成立的胡牌牌型。
⑳蝸牛在日文也有「マイマイ」（Mai Mai，音同舞舞）這個稱呼，有説法認為讀音從殼的漩渦狀（巻き巻き）轉變而來。

「怎麼了嗎？」

跟在身後的土轉繞過佇足在門口的我、向客廳裡喊聲。

「沒……」

舞舞一臉困擾地轉向這邊，而立直和π正在瞪視著彼此。

「這個大叔擅自把幹事長給我們所有人的信給拆開來看了。」

「現在喊大叔是怎樣？不是約定好要確實用網路暱稱來稱呼的嗎？」

這時洪太郎無視兩人的爭執，開口問道。

「欸？有那種信？在哪裡啊？」

「在這裡，就放在客廳裡喔。」

立直從西裝的內裡取出一個信封。

「我跟舞舞小姐進來這個房間的時候，大叔……這個人就在讀那封信喔。代替問候，我問他『在讀什麼呢？』，才發現這不是幹事長要給我們大家的信嗎。我又問是在哪裡找到的，結果是放在這邊的桌上——」

「一開始我進到客廳的時候，立直先生就在這裡了……意思就是信已經被發現了吧。」

洪太郎像是在確認似地轉向立直那邊，但對方什麼也沒回答。這時反倒是π義憤填膺地開口。

「對啊，但是卻什麼也沒說。不光是這樣，等到其他人都不在的時候還自己偷偷讀了起來。」

我很在意信的內容，但眼下的關鍵是誰能來收拾這個場面。正覺得情況越變越糟的時候……

「特地沖的咖啡會冷掉的喔，大家要不要先坐下來呢？」

土轉提議後，在場眾人姑且就先坐了下來。

是不是判斷大家稍微坐一會兒就能讓情緒平復下來呢？當我心感佩服的時候，又心想該不會是土轉不希望讓咖啡冷掉吧。

土轉剛陷進了沙發裡，就立刻一臉滿足地啜飲著咖啡，品味只屬於自己的幸福時光。

「所以，那封信上寫了什麼？」

洪太郎喝了一小口咖啡後就向立直詢問。

「我已經讀過了……」

立直把信封擱在桌上後便起身，直接端著咖啡移動到窗邊的椅子那裡，然後若無其事地喝起黑咖啡。

在這個只能聽到土轉和立直啜飲咖啡聲響的客廳裡，沒有一個人將手伸向那個信封。恐怕是認為要是沒有咖啡的話，土轉就會去讀那封信了吧，但現在應該是沒辦法了。

我看向洪太郎，洪太郎便對我輕輕頷首。將視線投往舞舞，舞舞也上下點了點頭。至於π則是從剛才開始就一直盯著我瞧。

欸，我嗎……

現在三個人的視線已經完全集中在我一個人身上了。

「哼嗯。」

我刻意清了清喉嚨後就走向桌子、把那個信封拿起來。接著我從信封中取出了信，然後開始慢慢讀出那些用打字機所印出來的文字。

給「迷宮社」的各位

各位朋友，歡迎蒞臨狗鼻島的「狗鼻館」。

在這四天三夜的期間，還請輕鬆愉悅地放鬆身心，並且也希望大家能夠享受《迷宮草子》的出版會談與交流活動。

除此之外，於此地停留的期間，還望各位依循下記事項妥善行動。

○關於住宿與其他事項

狗鼻館的設施就如同大廳處的示意圖所示。一樓的每個房間都可以自由使用。住房的分配請用抽籤來決定。
　關於用餐的部分，因為事前已經決定攜帶物資的分配，所以材料應該已妥善備齊。負責餐食的朋友還請在協商之後依序輪值。

○關於合宿的日程
　第一天——交流兼晚餐會
　第二天——關於《迷宮草子》的內容構成
　第三天——關於《迷宮草子》的裝幀、內文設計

○關於交流兼晚餐會
　作為主辦人卻無法準備周全，在此向各位致上最高的歉意。希望各位能夠當成是來參加露營活動，請盡情享受。因為大家都是第一次見面，所以在第二天的會談開始之前，期待諸位能多多交流、增進感情。

○關於《迷宮草子》的內容構成
　本項目希望主要能以內容的討論為中心，針對已經完稿的第一章〈霧之館〉到第六章〈鐘

塔之謎〉來進行。
另外，本次合宿過程的記錄預定是由藍包先生來負責。我希望將其作為《迷宮草子》的幕後花絮原稿、以附錄的形式呈現。還請各位多多協助。

○關於第七章
由幹事長負責的第七章還沒有完成，以致對各位造成了莫大的困擾。因為絕對會在這次的合宿中完稿，還望大家能再寬限一些時間。
標題與筆名如下所述。
第七章〈首級之館〉裕

○關於成員神童末寺
甚感遺憾，基於諸多原因，成員神童末寺未能參加本次的活動。至於《迷宮草子》的製作就全權交給各位協助了。
此外，幹事長、也就是在下我的妹妹原本預定會出席，但不巧的是身體微恙，因此缺席這次的活動。

那麼，各位——敬請抱著愉悅暢快的心情、享受迷宮社《迷宮草子》四天三夜的聚會吧。

為了盛情款待各位，我也祕密準備了會讓大家大吃一驚的企劃……

迷宮社代表兼《迷宮草子》幹事長敬上

「看來我們抵達狗鼻館後整理行李的這段期間，幹事長就把這封信放到客廳桌上了。」

迅速喝乾咖啡的洪太郎率先開口。

「是誰啊……你們覺得呢？」

土轉似乎也終於感到滿足了，這時他把臉從咖啡杯上抬起來，接著環顧了在場眾人的臉。

「表示『看到信放在這裡』的就只有這個人而已喔。」

π一臉無法信任似地看著立直。

「該不會其實是從自己的口袋裡拿出來的吧。」

就在我擔心氣氛又要變得險惡時，舞舞突然提起了公事。

「到這裡之後我們馬上就決定房間怎麼分配了，那接下來就是做飯的輪值囉。今晚就由我來做，所以要不要先來決定明天開始的輪值順序呢？」

原來如此，是想先把話題從那封信移轉到別的事情上啊。就在我敬佩舞舞年紀輕輕、腦袋卻很機靈的時候，其他的成員卻出現了不同的反應。
「不必一開始就讓你來做吧。」
「你是女生啊，舞舞可以不必做的。」
「讓全部的人公平地決定吧。」
洪太郎、π、土轉等三人同時提出了異議。
確實如此。對於理所當然就全盤接受的自己，我真是深感羞愧，不由得將頭垂得低低的。
「都自告奮勇了，就照人家的意思去做不是很好嗎？」
立直用一副理當如此的態度說出了爭議性的言論。
「什麼！」
π從沙發上站了起來。
「喂喂。」
然後洪太郎就跳出來安撫。
「大家用抽籤決定吧。」
土轉這麼提議。
「沒關係啦。」
這時舞舞爽朗地像個課堂上的小學生那樣舉起了一隻手。

「我是負責帶冷凍食品過來的，所以可以順手處理。不會花太多時間的，因為我很習慣了。」

「怎麼能……」

但是π還是表示反對。不過，或許是因為判斷繼續拖著這個話題不太好，於是土轉就向舞舞微微頷首。

「那麼就不好意思了，我們就承蒙舞舞小姐的好意——」

「來決定剩下三天的輪值吧。」

之後接話的洪太郎迅速拿出了筆記本，然後開始在上面畫出阿彌陀籤[21]。

「我想想……第二天和第三天都有早餐、午餐、晚餐，第四天就只有早餐而已，所以合計是七次。因為我們有六個人，所以會有一個人需要輪到兩次。」

洪太郎把快速畫完的阿彌陀籤在桌子上攤開。

「來吧，起手無回，從誰先開始呢？」

大家都站了起來，圍到桌子旁邊。然而只有立直一個人還待在窗邊的椅子那裡，動也不動。

或許是因為很久沒有玩阿彌陀籤了，所以無論是誰都感受到一種莫名的尷尬，就連爽快的

㉑如同台灣熟悉的爬格子抽籤。最初是呈現放射狀線條式的抽籤形式，因形似阿彌陀佛身後的背光，因而得名。

土轉都遲遲沒有動作。
「但是，要是舞舞小姐中了兩次的話，就要輪到三次了呢。」
π像是突然意識到似地指出這一點。
「和我們相比，只有舞舞小姐更要感到膽戰心驚嗎？」
土轉用詼諧的表情看向舞舞。
「怎麼可以這樣，這種方法還是不行吧。」
π好像又要再回到原本的問題上頭。
「你們都不抽的話，那我可要先抽囉。」
就在洪太郎正準備強行在某個籤的起始點上寫下自己的名字時……
「不可以這樣喔。」
舞舞可愛的吐槽稍稍緩和了現場的氣氛。
洪太郎嘴角一彎，若無其事地指著其中一個籤的起始點，眉頭皺了一下，像是在說「這邊不行！」的樣子。看來要是選了那邊就必須輪值兩次了。
不光是我，土轉、π還有舞舞好像也在瞬間恍然大悟。順帶一提，立直待的地方看不到籤。
這時，五個人的臉上都浮現出難以言喻的共犯笑容。
雖然讓立直選到要輪值兩次的籤倒是不錯，但只有一個人不能融入團體的話也不太好。就在我這麼思考的時候……

「輪流做菜這種雜務就把我排除在外吧。相對來說，主導《迷宮草子》製作討論之類的工作，我認為自己是可以讓大家接受的適任人選啦——」

這個立直又口出爭議性的發言了，不管是誰都目瞪口呆，一句話也說不出來。

「我說你啊，一點基本常識都沒有嗎？」

第一個跳出來反應的果然是π。

「常識？」

「沒錯，就是常識。大家都是《迷宮草子》的製作成員，並沒有什麼上下關係之分，可是你卻打算特立獨行嗎？這種情況下，大家公平地進行抽籤才是常識吧。」

「我是不清楚你所謂的常識是指什麼啦，只是在集團生活當中，首先要先考量適才適用，這個才叫做常識吧。有的人雖然不擅長引導討論會議的進行，但是要將冷凍食品烹調成簡單的料理就得心應手。如果是這樣的話，打從一開始就依照各自擅長的領域來分配工作會比較理想。而且也更有效率不是嗎？我是覺得沒必要什麼都不分就把全部的人都抓來抽籤啦。」

「你這個人……」

或許是認為再這樣下去π就要動怒了，土轉連忙擋到他們倆中間。真的是把自己碩大的身體給擠了進去，如同文字意義那樣站在那兩個人之間。

「您說得沒錯。但我們都是第一次見面，還不知道該怎麼適才適用，所以這次就先用公平的方式抽籤，您覺得如何呢？」

「都做過簡單的自我介紹囉。也都清楚彼此的工作和年紀。所以從客觀的角度來看，你們覺得誰最適合擔任會議的主持人呢？」

「什麼大學教育者的只是你單方面的說詞而已。你有辦法推動會議進行、整合所有人的意見嗎！」

位於土轉那龐大身軀的另一頭、只露出一張臉的π氣勢洶湧地一吐為快。

「你真的是大學生嗎？可憐哪。」

立直也擺出鄙視的態度應戰。

「話是這麼說，」

應該是為了不要讓π對立直說出的話過度反應，洪太郎也站到土轉的身邊、完全把兩個人給隔開了。

「根據討論的內容不同，主持者也會有適合或不適合的情況啊。」

「確實如此呢。」

土轉也跟著幫腔。

「我們的議題是關於《迷宮草子》的出版。就這一點來說，身為編輯的藍包先生不就很適任嗎？」

「咦？你說我嗎？」

竟然在意想不到的階段把球拋回我這邊了。

「啊，真的是這樣呢。」

土轉也點起頭來。

「可、可是土轉先生也是在同一個業界……」

「不不不，我不過是山這個領域的寫手罷了。對於編輯的工作可是一竅不通。但不管怎麼說，這都是藍包先生的本業呢。」

該怎麼辦——我想求助，於是看了周遭一圈，但是洪太郎和土轉都這麼認定了。舞舞投來了充滿期待的眼神，π的視線則是盯著我不放。

為了收拾場面，也只好如此了嗎——我內心這麼想，然後用有氣無力的微弱音量回答。

「如果大家不嫌棄的話……」

「真的完全沒辦法討論呢。年紀也不小的一群成年人在那邊組成什麼快樂夥伴小團體嗎？」

立直的視線一個一個掃向眾人的臉。

「如果你們想這麼做，那麼請讓我退出所有的工作。我還是會參與討論，但是我個人不會接下任何的任務。」

「那麼你飯也別吃——」

了——就在π破口大罵的同時……

「都已經這個時間了！我去準備晚餐。」

舞舞刻意揚起嗓子高聲說道，接著從阿彌陀籤上選了一條。

「我看看，我選這個。」

然後就飛也似的離開了客廳。應該是直接到廚房去了吧。

「那，接下來怎麼辦？」

土轉罕見地露出了困惑的表情。

「之後我們再來討論吧。」

洪太郎像是在徵求同意那樣、把視線轉向土轉和我。

「你們要放任那個任性的傢伙嗎？」

π突然咬牙切齒地說道。

「大家專程來到這個地方，是為了《迷宮草子》，所以我們不是應該想想辦法、盡可能讓討論的過程更加順暢嗎？」

土轉這麼回應π，但是也帶有在說給自己聽的感覺。

「話是這麼說沒錯……啊，我們只把那個傢伙的作品踢出去、然後就這樣繼續編輯《迷宮草子》——」

應該是對自己的主意感到很滿意吧，π露出了惹人厭的笑容。雖然對π很不好意思，不過我還是搖了搖頭。

「要怎麼做才能分辨出立直先生的作品呢？」

「欸……」

π好像不知道我想表達的是什麼意思。

「啊，是這麼回事啊。」

不由得拉高嗓子的洪太郎，看來是稍微評估了一下π的意見。如果可以的話，我也不想跟那種人一起製作《迷宮草子》。但是——

「因為網路暱稱跟筆名之間沒有關聯嘛。」

土轉向π指出了問題的癥結點。

「唔唔……」

π在嘴裡嘟囔著，而洪太郎像是想到了什麼事情。

「現在大家都見面了，總是會有辦法的。」

「怎麼說？」

「土轉先生是登山男子，所以有可能是第四章〈底片裡的毒殺者〉裡面聽老人說故事的年輕登山者。舞舞小姐是唯一的女性，所以是第三章〈作為娛樂的殺人〉裡面的女大學生吧。那個大叔也是研究者，會不會就是第五章〈朱雀的怪物〉在土藏裡發現紀錄筆記的男人呢？」

「原來如此。」

就在π感到佩服的同時……

「說什麼蠢話。」

立直的聲音傳了過來。看來還是有在聽我們這邊都在說些什麼。

「哪裡蠢了？」

這次連洪太郎的聲音都粗暴了起來。

「不對，不能想得這麼單純。」

我趕緊插嘴，好像一直在忍耐的洪太郎就把原本瞪視立直的目光轉向了我這邊。

「是這樣嗎……？」

「以土轉先生來說，從那耿直的性格來看，我也認為有可能是〈底片裡的毒殺者〉裡的那個青年。這是因為當事人從沒想過竟然會跟其他的成員碰面，所以幾乎都是照著自己的體驗來寫的。」

對於我提出的想法，被點名的土轉只是露出了笑容。

「只不過，光是用舞舞小姐是唯一的女性這個理由，是沒有辦法判斷她就是〈作為娛樂的殺人〉之中的那個女大學生的。舞舞小姐是短大畢業，但是故事中的女性是讀四年制的大學。」

「這種程度的設定還是能稍微改變一下的吧。」

「這不過就是我個人的感想而已。比起這種細微設定的變動，會不會在更關鍵的地方——例如變更性別之類的——創造出與現實不同的情況呢？」

「性別嗎……也是呢。女性也會使用男性化的網路暱稱，反過來說也是同樣的道理。正因為是《迷宮草子》的成員，感覺就是會做出這種事呢。」

「如果是舞舞小姐那個年紀，想要玩點用『僕』這個年輕男子使用的第一人稱[22]來記述的惡作劇也是很容易的。這麼一來，比較可疑的就是第一章的〈霧之館〉和第六章的〈鐘塔之謎〉了。」

「而且還有神童末寺呢。」

土轉補充我所說的話。

「說到神童末寺，這聽起來感覺像個男人的名字，不過我反倒覺得會使用這種名字的是女性。這麼一來，〈作為娛樂的殺人〉那個女大學生也有可能是神童末寺了。」

㉒讀音為「ぼく」（Boku）。原書中，〈霧之館〉和〈鐘塔之謎〉故事中的主角都使用了這個自稱。

「即便如此，神童這個姓氏有神這個字，而末寺這個名字則是有寺、也就是放進了跟佛相關的字。可真是個難得的名字啊，而且末寺這名字也太古樸了。」

洪太郎這時從旁打了個岔。

「如果我們各自把自己的筆名說出來的話，不就知道其他作品的作者是誰了？這樣的話要追查下去也比較容易——」

要做到這種地步嗎——就在我想這麼說的時候……

客廳的門「磅」地一聲打開了，只見舞舞走了進來。她的樣子很不尋常，所以每個人頓時都傻住了，就連立直也都一臉驚訝的樣子。

「食材都……不見了。」

舞舞那感覺就要消逝的聲音，在陷入一片寂靜的客廳裡響起。

「你說不見了……」

「這話是什麼意思？」

土轉接在洪太郎後面問道。

「我負責帶冷凍食品，東西都是放在攜帶型冰桶裡帶來的，絕對不會錯的。可是，我打開冰桶之後……」

「什麼都沒有……嗎？」

比起消失的食材，π詢問的口吻像是更關心受到驚嚇的舞舞。

「裡頭是空的嗎？」

我也無法壓抑自己的好奇心、開口詢問。

「不是，只是被換成書了……」

「書？」

我和土轉同時在口中低語，並且看向彼此。

「過去看看吧。」

土轉領頭，一群人浩浩蕩蕩地朝著廚房移動。立直可能覺得留下來的話不太恰當，所以老老實實地跟上來了。

廚房裡面的鍋子正燒著熱水，平底鍋中也在加熱天婦羅炸油，之後就等著把冷凍食品拿出來——目前是這樣的狀態。然而最關鍵的食材竟然從冰桶裡面消失了。

環顧四周，有中華料理用的大型平底鍋和底很深的巨大鍋子、壓力鍋以及大大小小的篩網等，備齊了相當正式的烹調用具。如果有心的話，就能做出相當正式的料理。

蓋子打開的攜帶型冰桶就擺在桌子上，往裡面一看，確實放了書。我將封面涼颼颼還滴著水的書一本一本拿出來，以封面朝上的方式一字排開。

艾勒里・昆恩的《暹羅連體人的祕密》、小栗虫太郎的《黑死館殺人事件》、藤本泉的《歲月之潮》、肯尼斯・費林的《大鐘》、江戶川亂步的《孤島之鬼》、新田次郎的《山在看著》、范・達因的《主教殺人事件》。就是以上這七本。

看這些標題，完全就是隨機挑選再放進去的感覺。

「這什麼啊？為什麼會把書……」

對於π的疑問，土轉冷靜地回答。

「因為冷凍食品被拿走以後，冰桶的重量就會變輕。為了不被發現，才從那間圖書室隨便拿個幾本放進來吧。」

「所以才會夾雜Novels[23]和文庫本，用來調整重量啊。」

洪太郎像是認同似地再次確認這些書。

確實，這些書的開本都不太一樣。《暹羅連體人的祕密》和《主教殺人事件》是創元推理文庫、《大鐘》是早川POCKET・MYSTERY、《山在看著》是KAPPA・NOVELS、《歲月之潮》是講談社的硬皮精裝本、《孤島之鬼》是昭和四十四年講談社推出的江戶川亂步全集第三冊、《黑死館殺人事件》是桃源社的復刻版。

「但是，為什麼只有《大鐘》是被撕成兩半的？」

我從排列在廚房桌子上的書裡面，拿起了從正中間一分為二的《大鐘》。

「為了調整重量才撕破的，不過因為有人要過來了，所以只好連忙塞進冰桶裡面。事情應該就是這樣吧。」

洪太郎好像不覺得這是什麼大問題。

可是把POCKET・MYSTERY的《大鐘》分成兩半，又能差到哪裡去呢？如果真是為了這個目的，就不要放《孤島之鬼》和《黑死館殺人事件》，適當調整放進去的文庫本數量不就好了嗎？

「冰桶拿來廚房之前是放在哪裡啊？」

土轉向舞舞確認。

「到達這裡的時候，和π先生的攜帶型冰桶一起放在大廳那邊。我們兩個都是先進房間整理行李，之後才把冰桶搬來廚房的。」

「意思就是，這段時間內有某個人接近冰桶。」

「而且圖書室的位置很靠近大廳。」

原本我打算在洪太郎說完以後提一件重要的事。但是直到剛剛都還沉默不語的立直竟然說出一番令人火大的話。

「比起那種再明白不過的問題，食材該怎麼辦啊？」

㉓日本的一種小說開本格式，尺寸和新書相同，為172×106㎜左右。

簡直就像是在說全部的責任都在我或洪太郎身上。這個人只會用這種方式說話嗎——

「食材儲藏室裡面有罐頭喔。」

洪太郎無視立直的發言，看向我這邊。

「啊，對呀。如果只有三天左右的話，感覺還能想點辦法。」

舞舞和洪太郎立刻就跑去儲藏室看看情況。至於立直什麼也沒說就離開了廚房，恐怕是要回去客廳那裡吧。看到這一幕，π又要怒火中燒了，於是土轉便開始安撫。

「我去一下洗手間。」

打了招呼後，我就踏出了廚房、朝著圖書室走去。斜對面的儲藏室門是半開著的，隱約能聽見裡頭傳來洪太郎和舞舞的聲音。不過他們好像都沒注意到我這邊的動靜。

因為圖書室也兼做娛樂室的關係，所以設有兩扇門。從大廳往西延伸的走廊前那扇就是通往娛樂室的門，而深處的門則是通往圖書室。儘管如此，房間裡並沒有分隔兩邊的牆。僅僅只在剛好相當於房間正中央的位置擺了書架，以此來分出兩個空間而已。

我進去的當然是圖書室那一邊。除了兩張圓桌和椅子之外，就只能在房間內的一隅看到一台電腦，其餘就全部都是書架了。宛如使用者極端稀少的企業內公共設施，總覺得洋溢著冷颼颼的氣氛。

大致看了一圈書架，就找到了推理懸疑類的專區。是因為幾乎都是娛樂性書籍的關係嗎，推理懸疑類占了很可觀的比例。

我先來到文庫本的書架尋找范・達因的作品。以《班森殺人事件》為首、《金絲雀殺人事件》、《格林家殺人事件》、《聖甲蟲殺人事件》、《狗園殺人事件》，如果再加上剛才那本《主教殺人事件》的話，初期的六部作品就到齊了。接著我去看了擺放亂步全集的書架，只有第二冊《帕諾拉馬島綺談》和第四冊《獵奇的後果》之間是空著的。

果然沒錯。放在冰桶裡面的書都是從這間圖書室裡拿出來的東西。不過，總覺得有點奇怪，如果要問是什麼原因的話——

「你在這裡啊。」

土轉走了進來，手上還拿著剛才那些書。

「放在廚房只會礙手礙腳的……」

所以就把書拿到圖書室來了。不過感覺土轉也不知道該怎麼做才好，所以就這麼看著我。

「書弄濕了，如果放到書架上的話就……」

「那要擦一下嗎？」

「不行，吸了水的紙張只能等它自然乾燥。先擺在那邊的圓桌上吧。」

有書衣的就先把書衣拿下來。《孤島之鬼》和《黑死館殺人事件》則是從書盒裡取出，攤開書頁，盡可能讓它處在容易乾燥的狀態。因為職業病的關係，即使是別人的書我也無法隨意對待。

回到廚房以後，三個人正在做晚餐。洪太郎在煮義大利麵、π在開罐頭、舞舞則是把麵的料——義大利麵醬汁和蘑菇等配料——移到鍋子裡。

「就算真的像藍包先生擔心的那樣被猛烈的暴風雨給關在島上，過個一週左右應該也不成問題的。」

洪太郎一臉欣喜地報告了食材儲藏室兼備品室的情況。就他來看，那裡儲備了大量的米還有義大利麵之類的乾燥麵條和罐頭，飲用水也很充裕，只要節約使用的話，即使是目前的人數好像也能確保三個禮拜都不會挨餓。而且土轉和洪太郎帶來的蔬菜、雞蛋、麵包和火腿都平安無事，所以也不必只靠罐頭度過乏味的用餐時光。

「這裡我們來就好了。」

雖然舞舞這麼說，但我實在不想回到有立直待在那邊的客廳。就在我思考是不是有什麼事可做的時候……

「那我們去布置食堂好了。」

土轉邀了我，或許是和我抱持同樣的心情吧。

只不過，即使說是布置，也只是把桌子擦乾淨，再擺上六人份的餐具就結束了。因為也沒有其他的事可做了，我們兩個人就聊起了出版業界的話題，等候料理大功告成。

一段時間後，雖然簡樸、但卻是由《迷宮草子》的成員親手操刀的第一次交流會就此展開。就在π要大家別去理立直、而洪太郎和舞舞正試圖安撫的過程中，土轉就去叫立直過來了。

眾人把π帶來的紅酒倒進六個玻璃杯裡。

「那麼，我們一起來預祝《迷宮草子》的成功——」

洪太郎舉起了杯子。

「祝合宿一切順利——」

「祝我們能夠製作出一本出色的書——」

「祝這本書能大賣——」

每個人都分別說出了自己心中的願望。

「……祝——」

然而，我聽見一句奇怪的話參雜在這些聲音之中。那是不適合在這樣的場合說出來、讓人感覺很不吉利的祈願。而且是某個人用很低沉的嗓音說出來的。

咦……就在驚訝的我正準備確認那句話是出自誰之口的時候……

「乾杯！」

當玻璃杯互相碰出聲響時，歡呼聲頓時喧囂響徹。就在這個瞬間，我想要追尋的微妙空氣流動就這麼消失了。所有的聲音都交織在一起。

到底是誰？為什麼……？

晚餐就在一片和緩的氛圍中進行。即便能說話的對象就只有舞舞，但立直的心情似乎也不錯。誰也沒有拿消失的食材來當成話題。

六個人都非常平和地用餐、飲酒、談天，但內心是否就像窗外那時時刻刻都在變得更加猛烈的風雨、處於極端不安定的狀態呢？至少我就是如此。

「話說回來，這裡被稱為狗鼻島是有什麼原因嗎？」

用完晚餐，除了立直之外的人全都收拾好餐具後，土轉泡了飯後咖啡並分配給大家，然後就在椅子上坐下，向洪太郎詢問。

「這附近的島嶼自古就被稱為天狗的飛地。因為人們將它們視為天狗在島嶼跟島嶼之間飛行的修行場所。」

「天狗是住在山裡面吧？」

舞舞提出一個單純的疑問。

「一般來說是這樣沒錯，可是天狗能在空中飛喔。所以修行的場所也遍及全國各地。」

「噢。」

或許是完全沒興趣的關係吧，π表現出不太關心的反應。

「還有，這座島呈現細長的形狀，看起來就像是天狗的鼻子，好像是因為這樣才被取了狗鼻島這個名稱。我們所在的這棟狗鼻館剛好就位於天狗鼻尖的位置喔。雖然實際的形狀與其說是天狗的鼻子，還更像是人魂或勾玉的感覺。」

「在天狗的飛地或狗鼻島上有跟天狗有所淵源的傳說或口傳歷史嗎？」

土轉喜歡與山林有關的傳承，應該是覺得能在天狗這個話題聽到什麼有趣的故事，所以稍稍探出了身子。

「不好意思，辜負你的期待了，什——麼也沒有。人們完全不知道天狗為什麼會在這一帶的島嶼修行。就只留下了那樣的稱呼而已。」

「這樣啊……」

就在土轉因此大感失望時，π突然提出一個現實的問題。

「先不說天狗到底有沒有真的在這裡修行，如果來接我們的船出了什麼差錯、最後來不了的話，要是能順著這些天狗飛地、從這座島游到另一座島，最後還是能抵達港口的不是嗎？」

「你還年輕，所以應該沒問題。但我就沒辦法了。我可游不動啊。」

我的回答半是玩笑、半是認真。

「藍包先生都這麼說的話，那我該怎麼辦啊？」

洪太郎打趣似地出聲附和。

「根本就沒有游泳的必要吧。」

一直默默喝著咖啡的立直這時插入一句話。

「我有說『如果出了什麼差錯』不是嗎？」

感覺π又要反擊了，於是土轉立刻開口。

「我記得碼頭那裡好像有汽艇。」

「汽艇？」

洪太郎臉上掛著「有那種東西啊？」的表情。

「對啊，船舶小屋裡面有一艘老舊的汽艇。」

「不管怎麼樣我都沒辦法。」

舞舞用感覺很嚴肅、但還是知道在開玩笑的語氣說道。

「我不會游泳，還是個連汽車也不會開的機械白癡，如果被留在這座島上的話，就只能等待天狗大人降臨救援了。」

「舞舞小姐不必擔心。如果汽艇壞了我可以修理，真的到了關鍵時刻還能背著舞舞小姐游泳呢。」

π用直球對決的方式宣傳自己。

「π老弟可以背背我嗎？」

洪太郎悽涼的語氣也讓現場的氣氛更加熱鬧了。眾人圍繞著逃出狗鼻島的方法討論了一段時間，等到告一段落的時候，話題終於來到了《迷宮草子》。

「幹事長的〈首級之館〉這個標題，是在意指這棟狗鼻館嗎？」

舞舞說出了這句話，但也不是特地在問哪個人。

「嗯，狗鼻和首級㉔嗎……搞不好真的是這樣呢。」

「真的是這樣嗎？幹事長！」

土轉突然看向我這邊。

「欸，我不是幹事長喔。」

舞舞和π都笑了出來，土轉和洪太郎的嘴角也隨之彎起。就連立直的臉上也浮現了苦笑般的表情。

「第一章是〈霧之館〉、第七章則是〈首級之館〉，這個構成相當有意思呢。」

土轉一提到《迷霧草子》的目次，洪太郎就說出了自己的疑惑。

「在那之前，幹事長當然必須得寫完〈首級之館〉，而且似乎是打算在這次的合宿期間完成。可是成員會經常在身邊出現，這肯定很困難吧。」

「會在半夜寫吧，一定是這樣沒錯。」

㉔狗鼻也可讀成和首級的日文相同的讀音「くび」（Kubi）。

π自信滿滿地說道。

「明天早上一臉很想睡覺的人就是幹事長吧。」

土轉尖銳地指出了這一點。

「話說回來——」

在這之前一直不怎麼說話的立直慢條斯理地開口。那種語氣很明顯就是接下來要說出讓人傷腦筋的話了。

「怎麼了?」

土轉姑且先回應他。

「我覺得這個話題可能不適合在用餐還有聊天的時候提，所以我什麼也沒說。不過，總覺得大家都在刻意避談這件事啊。再這樣下去恐怕就會不了了之了，所以我就趁現在說個明白吧。關於食材被偷的這件事，你們不覺得有必要再討論一下嗎?」

直到剛才都還洋溢在食堂內的談笑氛圍——不，正確來說應該是表面上的談笑風生氛圍——在轉瞬之間消失殆盡。

只有π用凶狠的表情瞪著立直。舞舞臉色鐵青、垂下了頭。正想著洪太郎是不是到廚房去了，人就帶著威士忌回到這裡。至於土轉則是抱著雙臂、仰望天花板。

立直又繼續說下去。

「的確，我們這次的目的是為了針對《迷宮草子》的發行進行事前討論。所以大家關係變好也是件好事吧。但是，在這群好朋友之中藏著一個偷食物的人，這也是不爭的事實喔。」

「儲藏室裡面還有食物，所以沒什麼關係吧。」

π像是在頂撞似地回嘴。

「我認為問題並不在於有沒有可以代替的食物。」

「所以是什麼？我說你啊，其實是對感情變好的我們感到自討沒趣，所以才提出這種話題想分化大家對吧。」

對於π的這番話，立直像是無可奈何似地搖了搖頭。然後看了我們一圈後才開口。

「其他人應該多少能理解了吧？」

「你是把我當傻瓜嗎！」

π以驚人的氣勢站起身來。洪太郎和土轉立刻就來到π的身旁，從兩邊拍肩安撫，π這才坐回去。接著兩個人也都在π的旁邊坐了下來，應該是判斷接下來的對話會變得更加棘手吧。

因為不能只麻煩那兩個人，所以我就鼓起勇氣說出了應該是立直想提出的那個問題。

「無論目的是什麼，把食材藏起來的人至少對我們是不抱持善意的……我想可以這麼認定。只要看了大廳的那張圖，就會知道這裡有間食材儲藏室。話雖如此，如果沒有實際去調查看看就無法掌握有多少種類、又儲備了多少分量。不，討論這個之前，在大家都在整理行李的那段期間，有某個人不知在什麼時候來到大廳，把食材從攜帶型冰桶裡面拿走後又藏了起來，接著把圖書室的書塞進去，考量到以上的作業過程，可以判斷這個人有可能沒有注意到那張圖，也沒有時間去調查儲藏室。」

「……」

π一臉想要開口發問的表情。但是在我開始說明之前……

「幸好儲藏室裡面有食物，我們才能得救，不然或許就要挨餓了。」

洪太郎的感覺很像是在確認，緩緩說道。

「沒錯。也就是說，這個人對我們完完全全就是抱持惡意的……」

「這樣的人，就在我們六個裡面……」

土轉的聲音聽起來很微弱，和那龐大的身軀相當不搭調。

「這可是個相當嚴重的問題。」

立直罕見地以像是要壓制全場的大嗓門開口。

「我們每個人都是第一次見面，也做了簡單的自我介紹。但是，那些全都是自己單方面的說法，說出的內容是真還是假，我們也完全沒有確認的方法。再加上這裡是無人島，除了我們六個之外就沒有其他人了。在這種狀況下，竟然發現有個真面目和目的都不明的可疑人物就在這裡面。這件事非常關鍵，視情況或許還會威脅到我們的生命。」

「也太誇張了。」

π鄙夷地聳了聳肩膀。

「沒辦法冷靜判斷情勢的學生我看也無藥可救了，其他幾位又是怎麼判斷、怎麼看待這件事的呢？」

「真是膽小的老爹啊。」

π再次出言挑釁，但是立直無視他、臉依舊朝著前方。

「這個問題我是理解。那應該要怎麼做？把犯人給找出來嗎？」

洪太郎好像很困惑的樣子，把臉轉向土轉跟我這邊。

「無論是誰都有機會，所以想找出犯人應該很困難吧。不過，那些圖書室的書——」

就在我準備把心裡介意的事情給說出口的時候……

「就此結束吧。」

立直插了一句話。

「結束什麼？」

對於土轉的疑問，立直看起來很不耐煩。

「當然是這次的聚會就到此為止啊。」

「咦，那《迷宮草子》的……」

「姑且先不提要出版還是不出版，至少這場四天三夜的聚會應該要馬上中止。」

「可是啊，來接我們的船要大後天才會來喔。」

洪太郎說出了合乎情理的事實。

「那我們剛才到底是為了什麼才在討論該怎麼從這座島離開的？靠汽艇啊，用那個應該可以在島嶼之間航行吧。」

「那終究只是紙上談兵而已，實際要進行的話應該不太可能吧。」

土轉此言像是在安撫大家，但是立直似乎已經下定決心了。

「或多或少有點勉強，但是考量到眼下的情況也是迫不得已的吧。只要衡量一下繼續留在島上的風險，要承擔某種程度的危險也是不得已的。」

「說到留在島上的風險啊。」

洪太郎一邊喝著不知道是第幾杯的威士忌、一邊開口。

「這種暴風雨的天氣，而且還是晚上，要開汽艇出海也太危險了。」

「並不是現在立刻離開。我的意思是到了明天如果放晴的話，就應該要評估這個可能。」

「那艘汽艇可以載得下這麼多人嗎？」

一臉不安地聽著大家討論的舞舞，也不禁自言自語。

「總之我是要走的。」

立直舉起了手，就像是想要表達這個決定很理所當然。

「就知道你會這麼說啦！」

π嘲笑似地高聲說完，洪太郎就緊接著開口。

「外行人搭汽艇出海是非常危險的……嗯，如果有人自告奮勇接下這個任務，然後盡全力為我們找來救援，這樣不是很好嗎？」

洪太郎說出了難以評斷的話。也不知是想要安撫π，還是打算煽動立直。

「不管怎麼樣，要不要先在這裡打住呢？」

土轉回收所有人的咖啡杯，同時催促大家散會。看看時鐘，現在已經過了十一點了。

「說得也是。不管要採取什麼行動都是明天的事了。今天大家都很累了吧。」

洪太郎趕緊表示贊成，交流會也就此落幕。

◆

「杯子讓我來洗吧。」

「不，我來就好。」

「我來幫忙喔。」

「唔嗯……要先去洗澡嗎。」
「晚餐真的很好吃呢。」
「這風好強啊。」
「睡覺之前，去圖書室找本書來讀吧。」
「那接下來……」
「天氣還是很糟糕呢。」
「那晚安啦。」
「晚安。」
就在所有的人幾乎同時離席，然後你一言我一語地各說各話、場面喧囂混亂的時候……
「做個好夢……」
——「我」說道。

◆

隔天早上，風雨稍微減弱了，但海浪依舊洶湧，完全不是汽艇能夠出海的狀態。即使是這種情況，立直還是會堅持要離開吧。

雖然已經醒了，但是我還是繼續躺在床上，不知不覺間就開始思考起昨天發生的事情。

昨天夜裡，全部的人在晚餐後的收拾整理結束後，就盡早就寢了。雖然也有幾個人去用了浴室，但是在輪到自己之前，大家都待在各自的房間裡。

洪太郎好像還沒喝過癮，所以就邀土轉和我一起喝。不過我們婉拒之後，洪太郎也爽快地離開了。雖然說是要自己一個人喝，但除了喜歡喝酒之外，看起來應該還存在其他的理由。

恐怕是不安……吧。真要說的話，我也是一樣的。不，不只是洪太郎跟我而已，所有的人一定都感受到了。正是基於這個原因，等交流會一結束，大家才會想要趕緊獨處。

如果感到不安的話，是不是就會想和某個人待在一起呢？這種想法以這次的場合來說其實不太現實。先排除兩個人聚在一起的場合，就算三個人、四個人也並不是理想的情況。這裡頭的某個人對我們懷有惡意，抑或是目前不在這裡的某個成員，就在這段期間暗自算計著。疑心暗鬼的風暴朝著我們襲來，讓人心力交瘁。唯獨只剩自己一個人的時候，才能讓精神得以放鬆。或者要讓全部的人都待在一起嗎……

然而獨自一人的話，不用過多久就會開始害怕了吧。所以會喝酒的人就會仰賴酒精的力量。我能夠理解那種心情，雖然心裡明白——

響起了敲門的聲音。

我不禁在床上擺出了戒備姿勢。雖然覺得自己這樣有點可笑，但是卻一點都笑不出來。

「來了……」

雖然回應了，但對方好像沒聽到，又再次敲了門。

我走下床，來到門的旁邊。

「來了。」

這次是隔著門板回應。

「我是土轉，早餐已經準備好囉。」

在不知不覺間變得緊繃的肩膀也一口氣放鬆了。

「不好意思，我馬上過去。」

我看了一下擺在床頭小桌上的手錶，時間已經過了八點半。於是我趕緊換了衣服，然後到一樓盥洗完畢之後就趕快來到食堂。

咖啡撲鼻的香氣真是令我陶醉。

「大家早安啊。」

「早安」

「你睡得好嗎？」

問候的聲音此起彼落。除了π之外，大家好像都到齊了。而土轉和立直等人都已經用餐完畢。

早餐是吐司搭配火腿蛋和沙拉的組合，據說是舞舞和土轉幫大家做的。

起床的時候我還沒有食慾，所以原本想說喝杯咖啡就好。但是當餐點像這樣在眼前一字排開，果然還是會讓人感到飢腸轆轆呢。所以我就滿懷感激地享用了。話說雞蛋和蔬菜都平安無事實在太好了。

「π先生還沒下來耶。」

為了不要讓餐點涼掉，舞舞把碗倒扣在π的餐盤上。

「我敲門敲了好幾次，但是都沒有回應。我想應該還在睡覺吧。」

「年輕人都很能睡呢。」

洪太郎附和了土轉的說明。但是舞舞還是一臉不安的表情。

「不然我再去叫一次吧。」

應該是注意到舞舞的神情了，於是土轉起身離座。

「不好啦，怎麼能麻煩土轉先生跑兩趟……」

舞舞有些猶豫地制止，而洪太郎則是邊打呵欠邊說道。

「等等就會起來啦。」

已經吃完早餐的是土轉和立直。一開始去喊大家起床的是土轉，所以現在讓立直跑一趟也沒什麼問題。只不過，當事人理所當然是不會有所動作的，所以沒有人對此抱有期待。

「我去看看吧，不然早餐都要涼掉了。」

才剛開始吃東西的舞舞突然站了起來。

「等一下就會來了啦。」

「那我去好了。」

可是舞舞沒有搭理洪太郎和土轉說的話，逕自走出了食堂。

「舞舞小姐是最早起來的，還幫全部的人做了早餐。」

土轉的視線在洪太郎與我之間交替。

「你不是也幫大家沖了咖啡嗎？」

聽了洪太郎說的話，我對於在內心斥責立直的自已感到羞愧不已。要說什麼都沒做的話，其實我也是一樣的。

「收拾工作就讓我來吧。」

「我也來幫忙。」

我無力地輕聲說完之後，洪太郎也笑著說道。就在這個時候——

「呀啊啊啊！」

傳來了像是響徹整個空間的尖叫聲。

「……」

「舞舞小姐？」

洪太郎、土轉、立直、還有我，彼此面面相覷。下一個瞬間，四個人全都宛如脫兔般跑出了食堂。

三人朝著東側的樓梯跑去，但是我則是跑向西側的樓梯。之後思考了一下才恍然大悟，因為其他三人的房間距離東側樓梯比較近，而我的房間是在西側樓梯前面，所以才會兵分兩路的。

食堂的入口靠近東邊，所以當我爬完樓梯的時候，土轉已經來到二樓了。不過π的房間就在我隔壁，因此我們可以說是幾乎同時趕到房間前面的。

土轉和我差一點就撞上了坐在門口的舞舞，接著當我們抬起頭的瞬間，**那個**也進入了視野，讓我們兩人都說不出半句話來。

π上吊了……

穿過房間中心的梁上垂下了一條繩圈，把脖子伸進繩圈裡的π微張著眼睛、懸掛在半空中。

「這、這是怎麼回事！」

洪太郎的喊叫聲立刻從身後傳來，但是沒有一個人回答。

「自殺……嗎？」

一段時間後，立直開口了。

「怎麼會這樣……」

土轉喃喃低語。

「那麼，是被殺害的囉？」

立直的這句話，讓大家頓時屏住了呼吸。

「你、你在說什麼啊？」

就像是要制止嗓音變得粗暴的土轉，洪太郎開始催促大家。

「總而言之，也不能就這麼擱著不管。舞舞小姐先到走廊去，我們幾個來把π老弟放下來。」

但舞舞像是腰腿都軟了，一動也不動。我和土轉撐著舞舞的腋下，先把她帶到走廊上。

一進入房間，土轉就把倒下的椅子給扶起來，然後站上去要解開綁在梁上的繩子。過程中，洪太郎跟我從下方抱著並持續支撐π的遺體。一股刺鼻的阿摩尼亞氣味傳了過來，應該是π失禁的關係吧。想到這裡再仔細一看，就發現長褲的正面部分有些變色。遺體好像開始出現死後僵直了，變得特別僵硬。那種怎麼樣都難以習慣的觸感相當令人難受，支撐遺體的同時，兩條手臂也爬滿了雞皮疙瘩。

因為繩子遲遲無法解開，就連土轉到後來也失去了耐心。最後他回自己的房間拿來了登山小刀，把π頸部上方的繩子給割斷了。

剎那之間，我實際感受到了π的重量。明明個頭嬌小，還是得靠三個人才能將遺體放到床鋪上。記得好像曾在哪裡讀過遺體很沉重的記述，事實上確實就是如此。感受到的究竟是物理面的沉重，還是心理面的沉重？這個問題依然是個謎……

話是這麼說，但實際上幾乎可以說是由土轉搬過去的。這是因為我基於生理上的厭惡感而半縮著身子，而洪太郎的抱法也是一副在煩惱該怎麼支撐的樣子。

「該怎麼辦？」

將視線從床鋪那邊轉過來的土轉問了洪太郎與我的意見。

「先聯絡港口那邊，要他們無論如何都要過來接我們。」

也許是因為自己的手已經離開遺體而鬆了一口氣的關係，所以洪太郎還有餘裕邊幫π蓋上毛巾邊回答。

來到走廊後，就看到立直熱心地和舞舞搭話。但問題是舞舞看上去毫無反應。

「接下來我們三個人要在館中找找，看看有沒有聯絡港口那邊的方法。所以麻煩您陪舞舞小姐一起待在客廳。」洪太郎說前半段的時候看著土轉和我，後半段則是把臉轉向了立直。

「我知道了。」

立直坦率地點點頭，真是令人訝異。接著把舞舞扶起來後，兩人就迅速地下去一樓。

「把舞舞託付給那個人真的沒問題嗎？」

土轉一臉擔心地看著那兩個人的背影。

「萬一舞舞小姐發生了什麼事，肯定就是立直做的，所以不會有問題吧。」

「要是真的發生什麼的話就太遲了……」

真是罕見，土轉的口吻就像是在發牢騷。

「分頭行動吧。」

洪太郎不顧土轉的擔憂，明快地繼續說了起來。

「土轉先生，麻煩你直接開始調查二樓這裡。我們住進去的房間雖然是私人空間，只是不清楚每個人都帶了什麼過來。所以不要有所顧慮，請務必徹底調查。然後藍包先生，請你到一樓去。如果真有些什麼東西，應該就在一樓了，所以麻煩你要查個滴水不漏。我打算去碼頭那邊看看。即使沒有無線電，或許還會有信號彈之類的東西。」

說好結束之後就到客廳集合，我就和他們倆分頭進行了。雖然土轉截至目前為止都是個行動派，但是處在緊急情況的時候，洪太郎好像就比較可靠。

就如同洪太郎所說的，要是有能夠和外部取得聯繫的設備，應該就在一樓了。而且如果不是在那間圖書室兼娛樂室的話，會不會就在客廳裡呢？我心裡這麼衡量著，先往圖書室走去。

可是那裡只有一開始發現的那台電腦而已。不過只要能靠它連上網路就好了。

我在電腦前坐下，啟動了主機。過了一會兒螢幕就亮了起來，出現了連線的圖示。好，太棒了。我在心中鼓舞自己，啟動了連線。

「欸……」

我忍不住驚呼出聲。這裡必須輸入密碼。如果不知道密碼的話，就不能使用連線的機能了。

「不會吧……」

才剛覺得這下無計可施了，又趕緊告訴自己要稍安勿躁，然後開始重新思考。因為之所以能使用網路連線的機能，是因為連接了電話線路。

「電話！」

我叫了出來，然後立刻奔向客廳。

我以驚人的氣勢打開門跑了進去，迎接我的是一臉驚訝的立直和舞舞，但我還是先在房間裡四處查看。然後就在左邊的一個角落找到了應該是電話台座的東西。然而，最重要的電話卻不見蹤影。我看了一下台座的下方，有個電話線的插孔，但是這裡卻沒有擺電話。

「應該是拆走了吧。」

立直那沒有抑揚頓挫的聲音傳了過來。

「我把這個房間都找過了，但是到處都沒有看到電話。」

我轉過身去，準備繼續尋找電話的下落。

「我到其他地方去看看。」

離開客廳後我就回到圖書室，那裡果然還是只有書本跟那台電腦。隔壁的娛樂室擺了撞球桌、麻將桌還有桌球桌，剩下的就只有角落那個收著撲克牌等各種遊戲用具的架子。食材儲藏室兼備品室、廚房、食堂、盥洗室、浴室、洗手間也都確認過了，但依舊沒有發現通訊設備，電話也還是不見蹤影。唯一的收穫就是在備品室裡面發現了跟π用來上吊的繩子同款的東西。

考量到土轉和洪太郎搜索的場所，想必也不用期待會有什麼顯著的成果了。這麼一來，在找不到電話的情況下，就只能仰賴圖書室的那台電腦。只是到底該怎麼弄到密碼呢……

總之在那兩個人到齊之前，還是先別提電腦的事好了。我在心中這麼想著，然後走進了客廳。

「所以有什麼收穫嗎？」

被立直用嘲諷般的語氣這麼一問，讓我火氣都上來了，所以馬上就說出了關於電腦連線的事。

「我來看看吧。」

直到剛才都還纏著舞舞不放，結果立直現在立刻就拋下她，走出了客廳。

剩下我和舞舞兩個人之後，突然感到氣氛有些尷尬。雖然對土轉還不至於，但至少我對立直是抱有嫉妒的。只要沒有這個人的話，我就能和舞舞多說幾句話了。內心的某處突然萌生出這樣的情緒。然而現在獲得機會了，卻結結巴巴的，一句話也說不出來。

「昨天……」

坐在沙發上、頭垂得低低的舞舞嘴裡嘟囔著。

「啊？怎麼了？」

我頓時慌了起來，就好像在課堂上想著毫無關聯的事情，卻突然被老師點名的學生那樣。

「……要去睡覺之前，π先生偷偷告訴我。」

「說了什麼……？」

「π先生帶來的攜帶型冰桶裡面也少了兩瓶寶特瓶飲料……」

「欸？」

「可是要是說出來的話又會引起騷動，所以就沒告訴大家……而且儲藏室裡面也有充裕的飲用水……」

意思就是，偷了食材的犯人其實也打算把飲料給偷走。不過或許是有人來了或是時間不夠之類的原因才因此放棄。會是這麼一回事嗎？

「π老弟還有提到什麼其他的事情嗎？」

舞舞只是搖搖頭，之後無論我說了什麼都只是沉默不語。

一段時間後，土轉進到客廳來了。光看表情，不必多問就知道沒有任何收穫。我把電腦的事情說出來之後，土轉就說道。

「密碼啊……立直先生能找出來嗎？如果是π老弟的話或許就能想點辦法……」

後半段的話讓我打了個冷顫。在我們幾個裡面，對電腦最了解的恐怕就是讀理工科的π吧。但是π已經死了……如果死掉的是其他成員，搞不好現在應該已經跟本土那邊聯絡上了也說不定。想到這裡，心情也陷入極度的嫌惡之中。

「等洪太郎先生回來後，要不要到圖書室去看看？」

但是洪太郎卻遲遲沒有回來。狗鼻館蓋在狗鼻島的南端，碼頭幾乎是位在最北端。雖然這裡是個小島，但是往返還是要花費一點時間。現在風雨沒那麼激烈了，但是考量到昨天晚上的降雨量，現在地面肯定是一片泥濘。所以才會花上比較多的時間吧。

土轉也溫柔地向舞舞搭話，可是幾乎沒有得到回應，於是也越來越少開口了。

「我去圖書室看一下。」

很快的，我就因為對支配客廳的氣氛感到如坐針氈，所以離開座位來到走廊上。說穿了圖書室也只是個藉口罷了，我只是單純想離開那個房間而已，不過心裡在意倒也是事實，所以我便打算去看看立直那邊的情況。

「情況怎麼樣？」

「不行啊。」

立直回答，但視線完全沒有從電腦上移開。而且手指還是在鍵盤上持續縱橫移動。

「你會不會覺得如果是π老弟的話，就有辦法找出密碼？」

我站到立直的斜後方問道。原本我還打算若無其事地說出口，但是到了語尾，聲調卻異常地拉高，或許我是有意識地開口的也說不定。

立直雙手的動作突然打住了。在此之前「咖噠咖噠」作響的鍵盤敲打聲也倏地停了下來。

過了一段時間後……

「如果這麼簡單就被查出來的話，設定密碼就毫無意義了。嗯，我認為是很困難啦……只不過，如果是那個學生的話應該會想到什麼辦法吧。」

在那之後，立直就像是什麼事都沒發生那樣，再度開始以令人眼花撩亂的氣勢敲打鍵盤。

「洪太郎先生應該很快就會回來。您弄得差不多了就先暫停一下、到客廳來吧。」

立直輕輕點了個頭後，我就把他留在那裡、準備走出圖書室。

就在這個時候，我的視線突然在那幾本因為被弄濕而擺在圓桌上晾乾的書上停了下來。雖然沒有馬上弄清楚，但總是覺得有種不協調感。就在我盯著看、心想究竟是什麼問題的時候，隨即倒抽了一口涼氣、眼睛也睜得老大。

《主教殺人事件》裂成兩半了……

「這是怎麼回事？」

我不由得自言自語。回過頭去，立直並沒有察覺到。

我把書拿起來。一樣。和《大鐘》的情況一模一樣，從正中間裂成了兩半。把書撕開到底意味著什麼呢？究竟是誰又做出這樣的事？

看著撕開的書，越看越令我覺得可怕。和目睹、觸碰到π的遺體相比，眼前這本一分為二的書本還更加恐怖。

成員中的某個人偷了食材和部分的飲料，然後還將書撕破。實在沒辦法想像目的究竟為何。然而，我就是感受到毫無緣由的惡意。還察覺到周遭充斥著令人生厭的情感。如果要舉個例子的話——

「磅」地一聲，門被打開了。我忍不住叫了出來。

「抱、抱歉啊。」

仔細一看，土轉正站在門口。感覺他也被我的叫聲給嚇到了。

「發生什麼事了嗎？」

「不，是洪太郎先生回來了。」

接著我去叫了立直，三個人趕緊奔回客廳那邊。

或許是往返碼頭太過疲憊了，洪太郎筋疲力竭地癱坐在沙發上。手上還拿著一個冒著熱氣的杯子，一定是舞舞準備的沖泡式飲料吧。

「辛苦了。那麼，那邊的情況怎麼樣？」

雖然覺得這麼急躁實在不太好，但我還是馬上確認。

「不只沒有無線電，也沒有其他能和港口取得聯繫的通訊器材。不過確實有汽艇。雖然狀況不能說是非常理想，但還是能想辦法讓它動起來吧。所以如果海況平靜一點的話，或許就能沿著那些天狗飛地的島嶼一路航行。」

「你說不是非常理想，是什麼情況？」

立直隨即插了一句話進來。

「引擎運轉的狀態很糟。也就是說最糟糕的情況下，恐怕要評估在大海正中央停住、然後沒辦法再啟動的可能性。」

稍微擺出一副思考的樣子後，立直看向我這邊。

「如果那個叫 π 的學生還在的話，也許就能修理引擎了。因為 π 說過自己喜歡玩機車、也喜歡改車對吧。」

立直的這番話讓土轉的身子抖了一下。

「你們說圖書室裡面有電腦？」

詢問的聲音響亮有勁。對洪太郎而言，比起狀態不完善的汽艇，電腦還更加值得倚靠吧。

「可是要啟動連線功能的話就需要密碼。那邊也接上了電話線，只是──」
我指著客廳的一角。
「少了最重要的電話。我是找過了，可是到處都沒發現。然後立直先生有試著調查電腦的密碼──」
「我試了很多種，但果然還是不行啊。」
立直乾脆地否定了。
「電腦並沒有壞吧？」
「嗯嗯，一切正常。」
「這樣的話，即使不知道密碼但還是會有辦法的吧。」
洪太郎說出了毫無道理的話。
「你明明也是用電腦連到迷宮社的網站，難道沒有密碼的相關知識嗎？」
在洪太郎對立直這番討人厭的話有所反應之前，土轉連忙打岔。
「電腦的密碼就像是保險箱的密碼。所以萬一不知道密碼的話，很遺憾，就無法使用連線的功能。」
「這樣啊……」
「感覺這其中有某種暗示呢。」

我這麼喃喃自語，洪太郎就面露狐疑。

「無論是誰都能使用的電話不見了，然後現在已經知道有電腦跟汽艇兩種離開這裡的手段。然而，這兩種都是需要借助π老弟的力量。如果他人還在的話或許就能利用。所以這麼思考的話……」

「你想表達的是？」

洪太郎的表情似是相當詫異，但是好像立刻就理解了，接著就用嚇人的神情環顧在場眾人的臉。

已經注意到的土轉和我都重重地點了頭。應該還在推理中的立直雙手抱胸、直勾勾地凝視著正前方。舞舞宛如蝸牛般蜷縮在沙發上睡著了，幸好沒有看到在場男性的反應。

「怎麼會……」

以洪太郎的這句話結尾，眾人陷入了一片沉默之中。

雖然還是白天，但窗外卻有如傍晚般昏暗。下著小雨的同時，風勢卻逐漸增強。波濤就像是H・P・洛夫克拉夫特筆下克蘇魯神話中登場的怪物，起起伏伏、令人不安地蠢動著。

或許是早餐沒有吃飽的關係，現在肚子餓了起來。只是處於這樣的氣氛中，實在很難提什麼吃東西的話題。話雖如此，如果不吃的話，身體或許會無法支撐下去。因為根本難以預料接下來又會發生什麼事……

「幹事長不是應該出來表明身分嗎？」

就在大家沉默了十多分鐘後，立直開口了。

「即使只論昨天發生的怪事，情況就已經很不得了了，結果現在還死了一個人。幹事長應該要自己報上名來了吧。」

「話是這樣說沒錯──」

相對於立直激烈的語調，土轉則是一副冷冷的態度。

「即使現在跳出來表明，應該也於事無補了吧。」

就是說啊……心裡才剛這麼想，我就意識到一個「啊，該不會……」的可能性。

「如果是幹事長的話，不就知道密碼是什麼了嗎？」

我提出的這一點讓土轉吃了一驚，洪太郎則是猛然將頭抬了起來。

「這棟狗鼻館是隸屬在幹事長老家經營的印刷公司底下。所以即便知道電腦的密碼也沒什麼好奇怪的。」

「是啊。」

我很興奮。這下或許就有辦法跟港口取得聯絡了。

「這麼說沒錯。」

只不過，立直的語氣終究都很冷靜。

「這次《迷宮草子》聚會的負責人就是幹事長。在引發這些事件的情況下，就得好好報上名來、扛起應該負的責任。」

「……」

然而，不管過了多久，在場的人都沒有說出半句話。讓人感覺又回到了沉默的世界。

「請把舞舞小姐叫起來。這是需要經過全員討論、相當重要的問題。」

立直這麼說完就催促了距離舞舞最近的土轉。如果π還在的話，肯定會大聲抗議的。但是土轉就像是在尋求指示那樣，交互看向洪太郎與我。我們兩個人同時點頭後，土轉才終於要去叫醒舞舞。

土轉把立直說的話告訴了鐵青著臉醒來的舞舞。也不知道到底有沒有理解這些話的內容，舞舞仍是毫無反應。

我覺得這是個好機會，就把π冰桶裡的飲料也被偷的這件事說出來。不過，我還是沒提起那本被撕成兩半的《主教殺人事件》。關於這件事，在我內心深處還是對某些東西相當介懷，只是我還不知道那究竟是什麼。在釐清之前，我並不打算說出來。

立直得知飲料被偷的這件事後，對於要幹事長出來坦誠的主張就更加強烈了，而全部的人也都表示贊成。在土轉耐心地進行說明之後，舞舞也終於明白了。只不過，依舊沒有人站出來承認。

就在客廳再次回歸寂靜的時候……

「話說回來，你們認為π老弟是怎麼死的呢？」

洪太郎突然拋出這個疑問。

「怎麼死的……不就是上吊嗎？」

土轉回答。

「如果是自己上吊，動機又是什麼？」

「自殺的動機……嗎？」

我喃喃自語，洪太郎大大點了個頭。

「就算是存在我們不知道的動機好了，也沒必要刻意選在第一次見面的人眼前尋短吧？」

「或許是來到這座島以後，才萌生了動機也說不定啊。」

「哪有這種蠢事！」

對於立直的發言，土轉像是在表示「這毫無可能」似地高聲喊叫。但洪太郎的語氣卻很冷靜。

「可是，如果不這麼思考的話就無法解釋了。來到這座島以後一直到今天早上，這段時間內π老弟的身上發生了某些狀況。而那些事情將他逼上了尋死的絕路。」

「所以是什麼事？」

我接話之後，洪太郎就繼續說道。

「說起昨天發生的事，那就是食材被偷吧。而且他冰桶裡面的飲料也被偷走了。看樣子只有舞舞小姐被告知了這件事，在此之前就只有當事人知道而已。」

「這怎麼了嗎？跟自殺有關聯嗎？」

「我不知道。」

相對於神色不安的土轉，洪太郎只是冷冷地回答。

「什麼問題都沒有不是嗎？要發生足以促使π老弟尋死的事、而且還得不被我們任何一個人察覺，這實在很難想像。」

土轉的說法很合乎情理。但是，這麼一來就會留下一個很大的疑問。而立直簡潔地做了總結。

「如果原本就存在自殺的原因，為什麼還要特地來參加《迷宮草子》的聚會，然後在活動途中自我了斷呢？假使是來到這座島之後才產生的動機，為什麼我們之中沒有一個人對這件事有頭緒？再來就是，那個動機又是什麼？」

「應該去調查一下遺體吧。」

「我才不要！」

土轉對洪太郎的提案展現了激烈的反應，而立直則是冷漠地陳述意見。

「我們都不是專家，就算調查了，恐怕還是什麼都搞不清楚吧。」

「就算是這樣——」

然而話還沒說完，我就閉起了嘴巴。

我認為如果至少能證明π的死毫無疑問就是自殺的話，我們大夥的不安應該多少也會消解一些吧……只是一想到有可能會出現不同的結果，我就害怕得無法再繼續說下去。

到頭來，在這場全部的人都是初次見面的聚會中，館內出現了行徑詭異的人物，其中一名成員還離奇上吊身亡。雖然有能夠與外部聯繫的電話線路，但是卻少了電話；明明有可以使用的電腦，但是卻不知道連線的密碼。汽艇的引擎狀況不好，而且海象也相當嚴峻。《迷宮草子》的幹事長也不知道為何不表明身分……置身於這樣的狀態之下，每個人都選擇了相同的行動。

客廳的這場討論就在含糊不清的情況下解散了。大家各自用完午餐之後，直到傍晚都是各自行動。晚餐時間，全部的人都聚集在食堂裡，除了立直之外的人都分擔了晚餐的準備工作。只不過，現在已經和昨天晚上和樂融融的氣氛大相徑庭了，所以對話都有一搭沒一搭的。等到餐後的收拾整理都結束之後，眾人就一個也不留、全都早早回到了自己的房間。

我也是一整天都在館內四處閒晃以消磨時間。我依序在自己的房間、客廳、圖書室、娛樂室、廚房之間持續走動，如果有人進來的話，我就會等一段時間就離開這裡。就像這樣循環式移動。

其實我想待在自己的房間，但是π的遺體就在隔壁的房間裡。一想到這裡，我就坐立難安了。位在π東邊鄰間的土轉大概也是相同的心情吧，能感受到頻繁進進出出的氣息。

順帶一提，土轉的東邊鄰間、也就是面向東側樓梯的房間住的是洪太郎。從我這個位於西端的房間往東邊走，依序是π、土轉、洪太郎。洪太郎的對面、意即北側那排房間的東端就是立直住的那間，而立直西邊的兩間鄰間都是空房。至於我的對面、位在北側西端的房間住的是舞舞。

這麼想來，北側和南側都各自由四個房間構成，所以無論從哪邊算起，和π的房間相距都不會太遠。雖然我和土轉的房間確實是最近的，但對於不遠的地方就有一具遺體所感受到的精神衝擊，或許全部的人都為之所苦吧。

我鑽進被窩後沒有睡著，而且也完全沒在思考，就只是把眼睛睜著而已。雖然沒有人說出口，但恐怕所有人的想法都是一樣的吧。總之就這樣什麼都不做、熬過這三天吧。我認為每個人都是這麼祈求的。現在已經不是討論《迷宮草子》的時候了。

會在床上翻來覆去、睜著兩隻眼睛迎接黎明嗎……就在我心裡模模糊糊地這麼想著時，耳朵聽見了細微的聲響、讓我立刻清醒過來。也就是說，我只是稍微小睡了一下。

我全神貫注地想聽清楚那是什麼聲音，不過已經什麼都聽不見了。建築物裡頭萬籟無聲，僅僅只有外面的風雨聲傳到了耳際。

我看了時鐘，現在是四點四十七分，大家應該都還在睡吧。還是說有人沒睡覺、在房間進進出出呢？像這樣想著想著，腦袋就完全清醒了。

我爬起來換了衣服，悄悄地離開了房間。

首先，我在走廊上停下來，豎起耳朵傾聽。無論哪個房間都沒有傳出任何的聲響。明明不想去看，但一回過神來，我已經在凝視著π的房間了。一股惡寒傳遍了全身。我勉強自己把視線移開，從逃生警示燈朦朧浮現的樓梯走了下去。

我並沒有特別想去哪裡，卻直接踏進了圖書室。因為眼睛差不多也習慣黑暗了，所以我沒開燈就朝著那台電腦走過去。啟動電腦後，一聲「蹦」的獨特音色響起，「嘟滋嘟滋」的細微聲響越來越大，讓我的心跳也跟著加快。螢幕出現畫面後，我就用滑鼠連點兩次連線的圖示。

「請輸入密碼」的訊息欄在眼前出現了。

真的還是不行啊……

明明就沒有抱持一丁點的希望或期待，但還是感到很沮喪。我關掉電腦，正準備離開圖書室時，突然就想到了那些書。

因為剛才眼睛盯著亮亮的電腦螢幕，所以現在感覺房間裡一片漆黑。我用摸索的方式靠近圓桌，隱隱約約看到了書本的輪廓——

接著，我立刻以像是要把門撞破的氣勢衝到走廊，然後一邊發出不成言語的叫喊、一邊奔上了二樓，然後猛敲每個人的房門。

「舞舞小姐！土轉先生！洪太郎先生！立直先生！」

我在走廊上來來回回地跑動，持續不斷地敲打每個房間的門板。

「怎麼了！」

洪太郎率先跑了出來。

「發生什麼事了？」

接著是門打開一半、只將半個身體探向走廊的立直，那副模樣彷彿是在窺伺我這邊的情況。

這時我感受到了某種氣息。把頭轉過去後，就看到只從房間裡探出一個頭的舞舞。

三個人分別用三種難以言喻的表情看著站在走廊上的我。然而不管過了多久，都沒有看到土轉從房間裡出來。

「怎麼了嗎？」

洪太郎走了過來，於是我指著土轉的房間，同時也站到了房門前面。這時立直和舞舞都站在我跟洪太郎的身後。

四個人都沉默不語。沒有一個人開口。即使是這樣，感覺眾人都明白接下來會看到什麼了。

我把手擱在門上、開了門，然後打開房裡的電燈。

土轉躺在床鋪上。脖子上繞著一條繩子，舌頭微微吐出，瞪大了雙眼……

從客廳看出去的天空和大海，簡直就是完全符合「黯淡」這個詞彙的狀態。原本天與地應該是相反的空間，現在已經毫無分界、融為了一體。整個世界都像是被黑暗的色彩給覆蓋住，如此不祥卻顯得壯闊的情景就在眼前開展而出。

即使是外行人，看到土轉的樣子也能一眼就知道是被勒死的。被繩子嵌入的頸部，能看到摩擦和擦傷所造成的血痂，從表情也完全能明白土轉曾痛苦掙扎抵抗的事實。

遺體呈現躺在床上、蓋著棉被的狀態。於是洪太郎把被子往上拉、蓋住了臉部，就好像是埋葬了土轉一樣。

所有的人都不發一語，自然而然地往客廳移動。但洪太郎立刻又走了出去，一段時間後就端著咖啡回來。心想能在這種時候來杯咖啡真是太令人感激了，但我喝了之後才發現是即溶式的。

「因為已經不在了啊。」

或許是看到我喝咖啡時的表情，洪太郎臉上露出了自嘲式的笑容。

「土轉先生被殺了……」

儘管手中被塞了一個咖啡杯、但依然精神恍惚的舞舞，這時突然用令人發寒的聲音低語。

「嗯嗯，是呀。」

洪太郎用宛如在哄小孩的口吻回應。

「話說回來，你是怎麼知道土轉先生被人殺了？」

進到客廳之後，立直就一直盯著我看，似乎有什麼話想說。到了這個時候才終於開口。

「對啊，為什麼？」

洪太郎和舞舞也用認真、甚至可以說是讓人畏懼的眼神看向我這邊。

靜謐籠罩了整個客廳，咻咻作響的風聲，還有雨水敲擊窗戶玻璃的噠啦噠啦聲響也鼓動著這片寂靜。

「因為書。」

我還沒有從自己的想法成為現實所帶來的衝擊中恢復過來。比起土轉遭到殺害的衝擊，那些書的巧合竟然成為了現實。這個事實才更加讓我感到恐懼。

「書？」

洪太郎一臉訝異地皺了皺眉頭。

「什麼書啊？」

立直則是乾脆地直接詢問。

「舞舞小姐的攜帶型冰桶裡面被放了幾本書對吧。」

「對……」

舞舞反射性地回話。

「看到那些書之後，我想確認它們是從哪裡來的，所以就去了趟圖書室。後來土轉先生把書拿過來，於是我們就把書攤在圓桌上想陰乾它們。」

「我去確認那台電腦的時候也看到了——」

立直的語氣就像是在表示「所以那又怎樣」。

「那個時候只有肯尼斯・費林的《大鐘》裂成了兩半。洪太郎先生認為那是為了調整重量。但如果真的是為了這個目的，比起把一本新書開本的書拆成兩份，用兩、三本文庫本來代替有書盒的書或者是硬皮精裝本，這種調整方式不是更簡單嗎？我是這麼認為的。」

「原來如此。」

洪太郎在這時插話回應。

「我看過圖書室裡面的書之後就確定了這個想法。這是因為那邊的書都是照著書籍開本來排列、依照文庫本、新書、單行本等規格來整理。假設把書放進冰桶裡面的理由是為了隱蔽食材被偷這件事、暫時爭取一點時間的話，即使全部都用文庫本應該也是沒問題的。」

「如果是這樣的話，重量的調整也會更容易呢。這個犯人應該沒有多餘的時間，可是卻沒有採行最合理的辦法，這顯得很不自然。」

立直點點頭表示贊同。

「沒錯。把集中在同一區的文庫本拿來用是最輕鬆的。根本沒有大費周章從每個書架選擇不同開本書籍的必要。」

「對啊。」

「況且，讓我們以為冷凍食品都還在那個冰桶裡面，這對犯人來說到底有什麼好處呢？這件事我覺得很難以理解。」

「而且還是到了舞舞小姐要準備晚餐的時候才發現的……」

「要是沒有放書進去的話，等到舞舞小姐整理完自己的行李，然後把暫時先放在大廳的冰桶搬去廚房的時候——就會發現食材被偷走了。」

「差了三、四小時嗎？」

立直邊思考邊回應，接著又繼續往下說。

「那段時間內，我們就在這間客廳裡放鬆休息、讀幹事長的信，然後你們就決定了做飯的輪值沒錯吧。如果那個時候已經知道食材出狀況了——那麼，真要說到會有什麼變化，肯定就是現場的氣氛吧。」

「氣氛會變得很差吧。」

「只不過，這其中也不能說是出現了決定性的差異。各位不這麼認為嗎？」

對於我的提問，立直率先表示同意。

「即使舞舞小姐告知大家食材被偷之後，大家表面上都還是很平靜呢。情況開始變得詭譎，是在我們發現那個學生上吊之後吧。」

「稍等一下——」

洪太郎凝視著我問道。

「你的意思是，把書放進冰桶裡面跟偷走食材之間其實一點關係都沒有嗎？換句話說，那些書有多重，對犯人而言根本沒有意義囉？既然如此，為什麼還要特地把書給塞進去啊？」

「說到底這只是我的一個推論。該不會每一本作品本身，其實都存在著某種意義？」

「作品本身？」

「讓我萌生這個想法的契機，就是發現了π的遺體，然後就是在圖書室的圓桌上看到那些書的時候。在《大鐘》之後，就換成范・達因的《主教殺人事件》被撕成兩半了。」

「……」

「然後昨天晚上，說得更準確一點應該是今天的凌晨吧。我感受到了奇怪的氣息，所以就走到走廊上。然後也沒有什麼特別的理由，就這麼走下樓、去了圖書室……這次輪到新田次郎的《山在看著》一分為二了。」

「喂！該不會這就表示……」

「每本作品，都象徵著我們其中一個人……」

洪太郎和立直接連開口，而舞舞則是從震驚轉為錯愕。

「發現裂成兩半的《山在看著》後，我就衝上二樓把大家都叫起來了。可是只有土轉先生沒有從房間裡出來。到這個時候我才真正確定了這個推論。你們認為放進冰桶裡面的書為什麼會是《主教殺人事件》、《山在看著》、還有《孤島之鬼》呢？」

「書名本身的意義嗎……？」

聽洪太郎的語氣似乎是感到相當難以置信。

「《山在看著》是一本山岳懸疑作品，土轉先生是專攻山岳題材的文字工作者。」

「不覺得有點牽強附會嗎？」

「π老弟的π就是圓周率，而數學在《主教殺人事件》裡是個非常重要的核心思維。我的網路暱稱藍包就不必多加說明了，正是取自江戶川亂步。如果要舉出亂步的代表作之一，就是《孤島之鬼》了。而且這座狗鼻島也是孤島。」

「如、如果真的是這樣，我們幾個又是什麼情況呢？」

「洪太郎先生的專長是民俗學，所以是藤本泉的亂步賞得獎作品《歲月之潮》㉕。舞舞小

㉕本作劇情以一對在日本東北地區的三陸海岸發現的雙胞胎遺體為開端，進而觸及隱藏在古代傳承與封閉村落社會之中的祕密。

姐喜歡暹羅貓，而且還養了三隻，於是就用了艾勒里・昆恩的《暹羅連體人的祕密》。因為立直先生專攻建築史，所以不就是小栗虫太郎的《黑死館殺人事件》嗎？」

「所以，一開始裂開的那本《大鐘》就是……」

舞舞接在立直之後說出了那個名字。

「神童末寺……」

「就是這樣吧。」

「為什麼那個人會是《大鐘》？」

「關於神童末寺的情報大家都一無所知。至於《大鐘》嘛，我是很久以前看的，所以也不敢肯定……因為那部作品描寫的是跟一間大出版社相關的殺人事件，所以神童末寺或許跟我一樣都是出版圈的相關人士。」

聽了我的推論，立直再次點頭。

「你是編輯，土轉先生是文字工作者，從這些事實來思考的話，判斷迷宮社的成員裡面有不少跟出版界有關的人，也是很合理的呢。」

「喂喂，比起這個──」

洪太郎突然慌了起來。

「所以沒有參加這次聚會的神童末寺，實際上根本不是缺席，而是第一個被殺掉的──是這個意思吧?」

「那麼,π先生也是……」

「嗯嗯,並非自殺而是他殺,這個可能性很高呢。」

立直乾脆地回應舞舞畏縮的提問。

「嗯?這個情況,好像在那裡聽過呢……」

我心裡還想著大家是不是都不知道,但洪太郎好像終於發現了。

「沒錯,就是阿嘉莎・克莉絲蒂的《一個都不留》。」

因為舞舞和立直都一臉疑惑的樣子,所以我就接著說明。

「阿嘉莎・克莉絲蒂是活躍於一九二〇年代到五〇年代的英國作家。因為非常有名,所以各位應該都聽過名字吧?」

「啊,聽過。」

「嗯嗯,名字倒是知道。」

「克莉絲蒂的代表作之一,就是《一個都不留》這部極具獨創性情境設定的推理小說。十個素昧平生的男女,接受神祕人士的招待、在一座孤島上齊聚一堂。這十個人,每個人過去都曾以不同的形式和某個人的死亡有所關聯,但無論是哪一件都稱不上是犯罪。然而,他們在孤島上接連被舉發了罪行,然後一個一個被殺害了。孤島上的屋子裡擺了十個木頭雕刻的印地安人偶。每當有一個人遇害的時候，就會有一個人偶消失。後來死了九個人、九個人偶也跟著消失，只剩下最後一個人跟一個人偶……」

「別說了！」

突然，舞舞的喊叫震響了整個客廳。

「我跟別人的死毫無關聯！過去也沒有做過任何一件壞事！我不想像那樣被人殺掉！因為我根本沒做過什麼不好的事情！我……我……」

「沒事、沒事。」

洪太郎想要安撫歇斯底里地喊叫的舞舞，於是走到了她的身邊。接著溫柔地把手放在舞舞的肩膀上，然後只將臉轉向我這邊。

「沒錯，就是這個故事。確實是很像，不過那只是小說吧。」

「嗯嗯。」

「可是，萬一那個類似小說內容的狀況，此時此刻就在現實中發生了呢？」

立直緩緩地站起身來，開始踱步。

「現在已經有兩個人死掉了。假設就如同藍包先生的思考、那些被撕開的書真的具有某種意義的話，我們的性命可就危險了。」

「那該怎麼做？」

「逃出去。」

立直的雙眼直勾勾地望著窗外。

「不可能。你也看到外頭的海象有多差了吧？」

「如果還要在這裡再待上一晚，你能保證我們性命無憂嗎？」

「那好，如果把那艘汽艇開到那片海上，你又能確保我們的安危嗎？」

洪太郎邊說邊站起來，正好和在客廳裡走來走去的立直面對面、相互瞪視著對方。

「只要再忍耐一個晚上，明天就會有船來接我們了。」

「那個『再一個晚上』可危險了。」

「大家都守在這個房間裡就沒問題了吧。」

「這樣好嗎？那個犯人就在『大家』裡頭喔。那個傢伙恐怕就是在模仿剛才提到的那本小說吧。就算所有人都聚在一起，也不能說是安全的。」

「所以，跟那個犯人一起搭汽艇也完全沒有安全可言啊。倒不如說待在海上的話還更加危險。」

不知不覺間，兩個人已經演變成互相飆罵的情勢了。

「兩位都等一下。」

我也站了起來。與其說是要制止他們倆，不如說是想陳述自己心中浮現的想法吧。

「我們先冷靜下來，從頭開始想一想吧。首先，先不論π老弟，但殺害土轉先生的犯人確實是存在的。接著從撕破的書籍這個巧合來思考，π老弟也有他殺的可能性。這麼一來，從剩餘的這幾本書也能看出我們全部的人都有生命危險。」

兩個人都老老實實地聽我說話。

「可是，就算真的是這樣好了，也完全沒有證據能證明那個犯人就是我們其中之一。」

「你的意思是還有其他的人嗎？」

立直的臉上一副就是「這不是很明顯嗎」的表情。

「如果那個某某人真的存在？」

「除了我們以外的人……」

「嗯嗯，如果有第七個人來到狗鼻島——你們怎麼看？」

「沒有那個人真的存在的根據吧。」

「可是也沒有不存在的根據啊。」

這兩個人似乎又要開始爭執了。

「不見的食材和飲料就是證據之一。」

「會有人想偷冷凍食品來當食物嗎？」

立直剛在沙發上坐下，就用鄙視的神情看著我。

「但是我們在進去食材儲藏室之前，也不知道這地方有儲備糧食。要是犯人也不知情呢？而且就算是冷凍食品，到了大家都睡得很沉的深夜，還是有機會利用廚房來烹調。之後只要好好收拾整理的話也不必擔心會被發現。」

立直把雙手環抱在胸前，頭則是轉向了另一邊。不過，他或許是在用自己的方式思考吧。

「那麼，假使真的有這麼一個傢伙，我們該怎麼做？」

「搜索這棟建築，還有整座島上。」

「說是這麼說，雖然這座島看起來很小，實際走一趟還滿寬廣的……」

「只能決定一個範圍，然後我們分頭去找了。」

「話說回來，犯人要怎麼躲避這場風雨啊？」

「不知道。可能有間我們不知道的小屋吧。或許是架了一座單人用的帳篷。」

「唔嗯。」

我覺得能協助我的就只有洪太郎了。於是我一直盯著洪太郎的眼睛，就像是在說服一樣。

「所以搜索是單獨進行嗎？還是要分組呢？」

意外的是立直竟然向我搭話了。

「這個嘛……」

我不禁一時語塞。其實這正是最大的問題。

「要是一個人去找的話，一旦碰到你所謂的第七個人、也就是犯人，那可就太危險了。但即便如此，換成組隊搜索的場合，萬一分在同組的人就是犯人的話，立場同樣也很危險。」

「照自己希望的去決定就好。」

「什麼意思？」

「想要自己來就一個人去找。想組隊的有兩人以上、能找到同伴就組隊。如果不行的話就一個人獨自進行。」

「原來如此，就這麼辦吧。不過我話可要說在前頭，如果這次的搜索沒有找到第七個人，或是沒發現那個人的蹤跡，我們就要認真評估逃走的方案了。這樣可以嗎？」

立直依序把臉轉向洪太郎、我還有舞舞，像是在徵求我們的同意，所以我們三個也默默地點了頭。

「那麼，有誰想要組隊的？」

沒有人回應洪太郎的話。

「舞舞小姐，你一個人沒問題嗎？」

立直用諂媚的聲調問道。

「沒有人表示意見，那就大家分頭進行吧。」

但是洪太郎立刻打斷，然後又接著說下去。

「接下來我們要分配搜索的區域，用抽籤來決定這座島的東西南北負責區如何？」

由於大家都贊成了，所以洪太郎就撕下筆記本的紙來做籤。最後決定立直負責東邊、舞舞負責西邊、我負責南邊、洪太郎負責北邊。

「現在時間已經過八點了，等一下大家先去吃早餐的話，我們大概就從九點左右開始吧。然後把回到這裡的時間設在十二點好嗎？再來就邊吃午餐邊各自報告。如果什麼都沒有發現，就變更為撤離計畫。」

因為沒有人表示異議，洪太郎又繼續往下說。

「說到搜索範圍，狗鼻島是南北狹長形，然後南邊這塊範圍是比較大的，所以我們每個人的分配區域大概是這種感覺——」

洪太郎在筆記本上畫出這座島的地圖，然後近乎均等地畫出線條。

「藍包先生負責的南邊也包含狗鼻館，所以外部的範圍會稍微狹小一點，這個部分就請舞舞小姐和立直先生來幫忙負擔一下。相對來說，我負責的北邊因為不怎麼寬，所以雖然無法到這座島一半的位置，但我至少會再稍微往南北擴張範圍——就像這樣，可以嗎？」

之後就適度用目測評估，在地圖上大致畫出了分界線。當然，實際去到戶外是沒辦法像這樣確認的，所以充其量就只是個大概的基準而已。

全部的人都在食堂吃了早餐。只不過，每個人都是自己準備自己的。就連立直都是自己做來吃的。那副樣子看上去就像是在表示，今後只要被別人碰過的東西都一概不接受。這麼說來，先前洪太郎拿來的即溶咖啡好像就只有立直沒有喝。

用餐完畢，再次確認每個人的搜索範圍和集合時間等細節後，其他三人就離開了屋子。雖然風雨已經減緩了，但洪太郎穿著雨衣、舞舞的肩膀上披了披肩再拿著一把傘、而立直只拿了一把傘，然後就各自前往自己的搜索範圍。

目送他們三人離開、只剩我一個人留在大廳後，那個瞬間猛然就感受到一股寒氣，令我的身子打起冷顫。感覺就像這棟狗鼻館正在等待某個人落單一樣。不必多說，這不過就是我的妄想罷了，但周遭洋溢著些許詭譎的氣氛倒也是不爭的事實。

我幹嘛要用自己的想像來嚇唬自己啊……

雖然心裡很清楚這一點，但身體卻坦率地做出了反應。就在我轉過身、準備要開始搜索一樓的時候，身體又再次顫抖起來。

要是第七個人，就潛伏在這棟建築物的某個地方……

最有可能碰到犯人的，不就是我被分配到的責任範圍嗎？直到此刻，我才萌生出這樣的恐懼。

但是，我也不能一直呆呆地站在大廳這裡。下定決心後，我就朝著一樓的盥洗室移動。

從應該不會有任何發現的場所開始找起，不就是出自於「因為這樣就不覺得恐怖」的判斷嗎？不，正因為是這種情況，犯人反而容易疏忽，因此留下出乎意料之外的東西也說不定。

可是就連我自己也不知道，自己對於第七個人的存在究竟相信到什麼樣的地步。犯人並不在我們之中，而是外部——這樣的思考確實比較輕鬆。所有的人都不會陷入疑心生暗鬼的局面，能夠團結起來、齊心協力對抗犯人，這麼一來就有可能度過當前的這種異常狀態。

思考到這裡，我又再次覺得如果真是這樣的話，那可就太好了。

要是先前的狀態再持續下去，剩下的成員肯定會引發難以補救的分裂和鬥爭。在這樣的環境之中，無論哪個人的思考和情感都會向著內面。所謂的內面，就是屋子裡、成員之中、以及自己的內心。要是變成這樣，大家就會關在各自的房間裡，成為完全的孤立狀態吧。每個人都開始擅自行動，就會導致事情無法收拾，招致自取滅亡的風險。

所以暫時將眾人的目光轉向外頭是有必要的。

領悟到自己的意見和提案並沒有錯之後，我離開了盥洗室，然後再去了浴室和洗手間，接下來就依序前往客廳、食堂、廚房、食材儲藏室兼備品室。

在備品室調查繩子的時候，我發現數量比昨天還要少。勒死土轉的繩子看起來和吊死π時所使用的繩子是一樣的。也就是說，犯人在吊死π跟勒死土轉之間的這段時間內，有來備品室拿走繩子。

但是跟繩子有關的發現其實派不上用場。因為只要是成員，不管是誰都能輕易拿到，再加上玄關並沒有上鎖，所以就算是外來者也能夠自由進出。

娛樂室那邊結束後，最後我準備調查圖書室。雖然心裡清楚這是白費工夫，但我還是啟動了電腦。接著我點擊連線的圖示，但畫面中還是出現那個已經看到不想再看的「請輸入密碼」。

等等，密碼……

發現π的遺體之後，我就認為如果是幹事長的話，應該會知道密碼的。立直也說過幹事長身為負責人，應該要出來表明身分。只是，沒有一個人承認自己就是幹事長。然後土轉遇害了，而且這次很明顯就是他殺。即便如此，幹事長還是沒有出面。如果真有什麼不得已的苦衷，把寫下密碼的便條紙留在客廳桌上不就得了？可是幹事長就連這個也都沒有做。究竟是為什麼？我能想到的理由有兩個。

因為就連幹事長也不曉得密碼——

或者是，幹事長就是犯人——

π和土轉是第一次見面。他們兩個人的共通點，大概就只有迷宮社和《迷宮草子》而已吧。迷宮社的代表、《迷宮草子》的負責人，是真面目不明的幹事長。這裡頭有什麼蹊蹺嗎？有什麼會成為動機的事情嗎……

我在圖書室裡面來來回回踱步，就在感覺好像有什麼東西要從大腦深處那深邃的深層中心部位浮現出來的瞬間，那東西就進入了我的視野。

裂成兩半的《黑死館殺人事件》復刻版……

「啊！」

在忍不住喊出聲的同時，我就跑出了圖書室。然後我從屋內跑到外頭、往立直負責的島嶼東部飛奔過去。

雖然雨勢轉小了，但轉眼之間還是被淋得一身濕。東部是有很多岩場的地形，用跑的很容易滑倒，所以我自然而然地放慢了腳步。即便如此，我還是用較快的速度，一邊留意周遭的情況、一邊往前走。

「立……」

直先生——我剛要喊出來，立刻就嚥了回去。如果讓犯人聽見可就不妙了。這是為了要保護自己嗎？就連我也不清楚。

岩場能走的地方相當有限，於是我自然也開始只在單一路線上前進。立直肯定也是走了相同的路線。這樣的話，或許我可以比預期還更快追上。

就在我留意著腳下狀況，同時開始在形成斜面的岩場往下爬的時候……

「啊嘎啊啊啊啊啊！」

宛如野獸的叫聲，在附近一帶震天價響。

那、那、那是什麼！剛剛那個聲音是……？

怎麼想都不覺得那是人類的聲帶所發出來的聲音。才這麼一想，兩條腿就止不住打顫。我使勁全力讓自己不要大意滑倒、想盡辦法才平安無事地從斜面走下來，

聲音的來源好像是在眼前這片岩壁的另一頭。我一邊確認能攀爬的落腳處、一邊緩慢地爬上岩壁，悄悄地把頭探了出去。

往下俯瞰，那是一個宛如鬥牛場般的寬廣平坦岩場，地形近似盆地。裡面有個奇怪的東西在蠢動著。那個瞬間，我依然難以理解眼前這幅光景所代表的意義。

「嗚喔喔喔喔喔喔喔！」

瘋狂舞動的**那個**，從服裝來看是立直沒錯，但是無法確認是不是本人。這是因為，那個人的頭部竟然在燃燒著。

「唏咿咿咿咿咿咿咿！」

以被雨水打濕的漆黑岩壁為背景，立直的頭部看起來就像是個小型的太陽。只不過，那是在黑暗的宇宙中游移的太陽。感覺就好像在觀賞幻想電影中的某個場面，要是沒有那個讓人想堵住耳朵的聲音的話⋯⋯

立直狂亂地舞動，發出不存在於這個世界的喊叫。雙手還一面胡亂揮舞、一面踩著像是迅速移動的殭屍那樣的步伐。

一回過神來，我彷彿凝望到入神、被那頭部的火舞給深深吸引。被那擁有身軀的小型太陽

的舞蹈……

太陽終於墜落在地面。尖銳的叫喊突然就停止了。接著，在此之前都沒有感受到的毛髮與人肉的燒焦臭味，猛然就朝著鼻子襲擊而來。我忍不住把早餐吃的東西都吐到了岩場上。

全身顫抖個不停。感覺雙手和雙腳的力氣時不時就要被抽走。我像是從岩壁滑落那樣滑回了底下，連忙就想沿著先前過來的路往回走。但是，這時我猶豫了。

回到狗鼻館以後又該怎麼做？把自己關在房間裡面嗎？如果只有一天的話或許還沒問題，不過這麼一來可就成了甕中之鱉。要是犯人採取什麼強硬的手段，就真的無處可逃了。

我認為現在就只有撤離這一步，於是立刻向著洪太郎所在的北邊區域前進。當然，這也是因為那邊有汽艇的關係。

如果見到洪太郎，然後他表示已經沒時間去找舞舞了，提議就我們兩個人先逃的話，我該怎麼辦呢？不對，倒不如說萬一他表示要去找舞舞的話，屆時我會同意嗎？

我在途中摔了好幾次，下半身和兩隻手都沾滿了泥濘，才終於抵達了北端的碼頭。正確來說，應該是北北東一帶吧。

因為沒有遇到洪太郎，所以我打算先到船舶小屋那裡去。小屋位於棧橋與陸地的連結處，那是面向入海口的狹窄沙灘與大海的交會處。雖然是間木造的老舊小屋，但這是我離開狗鼻館後第一次見到的人造物，光是看到它就覺得鬆了一口氣。

「洪太郎先生。」

保險起見，我還是先喊看看。但是並沒有任何回應。

一打開船舶小屋的門，我就當場愣在那裡。地板上倒著一個人。因為是趴在地上、頭朝著另一邊的姿勢，所以看不到臉。但是從身上穿的雨衣就知道應該是洪太郎。

「洪太郎先生……」

我又喊了一次，不過依舊沒有反應。

戰戰競競地靠上前去、準備要看看臉的時候，我就忍不住移開了視線。因為頸部周圍有大量的鮮血。我勉強自己把視線給轉回去，觀察了一下，看來是被刀刃猛刺了頸部，還能看到無數的傷口。

那張雙眼和嘴巴都大大敞開、已然失去生命的臉龐，毫無疑問就是洪太郎。像是被壓扁的青蛙那樣張著彎曲的雙手和雙腳，只有右手的食指和中指像是鉤子那樣伸出——手指的前方是一把染血的菜刀。

「凶器……」

下個瞬間，我猛然彈起了身體。

「船、船！」

比起悼念洪太郎的死，當下我更關心那艘汽艇的狀況。

洪太郎的遺體前方是占了小屋三分之一面積的海面，而汽艇就在那裡漂浮著。不過，引擎的部分已經被毀得亂七八糟了。就算是外行人也能看出那已經是不可能修復、徹底被破壞的狀態。

這下就連逃走的救命索都斷了……

立直死了、洪太郎也死了……但最讓人意外的是，犯人竟然是舞舞嗎？

我突然對身後感到恐懼，慌張地轉過身去。

沒有人……不，與其這麼說，應該要說舞舞不在那裡。

這麼一來，直到明天中午來接我們的船抵達以前，就只能關在狗鼻館的房間裡堅守不出了。如果想盡可能早一點得救的話，待在船舶小屋這裡應該是最理想的，可是這裡沒辦法上鎖，也沒有飲用水和食物。只有一天的話，不吃不喝倒也沒什麼關係，但萬一明天開始天候又變差、導致船因此延誤抵達的話，就要有再堅守兩、三天的覺悟了。所以飲用水和食物果然還是必要的吧。

而且等到來接我們的船抵達之後，如果等了很久都沒看到有人出現在棧橋這裡，來接我們的人或許就會覺得奇怪，然後去狗鼻館看看情況吧。只要確認有其他人的聲音出現以後再離開房間的話，就有機會獲救了。不，無論如何都要獲救。我怎麼能在這種地方不明不白地被人殺掉呢！

我堅定地這麼想著，也稍微恢復了精神。踏出船舶小屋之前，我順手撿起了地板上的那把菜刀。要是舞舞攻擊我的話，我會毫不遲疑地展開反擊，我可不會傻傻的就被人解決掉。這就是為了那一刻而準備的武器。

我打消了奔跑的念頭，因為途中氣喘吁吁的樣子會被人察覺。要是在疲憊的狀態下遇襲，真的會連一招都招架不住。現在應該要一邊觀察周遭的動靜、一邊放慢步調，慎重地走回去才是上策吧。

原本腦袋還想思考各式各樣的事情，但是這樣會導致注意力渙散，所以就忍住了。我不被雜念給束縛、持續走了相當長的距離。但是過了一會兒之後，我才意識到舞舞的事情已經占據了整片腦海。

身上還留存著能稱之為少女的風情，但竟然能對四個成年男性動手。就這層意義來說還挺令我佩服的。當然，因為是女孩子的關係，所以無論是誰都因此輕忽大意了吧。我覺得大家肯定萬萬沒有想過舞舞竟然會是犯人，就連我自己也是一樣的。我不過就是因為成了最後一個人，才自然而然地想通的。如果不是這樣的話，犯人——現在就站在我的前面。

舞舞看著我。雖然神情疲憊，但臉上依然帶著笑意。應該是從通往狗鼻館路途中的某條分支小徑出現的吧。就在離我還有一小段距離的地方，舞舞擋住了我的去路。

「西邊那裡沒有什麼特別的東西。」

舞舞應該不知道我已經發現立直跟洪太郎了。所以現在才會報告自己負責範圍內的搜索狀況，然後準備伺機對我下手。

我不會上當的。

我準備緊盯著舞舞，然而在那之前，舞舞的表情就僵住了。那圓睜的雙眼，正看向我的右手。

「不……不要……」

舞舞輕輕搖晃著腦袋，整個人開始往後退。

想逃走嗎？你就是犯人吧——就在我想要這麼說的時候，才意識到舞舞凝視的是那把沾滿血的菜刀。那是殺害洪太郎的凶器。

「不、不是那樣……」

為什麼我必須要對身為犯人的舞舞說明自己的清白呢——我雖然心緒亂成一團，但還是想要拚命解釋這個奇怪的誤會。

「你誤會了，這個是……」

我邊說邊靠上前去，但舞舞開始胡亂地揮動右手那根又長又粗的樹枝。應該是搜索過程中覺得可以用來當手杖或武器才撿起來的吧。

為了對抗，我也自然而然地準備揮起菜刀。這樣的舉動或許增長了恐懼，舞舞開始以更為猛烈的氣勢把樹枝揮向我這邊。

「別、別打了!你、你搞錯了。嗚……」

樹枝打中了脛骨。那股劇烈的痛楚讓我雙手抱著腳倒了下來。

「嗚嗚……」

眼淚伴隨著呻吟聲滑落。雖然在女性面前落淚真的是無比羞恥，但是在這種情況下也顧不了那麼多了。結果，這個女人就飛也似的朝著狗鼻館狂奔。

「等一下!你誤會了……不可以過去!」

我打算這麼呼喊，但是因為疼痛感太過強烈，讓我發不出半點聲音。

舞舞不是犯人，而我當然也不是。

犯人另有其人……

在我忍受腳的痛楚、於泥濘的路上跌跌撞撞地前進時，我確定了這件事。可是，到底是誰呢……那個犯人的真面目是……

我把視線轉向上方，就看見舞舞快步離開的背影。身影逐漸變小，最後宛如被建築物的玄關給吸進去那樣、消失得無影無蹤。現在，一大片的黑雲蔓延了屋子後方的整面天空，就好像張開了一張通往不同次元的大嘴。

這個時候，響起了驚人的雷鳴聲。那彷彿在體內深處響徹的淒厲聲響，感覺就連地面都被它撼動。

接著，就在雷鳴持續不斷地於烏雲密布的天空疾走的時候……

「呀啊啊啊啊啊啊！」

我聽見了響徹狗鼻館的慘叫。

怎麼會……連舞舞都……

我抄起掉在地上的樹枝當成拐杖，開始一步一步地前進。我並不是感受不到恐懼，只是因為萬一真的發生了什麼，我認為自己必須要去見證。這就是身為留到最後之人的責任……

明明建築物就在眼前，但感覺走了又走都無法靠近。在我摔倒了好多次、全身上下都沾附了泥水時，才終於來到了玄關前面。踏進這個兩天之前還有六個人待在這裡的大廳。

感覺慘叫聲是從二樓傳來的。即便如此，為了小心起見，我還是先拖著腳在一樓探查了一下。什麼都沒有。果然是在二樓嗎？

爬上西側的樓梯，拄著樹枝一階、一階往上爬。叩咚、叩咚、叩咚……樹枝扣在台階上的聲音，聽起來十分響亮。

來到二樓，隨即進入視野的左邊那扇門，就是舞舞的房間。

咚咚咚……我敲了門。眼下都這種情況了竟然還敲門，根本是毫無意義的行為，但不知為何，我還是敲了。

沒有回應。

「舞舞小姐……」

我邊呼喊邊把門打開。

下個瞬間，我發出了淒厲的叫喊。那是從我嘴裡發出來的叫聲，遠遠凌駕於立直那不像人類的聲音與舞舞那恐怖的慘叫。我無法阻止它從嘴裡爆發出來，叫喊聲不絕於耳。

滾落在我眼前地板上的，是**她的頭……**

染滿鮮血的披肩在舞舞房間的地板上攤開，而她的頭就位在那片血泊之中。

就在門闔起的瞬間，我覺得……我們對上了視線。就在身體即將變得動彈不得之前，我憑藉強大的意志力把門給關上，然後跑回自己的房間、鎖上了門。這段期間雖然只有數秒鐘而已，但我彷彿置身於慢動作的電影世界之中、持續被這樣的感覺給囚禁著。

這段時間內我似乎一直屏住了呼吸，直到鎖上門、把背靠在門板上以後，才終於吐出了一口大氣——不久之後，我大大地張開了嘴、從喉嚨深處擠出了不成聲音的慘叫。

床鋪上，孤零零地擺著一本《孤島之鬼》。

中午前的雷鳴似乎是種前兆，窗外激烈的風雨開始大舉肆虐。如果那艘汽艇的引擎沒問題、可以直接搭乘它逃出狗鼻島的話，到了這個時候肯定已經葬身大海了。就這層意義來說，是不是還得感謝破壞引擎的犯人呢？

犯人……？

到底是誰做出了這種慘絕人寰的殺戮行徑呢？

來到狗鼻島的狗鼻館時，我們有六個人。其中π、土轉、立直、洪太郎、舞舞等五個人遇害了，最後只剩下我一個。六個人減去五個人之後等於一個人——這是理所當然的計算。然而依照這樣的減法算式，剩下的那個人就是犯人了。也就是說，犯人就是我。

怎麼會有這種蠢事……

我的頭昏昏沉沉的。是感冒了嗎？話說回來，現在身體也在發冷。逃回自己的房間以後，我傻愣愣地呆站了一段時間。什麼也沒想、什麼也沒做，雖然兩眼看著窗戶外面，但其實就是什麼也沒在看的狀態……

後來，我終於慢條斯理地換了衣服。沾到衣服上的泥水已經乾掉凝固了，但滲進去的雨水也讓裡面的衣服緊緊黏在皮膚上，感覺非常不舒服。我好想泡個熱水澡或者是好好淋浴梳洗一番，但是那實在太疏於防備了，所以只好作罷。

儘管如此，我還是用毛巾擦拭了全身，等到衣物都換好了，這才覺得心情平靜了點。現在終於有精神面的餘裕去應對現實了。在那之後，我就用筆記型電腦寫下了這篇原稿。起初是為了記錄《迷宮草子》聚會的經過，一有時間就往下寫一點的，但這時我打算一口氣寫到目前我所身處的這個時間點。

等到我意識到的時候，時間已經來到傍晚了。就在手錶上的四點五十三分這行數字映入眼簾之際，感覺肚子也餓了起來。早上只有稍微吃點東西，在那之後就完全沒有進食。早餐後發生的一連串極端異常的事件麻痺了我的神經，接著又關在房間裡並且全神貫注地寫下紀錄，所以不管是疲倦還是飢餓，我好像都沒有感受到。到了現在，壓在雙肩上的過度疲勞，以及揪著胃袋的空腹感，便一口氣蜂擁而上。

房間裡頭什麼都沒有，別說吃的了，就連喝的水也沒有。直到明天船來接我之前，就算是不吃不喝，我認為總能想辦法咬牙熬過去的。然而，外面的風雨完全沒有減緩的跡象，而且聲勢還更加猛烈，演變成暴風雨。如果這個情況持續下去的話，別說明天了，搞不好等個三、四天船都沒有辦法來呢。換言之，現在我無論如何都必須確保食物和飲用水。

我在房間裡看了一圈，可以當成武器的只有剛才那根用來當拐杖的樹枝。菜刀被扔在碰到舞舞的那個地方了。

我把空無一物的包包背在肩上，抓起了那根樹枝，將耳朵附在門板上、確認走廊上的狀況。

……什麼也沒聽見。

我悄悄地開了鎖，慢慢轉動門把，一點一點地把門打開。起初我先用一隻眼睛窺探著走廊。一切正常。然後迅速把頭探出去，觀察另一邊。一樣什麼都沒有。我輕巧地來到走廊上，反手把門給關起來。背部靠著門板、雙手握著樹枝，豎起耳朵聽了一會兒。我維持這樣的狀態，凝視著位在左手邊的西側樓梯。

感覺不到人的氣息……

我鼓舞自己，然後緩慢地朝樓梯那邊邁出步伐。脛骨上還殘留著痛楚，這個腳傷對我實在很不利啊。不管是要防守還是逃走，都會如同字面的意義那樣「扯後腿」。但是我也不可能等待疼痛消退。因為到了那個時候，我肯定會餓到連動一下都會覺得很困難。

雖然現在還是傍晚，但是從已經張開漆黑大嘴的樓梯走下樓，就感覺自己好像是要前往地獄深淵那樣，真的很不好受。一想到萬一在這裡遇襲的話，我的兩條腿就使不上力。所以我留意上下兩方的情況，慎重地一階一階往下走。

下樓之後，我隨即先確認一樓走廊的情況。我把所有的精神都灌注在這棟建築物的整體。悄然無聲，什麼也沒聽見。接著將手擱在食材儲藏室兼備品室的門上，把它打開，然後迅速地鑽了進去，這才吐出一口如釋重負的大氣。

「去時容易、歸時難[26]……是嗎？」

我忍不住口出一句自嘲似的話語。

㉖出自於日本童謠式遊戲《通りゃんせ》中的一段歌詞。類似其他廣為人知的童謠式遊戲，在一些論點中被認為帶有各種隱喻。

稍微休息一下後，我把罐頭、蘇打餅乾等不需要烹調的食物和瓶裝飲料都塞進包包裡。就在我隨手把東西往包裡面塞的時候，手猛然停了下來。從這裡回到房間的途中，包包的重量會讓行動變得遲鈍，這會不會讓我因此丟掉性命呢……

視線在食材架和包包之間往返游移了好一陣子。接著，我準確地估算出三天份的食物，然後重新裝入包包裡面。即便如此，重量還是相當可觀。

我把耳朵貼在門板上，探查走廊那邊的動態。然後輕輕地打開門，毫無異常。這時圖書室的門進入了視野，但現在可不是有辦法繞道過去的時候。不過我還是很在意。在意那些剩下的書究竟都怎麼了。肯定是跟先前那幾本一樣被撕成了兩半吧。實在無可奈何，我就是很想要去確認這一點。

於是我來到了圖書室的門前面。稍微打量裡面的動靜之後，就迅速地踏了進去，然後直接朝著圓桌那邊前進。

果然沒錯……

《歲月之潮》和《暹羅連體人的祕密》都一分為二了。就在我立刻準備離開時，就發現最早被撕開的那本《大鐘》裡面露出了紙片的一截。

心跳突然變得劇烈起來。雖然在此之前我就感受到非比尋常的緊張感，但如此激烈的心跳，已經讓那種緊張感變得不足為道了。

分成兩半的《大鐘》就像漢堡的麵包一樣，把那張紙片夾在中間。我把它抽出來攤開，就看到上面有印刷的文字。那是用電腦搜尋新聞之後列印出來的內容。

在××公園的樹叢中發現了一具他殺遺體，死者是任職於講談社的小邦祥子女士（37）。發現者是帶著狗前來散步的附近公司職員。遺體頸部推測是被烤肉用的金屬串貫穿，再加上留下了意圖切斷頸部的痕跡，因此××署將本案定調為殺人案件展開偵辦。據了解，小邦女士可能是在昨晚下班返家的途中遇襲

小邦祥子……是神童末寺！果然只有神童末寺在來到這座島之前就已經被殺害了。因為《大鐘》是一部以大型出版社為舞台的推理作品，神童末寺的工作地點是講談社，這一點也符合。

可是，這張列印是……？

我馬上轉頭看向房間內的一角。是用這間圖書室的電腦列印出來的嗎？知道密碼的人……知道密碼的人就是幹事長吧。果然，幹事長就是犯人嗎？

這張列印資料只印了最低限度的訊息而已。因為這是新聞報導的搜尋結果，原本應該要明確標示日期、時間和發現遺體的地點才對。但是前後的文字都不見了，最重要的部分還被用

「╳╳」覆蓋。犯人應該是先複製這篇報導，然後再把能讓我們當作線索的情報都給消除了。而且甚至把還留在文章段落內的線索換成了「╳╳」。

神童末寺被殺了、神童末寺的工作地點是出版社，所以《大鐘》指的就是神童末寺——犯人只是想傳達這些訊息而已。

我連走廊的狀況都沒確認就跑出了圖書室，拖著腳跑上樓梯、一鼓作氣地奔回自己的房間。然後連忙將門鎖起來，還用椅子去卡住門把。

現在的時間是晚上十點四十二分。

張羅好食物回來以後，我就小睡了一下。醒來後簡單吃了點東西，就坐到筆記型電腦前面繼續寫文。明明先前肚子還那麼餓，結果回到房間後沒多久就立刻撲倒在床上、沉沉地睡去。可見我真的是太累了吧。起來以後已經不覺得餓了，但似乎出現了感冒特有的倦怠感，所以我補充了一點水分，然後挑了感覺比較好消化的罐頭開來吃。

感覺身體還是需要睡眠。但是坐在筆記型電腦前面的時候，我希望盡可能把這篇紀錄寫下去。我完完全全被那種近似強迫症的想法給附身了。因此，現在我還是像這樣繼續寫著。

位於狗鼻島上的狗鼻館，究竟發生了什麼事呢？

為什麼成員們會接二連三地遇害呢？

想要救自己，就只能解開這個慘絕人寰的連續殺人事件謎團了。要是能揭開犯人的真面目，或許還能想到保護自己的策略也說不定。

線索果然就在於「迷宮社」和《迷宮草子》吧。聚集在這裡的所有人都是第一次碰面。我們之間的共通點，就只有迷宮社這個網站的常駐成員而已。然後這次的聚會主題是《迷宮草子》。知道狗鼻島上的狗鼻館這個舞台的，就只有迷宮社的代表兼《迷宮草子》的幹事長而已。如果是幹事長的話，不管是這座島還是這棟建築物，會很熟悉也是理所當然的。圖書室裡面收藏了什麼樣的書籍、電腦連線的密碼是什麼，當然也一清二楚。正是因為如此，才能各用一本書來比喻每一位成員、才能搜尋神童末寺命案的新聞報導。

彼此都是初次見面的六個人裡面，就只有幹事長一個人是和所有人都有關聯的人物。所以無論怎麼思考，幹事長肯定就是犯人。

那麼，動機又是什麼？為什麼幹事長非得殺害《迷宮草子》的成員不可？

不對，在那之前，幹事長究竟是誰？

一開始我覺得是成員裡面的某個人。因為幹事長在網站上也沒有特別否認。

然而，從神童末寺開始，一個人、然後又一個人……全部的人都被這個幹事長給殺害了。所以現在已經沒有能成為幹事長候補對象的人了。剩下的，就只有我而已。

雖然在原稿的開頭我曾說笑似地提過這件事，但我並不是幹事長。

到底是誰啊？你這傢伙。
為什麼要殺害大家？
而且還是用那麼殘酷的手法……
到這裡，我突然想起了一件事。該不會殺害每個人的手法，其實存在著什麼共通之處嗎？
π是被吊死、土轉是被勒死、立直頭部被火焚燒、洪太郎的頸部被刺、舞舞被砍頭。而神童末寺則是被烤肉用的金屬串貫穿頸部，而且頸部幾乎就要被切斷了。
也就是說，所有的人都是被從首級的部分下手的。歸納到這個階段，也只能推測犯人特別拘泥於首級。莫非這裡面的每一顆頭顱，其實都隱藏了動機嗎？
儘管如此，在狗鼻島上的狗鼻館，發生了跟首級相關的連續殺人事件，這不正是個令人毛骨悚然的玩笑嗎？
不對，等一下……
該不會，其實是這樣嗎……
這一連串的首級殺人事件，難道就是這麼一回事嗎——
我的腦海中浮現了一個驚人的想法。
如果這起首級連續殺人事件**本身**，就是**意指**預定由幹事長負責撰寫的第七章〈首級之館〉的話……那幹事長就是打算藉由一一殺害我們這些人，來完成〈首級之館〉這篇作品……

然後，就在〈首級之館〉圓滿完成之際，就要籌備《迷宮草子》的出版，莫非事實真的就是這樣嗎？

這實在太荒謬了……雖然心裡這麼想，但我卻不可思議地接受了。說是這樣說，其實我還是無法理解。幹事長這個人實在太過詭異了。

瘋了……

精神有問題……

再說了，做這種事到底有什麼意義？

……

剛才，是不是有什麼聲音……

感覺樓下好像傳來了什麼聲響……

……

又聽見了。

這是……

爬上樓梯的腳步聲……？

……

……

……

有人正在走廊上走動……

……

而且，是朝著我這邊過來的……

……

在這萬籟俱寂的首級之館裡——

咚、咚……響起了敲門聲。

◆

首級之館被寂靜與黑暗給籠罩著。

客廳牆上的掛鐘，指針即將指向午夜。

除了時而從窗外飛竄而過的閃電之外，不存在任何的光亮。現在這一刻，七根蠟燭被燃起了妖異舞動的火焰。

「我」的復仇結束了。

對《迷宮草子》的成員展開的復仇劃下了句點。

殺害眾人之後，我從他們各自的駕照或學生證等得知了本名，所以在此記錄。

π，也就是古森一樹。土轉，也就是畑俊朗。立直，也就是三家科一。洪太郎，也就是久刀谷卓。舞舞，也就是湯澤理紗。還有藍包，也就是栗屋相太郎。

客廳的桌子上，七根蠟燭照亮了七本裂成兩半、並排在一起的書。擺在那些書前面的，是頭顱、頭顱、頭顱、頭顱、頭顱、頭顱……還有一張紙。

一分為二的《大鐘》與小邦的命案報導列印資料。

一分為二的《主教殺人事件》與古森的頭顱。

一分為二的《山在看著》與畑的頭顱。

一分為二的《黑死館殺人事件》與三家的頭顱。

一分為二的《歲月之潮》與久刀谷的頭顱。

一分為二的《暹羅連體人的祕密》與湯澤的頭顱。

一分為二的《孤島之鬼》與栗屋的頭顱。

要布置到這種程度可真夠勞心費勁的。可以的話，我希望能讓每個人的頭都美美地排列在這裡。但是在下手之前，幾乎所有的頭都被我用各種鈍器打過了，所以留下了痕跡。還有，雖說是我自己點火的，但是三家的頭也被燒到面目全非了。然而比起這些更讓我感到遺憾的，就是缺了神童的頭。原本我打算切下來以後再帶到這裡來的，但是卻出現了意想不到的阻礙，所以只好放棄。

儘管如此，「她」能夠理解嗎？會滿心歡喜地覺得我做得很好嗎？還是說，會告訴我其實自己並不想要這樣的復仇呢？

無從知曉……

在去到跟「她」一樣的地方、然後碰面為止，是不會知道的。

為此，我還有《迷宮草子》的編輯與製作等工作要進行。因為每篇作品都有文字檔，所以編輯上應該不會花太多工夫才對。最大的問題就在於皮革封面的裝幀。雖然學了、也練習了，但是正式上場製作的時候肯定沒那麼簡單。

在那之前，還必須要處理所有人的屍體……雖然有點擔心能不能處理好，不過這是必須要完成的。

若是《迷宮草子》能夠順利地送印、裝訂的話，「我」就會啟程了。如果在這世上僅僅只有數本的《迷宮草子》完成了，我便打算前往「她」的所在之地。

要說內心還有什麼掛念的，就是《迷宮草子》是怎麼被讀者們所接受的呢？然而這是無從得知的事情。可以的話，真想帶著讀者們的評價和感想去到「她」的身邊，不過這也是無法實現的願望。如果讀者能來與「我」和「她」相會的話，那就另當別論了……

是的，如果**你**能來到「我」和「她」的身邊，告訴我們讀完《迷宮草子》的感想的話……

星期日

……我醒來了。

看了一下擺在枕頭旁邊的手錶，現在是凌晨兩點四十二分。我在星期六的下午就跑去睡了，所以到現在已經睡了十個小時以上。

一起身就覺得有些暈眩，幸好燒似乎已經退了。大概是信一郎勤於幫我更換敷在額頭上的濕毛巾的關係吧。

嘰咿……聽到了某種聲音。

這是家鳴嗎？木造住宅經常會因為木材的熱漲冷縮而發出這樣的聲響。以前的人們會認為這是名為家鳴的妖怪在搖晃屋子所導致的。

嘰咿、啪唏。

越來越大聲了……才剛這麼想，才意識到自己是被這個聲音給吵醒的。

嘰咿、嘰咿、嘰咿……啪唏。

房間猛烈地壓迫而來。這間和室正在壓縮，簡直就像是中世紀城堡的石室裡面、那種會往下降的機關天花板一樣。我陷入了這樣的感覺。不，如果這是懸吊式天花板陷阱的話，恐怕天花板就會掉下來把我壓得粉身碎骨吧。但是，這個房間卻是四面牆、天花板還有地板，也就是每一面都在起伏蠢動、朝著我進逼而來。這個景象就宛如身處在巨大怪物的胃袋之中，然後看著它內部的蠕動那樣，令人全身寒毛聳立。

就在我挺起了上半身，於墊被上顫抖不止時，隔壁八疊房間的門被拉開了。

「看來已經開始了啊。」

飛鳥信一郎把頭探進來查看。

八疊房間裡燈光明亮，火缽裡也燒著炭火。看來信一郎似乎做了秉燭達旦的準備。

「這、這太快了吧……」

雖說現在已經是星期天了，但是才剛接近半夜三點。

「因為是最後的故事，也到了最後一天的關係吧。」

信一郎恐怕已經預料到了。和我不同，他顯得很沉穩。

「來這邊。」

在他的催促下，我連忙來到八疊房間避難。或許是因為貼著奶奶給的護符吧，這裡不但沒有聽到家鳴，也不存在那種詭異的壓迫感。

才剛剛放心沒多久，當我一看到房間裡的四個角落，馬上就愣住了。

「你注意到了嗎？」

再次聽到了信一郎那冷靜的聲音，我才終於領悟到他已經做好覺悟了。

因為貼在房內四角的四張護符已經全部都變黑，感覺隨時都會剝落。

和那枚御守一樣……從奶奶那裡收到、在信一郎被怪異現象附身的時候救了我一命的那枚御守，當時它發生的現象也同樣在護符上出現了。

「看樣子沒什麼時間了。」

信一郎拿出了《迷宮草子》。

「是啊。」

我也做好覺悟了，接著毫不畏懼地接過那本書，開始讀起最後一篇故事——〈首級之館〉。

「我來泡咖啡吧。」

這個禮拜，他打破了一天喝個一、兩杯的習慣，到底是沖了多少咖啡啊？不過這是最後了，無論怎麼栽跟頭，這都是最後關頭了……

〈首級之館〉是七個故事裡面最長的一篇，而且它的內容也相當令人震驚，所以全部讀完也花了點時間。不過，這其中還存在其他的理由。

開始讀這一篇之後，沒過多久，裡面的六疊房間就再次傳出了家鳴。之後在信一郎用來當書房的那個外側六疊房間也開始出現了相同的現象。

嘰咿、嘰咿、啪唏……這樣的聲音激烈地響起。接著就開始摻雜其他的聲響。沙、沙、沙……這種奇特的摩擦聲響，從裡面那個六疊房間裡傳了出來。

那是什麼啊……我豎起耳朵仔細去聽，發現那是在榻榻米上滑步行走的聲音，頓時感到毛骨悚然。**那個**就像是在畫圓般在房間裡頭兜圈子。有時還會在過程中離開那個圓圈，站在面向這個房間的拉門前面，直勾勾地觀察我們這邊的情況。我實在忍不住會這麼想像。

嚓嚓、嚓嚓、嚓嚓……接著是外側的六疊房間也傳出了另一個摩擦聲響。隨即在腦海中浮現的畫面，是某種東西以腹部著地的姿態在榻榻米上蠢動著……就是這樣的情景。

啪噠、啪噠、啪噠……這次換成走廊出現了熟悉的氣息。就像是小嬰兒赤著腳、用雙腿在走廊上行走。

我抬起頭來，透過紙門上的毛玻璃看向外頭，總覺得有種像是煙霧的東西正在捲起漩渦。那場霧又出現了嗎……

在這種情況下看書，一直沒辦法繼續往下翻頁也是合乎情理的。

但是最讓人驚恐的，還是房間裡響起響亮的一聲「啪唏」的時候。我和信一郎馬上看向房間內的一個角落，就這麼當場僵住，一句話也說不出來。

我們看到一張護符緩緩地剝落，然後飄啊飄地掉了下來……那個角落，是面向外側六疊房間的走廊那一側……

目睹這幅光景的我，很想盡快把《迷宮草子》給讀完，於是就全神貫注在那篇故事上。

但是看完之後，我又再次後悔跟一本如此超乎常理的書扯上關係。

「這、這本書裡面的六個人……不對，加上幹事長的話就是七個人……這七個人的死亡跟現實是有關聯的嗎？」

「真的是很稀有的書呢。」

不光是這樣。這不正是一本讓人忌諱的書嗎？因為它從編輯、製作再到印刷、裝訂，都滿滿沾染了人的鮮血和怨念……

這個時候，前方響起了相當令人不舒服的聲音。

我立刻抬頭，就看到與裡面的六疊房間的走廊呈現相對側的那個角落，又有一張護符在這時剝落了。

「信、信一郎！」

「快一點。」

他邊從我手上接過《迷宮草子》邊說道。

「一開始我們判斷這本書收錄的故事會不會是還沒有被解決的懸案紀錄，看來好像猜對了啊。」

「『迷宮社』這個網站的常駐成員，把自己的體驗或是從別人那裡聽來的故事，以小說的體裁寫下來。」

「可以說是各篇作品作者的執筆者們，在最後的故事〈首級之館〉裡全部遇害了。而且這個殺害成員的犯人，就是《迷宮草子》的企劃、編輯、發行者，而且同時還是〈首級之館〉這篇故事的作者。這本《迷宮草子》，就是擁有如此極端異色、異質、異常背景的一本書。」

「……」

我不禁感到氣力散失。告訴自己要再撐一下之後，就繼續跟信一郎對話。

「可是〈首級之館〉的作者，實際上應該是藍包才對吧？」

「不，委託他的是〈首級之館〉事件的犯人，也就是幹事長。換言之，打從一開始幹事長就打算要利用藍包的紀錄原稿。之後就在開頭和結尾插入『我』的獨白，完成了〈首級之館〉。由始至終，那個人都是抱持這樣的企圖去拜託藍包的喔。」

「那個幹事長到底是什麼人啊？」

我一心想要盡早解決這件事，所以就直接問了。但是信一郎卻像是在兜圈子一樣。

「話說，你有注意到嗎？」

「什麼東西？」

「這次也是『十個小印地安人型推理』喔。」

「……的確是。」

「而且，幾乎可以說是完美了。」

「這是什麼意思？」
然而信一郎再次無視了我的問題。
「你記得在〈朱雀的怪物〉那時提到的『十個小印地安人型推理』的必要條件定義嗎？」
「喂，現在是可以談這種悠哉話題的場合嗎？」
我交互看向還留在房內對角線兩個角落的那兩張護符，焦慮地回應。
「凡事都有先後順序。特別是進行邏輯思考的時候更是如此。如果想放掉這一點，然後直接跳到結論去的話是不可能的喔。搞不好還會白白浪費時間。而且如果浪費的只有時間的話那倒還好……」
他意味深長地告訴我，讓我也開始覺得不安了。於是我努力喚醒記憶，說出了「十個小印地安人型推理」的必要條件。
「一、事件發生的舞台要與外界完全隔絕。
二、登場人物要完全被限定。
三、事件結束之後，登場人物全部都要死亡——至少要讓讀者這麼認為。
四、不存在能成為犯人的人物——至少要讓讀者這麼認為。
然後是——
——是這些沒錯吧。」

「嗯，那麼接下來，規劃『十個小印地安人型推理』犯罪時的問題點是什麼？」

如果是這個問題我立刻就能回答。

「第一個，把相關人士一個都不漏地全部集合在一個場所的方法。第二個，有效向全部的人傳達這是『復仇』的手段。第三個，能在不被任何人妨礙的情況下完成連續殺人的執行計畫。關於這三個問題，必須要在事前構思現實的解決策略。」

「沒錯。首先是第一個集結相關人士的問題。因為聚會是以《迷宮草子》的出版為目的，所以要達成這一點應該不難。」

「可是，只有神童末寺沒有參加。」

「所以才會事先下手殺人。」

「如果是這樣的話，也可以一一襲擊其他的成員啊。根本沒有必要特地把大家聚集在無人島上吧。」

「你忘了最重要的事了。即便是身為迷宮社的代表和《迷宮草子》的幹事長，也還是不知道其他成員的身分啊。」

「啊，真的耶……可是，為什麼只先對神童末寺動手？」

「我想《迷宮草子》的合宿聚會一定是之前就決定好了。然而就在活動前夕，與幹事長很親近的人物『她』自殺了。最直接的動機到底是什麼，即使讀完〈首級之館〉也還是對這點一無所知。不過『我』有提到，讓『她』決心尋死的一大要因，就是成員們在聊天室裡的那些不負責任的對話。」

「所以『我』，也就是幹事長，就決心要報仇了。」

「剛好隔天就是成員們集結的日子。如果放過這次機會的話，或許就沒辦法再接近這些成員了。這種可稱之為僥倖的偶然，或許讓幹事長感受到了命運的操弄吧。」

「也是呢。」

「只不過，就只有神童末寺因為某些原因，所以在事前就表明不克參加。雖然在狗鼻島殺掉其他成員之後，再回來處理神童末寺也不成問題。但是，也無法保證在島上進行的殺人計畫能毫無阻礙地進行。如果遭遇意料之外的反擊，或許就連幹事長自己都沒辦法平安無事地回去。所以幹事長決定在前往島上之前就先和神童末寺見上一面，然後先從神童開始下手。」

「原來如此。」

「這是我的推測，知道神童末寺不會參加的時候，幹事長會不會就先問了聯絡方式呢？因為這是由全部的人共同負擔製作費用所推出的書。所以就算是因為當事人的個人因素，但如果要無視沒有出席的成員來進行討論，想必還是會出問題的。況且只靠電子郵件也無法說得那麼詳細，至少還是要打個電話討論一下，於是幹事長就用電子郵件問出了聯絡方式。」

「也就是說，幹事長只知道神童末寺的聯絡方式，但是這跟自殺事件無關？」

「這麼思考是最自然的。神童末寺好像是在下班回家途中遇害的，所以神童告訴幹事長的也有可能是公司的電話。或者是幹事長向對方家裡的某個家人問到了公司的電話。無論如何，幹事長說服了神童末寺，表示還是在合宿之前討論一下比較好。」

「所以第一個問題在這裡就解決了吧。下一個復仇宣言，就是那些塞進攜帶型冰桶裡面的書嗎？」

「幹事長是在什麼時候想到那些書的巧合，這一點不得而知。或許為了暗示第七個人的存在，幹事長打從一開始就打算偽裝成冰桶裡的食材被人偷走，所以才把書放進去的。」

「可是藍包不是針對書的重量進行推理，然後否定了這個想法嗎？」

「你認為舞舞能正確記得原本的冰桶到底有多重嗎？幹事長應該也是憑藉大概的感覺去放書的。畢竟時間非常緊湊，只要不是極端的輕，或者是極端的重這種瑕疵，應該不會有什麼問題的。」

「這個……」

「不，不管怎麼說，幹事長意識到可以拿書來當成比擬使用。於是就選了幾本帶有意義的書。」

「比擬……」

「嗯，這起事件也是一種比擬殺人。」

「既然如此，從那個順序也能看出什麼意義嗎？第一個人是肯尼斯・費林的《大鐘》，代表神童末寺。第二個人是范・達因的《主教殺人事件》，代表π。第三個人是新田次郎的《山在看著》，代表土轉。第四個人是小栗虫太郎的《黑死館殺人事件》，代表立直。第五個人是藤本泉的《歲月之潮》，代表洪太郎。第六個人是艾勒里・昆恩的《暹羅連體人的祕密》，代表舞舞。第七個人是江戶川亂步的《孤島之鬼》，代表藍包。就是以上這個順序。」

「要說有的話就有，但如果要說沒有的話，也不是不行。」

以邏輯思考為基準的推理，確實有訂下順序再進行的必要。這個我能夠理解，但現在我只覺得必須早一點揭開真相。

「到底是哪一邊啊！」

「嗯，算是有吧。」

著急也不會帶來好結果——或許這是他想表達的意思吧。信一郎臉上浮現出淺淺的笑意。

「書本身或許沒有意義，但是殺人的順序倒是可以這麼思考。」

「殺人的順序……」

話一說出口，藍包等人的恐懼就一口氣擴散到我的身上。

「第一個神童末寺就如同剛才的說明。至於第二個π，藍包也察覺只有他跟電腦連線的密碼以及汽艇的引擎有關。因為被視為可能會對計畫造成阻礙的人物，所以率先被排除了。」

「上吊是為了讓他看起來像是自殺嗎？」

「因為他是第一個在島上被殺的人。所以犯人覺得如果想展現自己的意圖，還是稍微往後延會比較好。」

「你等一下。」

這個地方讓我有些在意。

「你說過〈朱雀的怪物〉是理想的『十個小印地安人型推理』，因為還不到半天就完成復仇，對吧？但是這起事件花了三天，而且成員們全部都是成年人。這樣的話，一開始就在晚餐時就把毒物下到啤酒或紅酒裡面，然後藉著一次乾杯的機會解決，這樣不是更理想嗎？」

「恐怕幹事長想讓他們體驗到恐怖的滋味吧。」

「……」

「對於把自己親近的人逼上絕路的成員們，得讓他們一點一點地感受到恐懼才行。」

「因為這個原因，所以才一個個殺掉他們嗎……可是，這樣的話就算順序是隨機決定的也無所謂吧？」

「如果不必多加規劃也不成問題的話，反而會思考更具合理性的手法。這就是人類啊。」

「這是什麼意思？」

「神童末寺和 π 的順序，說穿了就是必然。這對幹事長而言也是無可奈何之舉。問題在於第三個人，就島上的成員來說是第二個。關於π的死，或許會出現大家都不認為他是自殺的可能性，但這麼一來就得思考他殺的可能性，這一點是會讓他們產生抗拒感。因為這麼一來，犯人就在我們這群人之中。就情緒方面來說，會希望π是因為個人因素而尋短的。如果要預測成員們的反應，大概就是這麼一回事吧。」

「到這裡還是可以預料的。」

「然而，這樣的小把戲對第三個人就行不通了。假設跟π一樣偽裝成上吊好了，但還有誰會覺得這次真的也是自殺呢？不管怎麼想都太不合理了。如果偽裝成意外，接連有兩個人死掉了，再怎麼樣都會觸發大家的警戒心吧。既然如此，一開始就直接殺人還比較好。」

「完完全全的宣戰嗎？」

「那麼，應該殺誰呢？這個第三人將會揭曉殺人的計畫。所以宣戰這個詞彙用得真是好呢。這麼一來，是不是該挑選即便只有些微可能、但卻會對日後造成阻礙的人呢？也就是感覺放到第四個、第五個才殺掉的話，處理起來會很費事的人。朝這個方向思考，就只有身材魁梧的登山男子土轉了。」

「被反擊的話就會變得很棘手的人物嗎？」

犯人真的有仔細思考下手的順序呢。

「第四個人開始還有意義嗎？」

「不，我想沒有了吧。」

被他這麼乾脆地否定，也害我慌了。

「沒、沒有嗎……」

「我認為第四、第五、第六個人是沒有的。因為到了這個時間點，剩下的全部成員都已經意識到這是連續殺人事件了。就算決定了順序，也不知道有沒有嚴守順序去執行的餘裕。倒不如不要固定順序，只要一有機會就下手——這樣的心理準備是必要的吧。證據就在於第四、第五、第六個人都很快就遇害了。」

「欸？」

「排在第七個的藍包，是因為身為記錄者，所以才被留到最後的嗎？」

「剛好相反喔。正因為是要留到最後，所以才讓他擔任記錄者的。」

這是什麼意思啊……

「如果是在這樣的情況下，自己成為了最後一個人，你會怎麼想？」

信一郎用像是要窺見我雙眸深處的眼神，目不轉睛地凝視著我。

「什、什麼啊……別這樣啦。不要用那種眼神看……要是我，肯定會覺得超害怕的啊。」

「就是這樣。實際上恐怕會比我們現在認為的還要更恐怖。或許是難以想像的恐怖。」

「幹事長想讓藍包體驗那樣的感受嗎？」

信一郎點了個頭。

「這是為什麼？為什麼會是藍包啊？」

他突然把視線轉開了。

「成為這起事件要因的就是那場關鍵的聊天室談話，但是我們沒辦法得知最重要的對話內容，所以這終究就是我的推測而已——暗示可以使用印刷廠的裁紙機這種具體自殺方法的，會不會就是藍包呢？」

「啊，所以……」

「雖然說是推測，但姑且還是有根據的。一般情況下，根本就不會想到要把頭伸進裁紙機把自己的頭切下來吧。即使真的要提議自殺的方法，不就是從某個地方的大樓一躍而下、或是有效的上吊手法之類的嗎？就算是開玩笑好了，能夠聯想到那種特殊的機器設備，就只有對印刷業界有了解的人物了。」

「你這麼一說……」

「成員之中除了幹事長以外，感覺對印刷知之甚詳的就是在出版社工作的神童末寺，再來就是從事編輯的藍包了。神童末寺一開始就被殺了，剩下來的就只有藍包而已。」

「原來如此。」

「藍包明確地寫下幹事長的老家是經營印刷廠的。自殺的『她』是跟幹事長很親近的人物。

所以她有可能擅自用幹事長的電腦登入聊天室。在對話過程中，成員們也得知了這件事。所以藍包才會聯想到裁紙機之類的特殊設備。」

「因為藍包知道打算自殺的『她』，身邊就有那種機器……」

「或許他完全沒想到『她』真的有辦法使用，而且還真的實際執行了。」

「就、就算是這樣……」

「幹事長無法原諒這群煽動自殺的成員們。而且在這裡面，藍包甚至想教唆那種超乎邏輯情理的自殺方式，所以要對他施以超越剝奪性命的懲罰。基於這個原因，藍包才會被任命為記錄者、親自記下自己和同伴被殺害的事件——他被賦予了如此諷刺的任務。假設藍包在途中放棄記錄了，幹事長應該打算由自己接著寫下去吧。最主要的目的就是要讓藍包活到最後，然後讓他體會到最深切的恐懼。」

「這、這實在……太駭人了。」

「幹事長、自殺的『她』、藍包。對於這三個人而言，最大的不幸就在於不必經過他人確認就能自由使用的裁紙機，竟然就在幹事長和『她』的身邊。」

因為這起事件的異常感，我再次陷入了難以言喻的情緒。

「這麼一來，『十個小印地安人型推理』的犯罪問題點就全部解決了。」

因為信一郎好像要繼續說下去，所以我連忙插嘴。

「是這樣嗎？第一項，事件舞台跟外界隔絕。第二項，登場人物被限定。這前兩項都解決了，但是第三項，事件結束後所有的人都死去；第四項，不存在能成為犯人的人物。關於後面這兩項還有待商榷吧。」

「怎麼說呢？」

信一郎面露訝異的表情。應該是原本還急著推進過程的我，現在竟然指出了這些問題，所以讓他感到很意外吧。

「的確，島上的六個人全部都死亡了。但是，不在那座島上的人就無法保證了。」

「你是指神童末寺嗎？」

「唯一沒有在成員面前現身、也沒有確認已經死亡的人物，就只有神童末寺。事件的新聞報導什麼的，要多少就能編出多少。如果神童末寺就是幹事長的話，這起連續殺人事件就有可能執行。」

信一郎沉默了一段時間才開口。

「是啊。至少在〈首級之館〉的紀錄之中，並不存在能積極否定你的推理的素材。」

「嗯。」

「如果神童末寺就是幹事長，因為對那座島和休閒會館知之甚詳的關係，就算知道哪裡有可以藏身的地方也並不奇怪。不過，藍包他們把島跟建築物都搜了一遍。若是要說真有疏漏也就算了，但是他們都拚命地找成那樣了，我認為這個可能性應該不高。」
「不過，就立場來說是對神童末寺比較有利啊——」
「嗯，先等一下。還有，最大的問題就在於殺害π和土轉的犯行。」
「……」
「以這兩個人的場合來說，因為當時還疏於防範，所以犯人應該比較容易接近、下手同樣也比較簡單。」
「嗯。」
「然而，就算再怎麼輕忽大意好了，要是不應該在那裡的人物突然出現了，又會如何呢？姑且先不提π的部分，但是當他被人發現上吊後，後續土轉應該也會有所警戒吧。畢竟犯人是突然到他房間裡去的。」
「……」
「況且，我認為如果神童末寺是犯人的話，肯定會盡可能早一點讓成員知道自己是第一個受害者。這麼做就能讓自己被排除在幹事長的候補人選之外，也讓眾人深信幹事長就是島上成員中的某個人。這肯定會讓大家各自陷入疑心生暗鬼的處境，也使得殺人計畫的執行更加順暢。但是，知道神童末寺已經死去的就只有藍包。而且從紀錄來判斷，看起來就是為了讓藍包感受到恐懼，所以才利用了那篇新聞報導而已。」

「不是神童末寺嗎？」

「不自然的地方太多了。」

「怎麼這樣……這麼一來豈不是沒有犯人了嗎？」

「所以第三和第四項也都過關了。」

「喂……」

這可不是鬧著玩的。如果全部條件都符合的話，不就代表無法解決了嗎？

「該、該不會，是像〈朱雀的怪物〉裡的那種犯人……」

「這不可能吧。《迷宮草子》的成員有七個人。其中有一個留下來，其他六個前往島上。

我覺得這一點是不會錯的。

「可是，留下來的那個人已經被殺了。去到島上的六個人也接連遇害，全部的人都沒有活下來……」

「這起事件作為『十個小印地安人型推理』堪稱完美。我一開始就這麼說過了吧。」

「欸，是啊……」

「感覺只有神童末寺很可疑，但是從確認死亡這個觀點來看，π也值得懷疑。」

「π嗎？」

「上吊什麼的不是最容易被偽裝的嗎？如果和土轉之間是共犯關係，我覺得π也是有可能犯案的。這樣的話就能認為土轉是第二個遇害的理由也跟這點有關了。」

「……」

「更進一步來說，在確認立直等人死亡之前，並沒有確認那到底是不是本人。總之，因為頭部燃起烈火，所以那個人到底是不是立直，待在這座島上的時候是無法知道的。」

「這是什麼情況？」

這麼一來不就沒有犯人，還到處都是嫌疑人了嗎？

「不，我只是想告訴你，如果事件就這麼結束的話，情況就會是這樣，但實際上並非如此。我所說的完美，是指殺害所有的人以後，幹事長**還把頭給砍了下來**。」

「這樣啊……」

犯人把被害者的頭顱並排在客廳的桌子上。

「這起事件中最像是犯人的——不對，我換個說法吧。當犯人是誰的情況下，犯案的時候會最容易呢？」

「嗯？」

「我認為是π。如果能把土轉騙來當共犯的話，就能演出自己的偽裝自殺，然後先處理掉知道這件事的土轉。之後就能躲在身為已死之人的這件隱身蓑衣之下，一一殺害剩下的成員。然後，在最後以真正的上吊落幕——」

「是這樣沒錯。」

「然而，在這起事件中，π、土轉、立直、洪太郎、舞舞、藍包等六人的頭都被砍下來了。如果幹事長就在這些人裡面，不就也要砍下自己的頭？而且在那之後還要完成《迷宮草子》，所以這一點是不可能的。」

「犯人果然就是神童末寺吧。」

聽了信一郎的說明，總覺得越聽就越像是這樣。所以我再次提出了神童末寺就是犯人的說法。

「『十個小印地安人型推理』犯罪的場合，犯人都擁有不得不隱藏在被害者之中的傾向。對照定義之後，越接近那些定義就更會變得更是如此。可是，〈首級之館〉就如同標題所述、所有的被害者都被砍下了頭。不管怎麼說，人類是不可能被砍了頭卻還能存活下來的。換言之，犯人絕對無法潛伏在被害者裡面。這樣的話，犯人只可能是現場沒留下被砍下頭顱的神童末寺。在這樣的邏輯解釋之前，些許的不自然也不是什麼問題吧。」

繼續說下去，我就逐漸變得更加確信，語氣也漸漸顯現出熱切。如此一來，我想最後的故事也被解決了。

啪嘰……比先前更加響亮、令人不快的聲響在房間裡響起。回過頭去，就看到剩下的兩張護符，其中之一正緩緩地飄落。那是外側六疊房間那一側的護符。

嘎噠、嘎噠、嘎噠……拉門也發出聲響、開始震動起來。現在那一側兩個角落的兩張護符都已經脫落了。我非常擔心，會不會有什麼真相未明的東西正從六疊房間的另一頭準備入侵這裡呢？

不過，幸好拉門只是在搖晃而已，並沒有被打開。即使只剩下一張，但護符還是帶來了庇佑嗎？

覺得鬆了口氣才沒過多久，我就察覺到一件重要的事。

「護符脫落的話，就表示神童末寺不是犯人吧？」

「就是這樣吧。」

「可是……」

「在紀錄的最後，『我』是這麼記述的。神童末寺的頭，原本是『打算切下來以後再帶到這裡來的，但是卻出現了意想不到的阻礙，所以只好放棄』。沒錯吧。」

「如果那是犯人自己的記述──」

「就不能相信嗎？你認為犯人寫的是謊話嗎？」

「這個可能性也……」

「對我們來說，《迷宮草子》是非得解開其中謎團不可的存在。如果連文本本身都懷疑的話，我們到底該仰賴什麼根據去解釋呢？」

「可是……」

「嗯。確實七個人全部都被殺害了。其中六個人被砍掉頭，剩下的那一人脖子也幾乎要被切斷了。也就是說，犯人並不存在。但是這不合邏輯。」

才剛說完，信一郎就陷入了深沉的思考之中。

終於——

「即使被砍頭卻還活著的人……」

他嘴裡嘟囔著。

「你說什麼……？」

下個瞬間，他開始來來回回地翻動《迷宮草子》。

「即使被砍頭也還能活命的人——這個傢伙就是犯人。」

如果我沒有聽錯的話，他喃喃自語的內容相當危險。但是，他的樣子看上去似乎又有些把握。

「喂，信一郎……」

「稍等一下。」

他的目光又再次落到了《迷宮草子》上頭，就好像是在確認什麼一樣、頻繁地反覆翻閱。

「原來是這樣啊。」

「咦……弄清楚什麼了嗎？」

「嗯嗯。」

「是什麼？」

我詢問時的語調裡夾雜著期待與不安。

「幹事長的真面目。」

「不是神童末寺嗎……」

「不是。」

「那麼，到底是誰呢？」

信一郎浮現了滿臉的笑意。

「就是頭被砍了也不會死掉的人喔。」

「根本不可能有那種人吧。」

我這麼回應，感覺自己真的就要動氣了。

「可是，真的有喔。」

「不要再說那些鬼扯的話了。」

「不，真的有。」

「是誰？」

「舞舞啊。」

「……」

如果依照被砍頭的順序來看，她不就是第一個被砍的人嗎？

「不、不可能……舞舞的頭確實被砍下來了。不可能還活著。」

「但是她還活著。」

「是怎麼做到的？砍掉自己的頭……話說回來，根本就沒辦法把自己的頭給砍下來吧。」

「嗯。是這樣沒錯。因為砍掉自己的頭就一定會死掉嘛。」

「……你、你在說什麼啊。」

「雖然幹事長的真面目就是舞舞，但是她並沒有砍下自己的頭。藍包認為是舞舞的那顆頭顱，其實是**她那個用裁紙機自殺的雙胞胎姊妹的頭**。」

「……」

「之所以會拿艾勒里・昆恩的《暹羅連體人的祕密》來代表自己，並不是因為舞舞養了暹羅貓——不，多多少少也有這個因素吧。不過更加重要的，就是自己也是雙胞胎的這個巧合。」

「這、這不公平啊！」

「你是打算祭出諾克斯十誡還是范・達因二十法則[27]嗎？」

「這些都只是你擅自的想像吧？」

「被殺害的洪太郎，他右手的食指和中指都往前伸，這代表數字的二，換句話說，他可能是想藉此表示《暹羅連體人的祕密》裡面的雙胞胎吧。」

「死前留言……」

「包含本名在內，洪太郎對舞舞幾乎一無所知，所以只能臨場應變、用書來表現，藉此告發她就是犯人。」

「你的意思是他明明什麼也不知道，可是卻唯獨知道舞舞是雙胞胎嗎？」

「舞舞攻擊成員之後，在他們完全斷氣之前，或許曾提到了自殺的那個『她』。」

「這是為了復仇宣告嗎？」

「沒錯。」

「可、可是，這全都是你的想像吧？」

「嗯，是啊。不過其實雙胞胎也不是必要條件。」

「欸……？」

「只要是年齡相近的姊妹，我認為這樣就很足夠了。」

「這是什麼意思？」

㉗由神職人員兼推理作家的羅納德・諾克斯與推理作家S・S・范・達因各自提出的推理小說法則。兩者對於雙胞胎詭計的態度分別是「除非有預先說明否則不該使用」和「落於俗套應該避免」。

「聽好了。舞舞只要能騙過留到最後的藍包就行了。所有的人都被殺掉之後，那座島上就已經沒有其他的人了。舞舞的目的就是要打造出這樣的情境，然後從精神面把藍包給逼入絕境。」

「所以她才會偽裝成自己也遇害了……」

「在那個時間點，藍包已經瀕臨精神崩潰了。所以只要這場演出沒有失敗，要騙過他並不是難事。在打開舞舞的房門之前，藍包應該就確信舞舞已經遇害了吧。如果這時有顆滾落地面、和她年紀差不多的年輕女性頭顱，只要藍包沒有抱持過多的疑心去觀察的話，應該就不用擔心會被發現是不同的人。」

「但是，原本掛在她脖子上的披肩沾滿了血啊。如果頭顱是那個自殺的姊妹，血應該早就乾掉了吧。」

「所以舞舞才要猛刺洪太郎的脖子。」

「啊……是為了讓披肩浸在血裡面嗎？不對，你先等等——舞舞演出詐死這一幕的時候，距離她的姊妹自殺已經過了三天了。雖然不知道當時的季節，不過因為有颱風來襲，所以應該是夏天或秋天吧。那顆頭無論如何都已經開始腐爛了吧。」

「就是因為考量到這一點，所以舞舞是把頭放進攜帶型冰桶裡面帶過來的。」

「……」

食材被偷只是個幌子嗎……打從一開始，那裡面就沒有放進食材。要放那些書進去肯定也是事前就決定好了。

「頭要藏在狗鼻館的哪裡？」

「讓所有人都認為冰桶裡面被塞了書之後，再把頭放回去就沒問題了。」

「書還在裡面的時候呢？」

「廚房裡有很正式的烹調器具，而且都沒有在使用。那裡面有一個深底的巨大鍋子……」

「鍋子裡面……」

「頭就藏在正在準備晚餐的眾人眼前。」

「……」

「雖然神童末次也是第一次見面，不過會在下班後、而且還是比較晚的時間跟幹事長見面，也是因為對方是女性的關係吧。π和土轉會讓別人進入自己的房間、立直和洪太郎這麼簡單就被攻擊，就是因為對方是舞舞的關係才會因此輕忽大意。這一點跟藍包想的一樣。」

不過，當下我應該還是一臉無法接受的表情吧。

「這篇紀錄裡面有三個非常有趣的地方。」

所以信一郎又接著往下說。

「幹事長『我』的獨白中，有提到已經知道全部成員的名字了，所以就在這裡列出來。π

就是古森一樹、土轉就是畑俊朗、立直就是三家科一、洪太郎就是久刀谷卓、舞舞就是湯澤理紗、藍包就是栗屋相太郎。」

「嗯。」

「會知道大家的本名，是從駕照或學生證得知的。但是舞舞曾提過自己不會開車，而且她也不是學生了，那麼幹事長為什麼會知道舞舞的本名呢？當然是因為那就是她自己的名字。」

「……」

「第二點，在藍包發現舞舞頭顱的那個場面，記述中出現了『染滿鮮血的披肩在舞舞房間的地板上攤開，而她的頭就位在那片血泊之中』這個部分。並不是寫成『舞舞的頭』，而是『她的頭』。」

「那是藍包他……」

「藍包寫的可能是『舞舞的頭顱』，但是舞舞把這個地方改成『她的頭』。第一次提到時，她還慎重地幫文字加了粗體啊。」

「為什麼要這麼做？」

「為了本格推理所謂的公平性吧……」

……真的瘋了。

再怎麼說都太瘋狂了……

「在〈首級之館〉這篇藍包和幹事長的共同創作裡，舞舞自己用上『她』這個代名詞的地方**就只有這裡**。除此之外，完全沒有在其他地方用到男性的『他』或女性的『她』。還有，『她的頭』這種寫法在整篇紀錄中就只出現在幹事長開頭的獨白跟現在這裡共兩個地方。」

「……」

「再來是第三點，在那段所有人的頭被排成一列的描寫，也是寫成『一分為二的《暹羅連體人的祕密》與湯澤的頭顱』。絕對不會是『湯澤理紗的頭顱』這樣的表現法。」

「為什麼要做到這種地步……」

「就像藍包看穿的那樣，狗鼻島上的狗鼻館裡發生的首級連續殺人事件，本身就是幹事長名為〈首級之館〉的作品。殺人計畫結束之後，作品也就完成了。另一方面，為了《迷宮草子》這本書，所以也必須要完成印刷用的作品。所以舞舞才加入了獨白。在進行這項作業的過程中，她應該是萌生了欲求、想盡力把這篇作品寫成能當成推理小說來讀的創作。這其中應該也蘊含了身為犯人的自我表現欲吧。」

「舞舞是把準備好的汽艇引擎藏在某個地方，然後順著天狗的飛地離開了狗鼻島嗎？」

「應該是這樣吧。」

信一郎筋疲力盡地讓身體靠在書架上，用氣力放盡似的聲音回答。

「這麼一來，《迷宮草子》的謎團就全部都解開了吧。」

他沒有回答。

「現在已經沒事了吧？」

我一邊說、一邊豎起耳朵仔細聽著。無論是哪一邊的六疊房間、走廊、偏屋的外頭，都感受不到任何的動靜。

得救了嗎……？

「啊啊啊！」

信一郎突然放聲大喊。還在觀察周遭情況的我，立刻想都沒想就開始戒備。

「怎、怎麼了。」

「如果早點看到這個的話，事情馬上就能解決了啊。」

他遞出來的，是包含在《迷宮草子》最後沒被裁開部分裡的本書版權頁。

編輯後記

本書是由「迷宮社」網站的七位成員，以每個人各自的體驗為基礎所撰寫的作品所構成。關於每篇作品的改編都是交由各執筆者自行判斷，因此哪些部分是現實、哪些地方又是虛構，皆無從得知。如果廣大讀者朋友都能各自馳騁想像並樂在其中的話，實乃榮幸之至。

不過，雖然這裡提到了廣大讀者，但本書基於諸多因素，實際上只能印刷、裝訂了為數不多的數量。因此只能讓極少數的讀者朋友有機會看到。

對於拿起這本書的各位，我認為也存在某些緣分，希望大家讀到最後都能盡情地享受。

最後，僅以這本《迷宮草子》獻給由衷期待本書出版的舍妹理香。

《迷宮草子》幹事長

《迷宮草子》創刊號
◎
一九八五年十一月七日初版發行
發行　迷宮社
印刷・裝訂　湯澤印刷株式會社

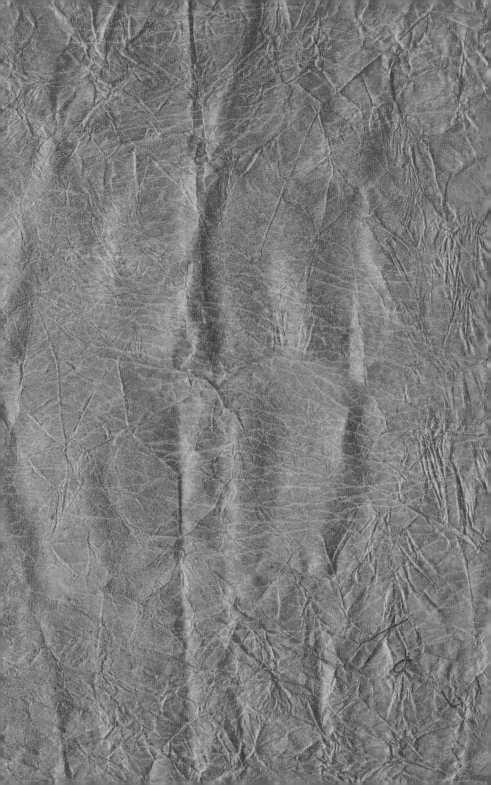

《迷宮草子》

清晨即將到來。偏屋外面，小鳥已經開始鳴囀。

我提心吊膽地打開了走廊那側的紙門，從緣廊看向後院。外頭還很昏暗，但是再過不久，光明就會穿透這片黑暗，世界也將要迎來日常。然後，想必我們兩個人也會再次看到平凡卻又堅定不移的往日生活再次造訪吧。

全部讀完了。

全部都解開了。

飛鳥信一郎和我，恐怕是唯二把《迷宮草子》給讀到最後、而且還留在這個世界上的人吧。在此之前，到底有多少讀者消失在另一邊的世界呢？

一想像在那一邊等待的**存在**，我就不禁渾身顫抖。走廊這裡的寒意更加強烈了，讓人覺得連體內深處都感受到了寒冷。

我連忙把紙門關上，趕緊回到火鉢的旁邊。

「結束了……啊。」

我向信一郎搭話的樣子就像是在確認。此時此刻，他正疲憊不堪地讓身體癱在座椅子上面，嘴裡抽著無濾嘴香菸。

「那本書就算繼續留在手邊也不會有害處了吧？還是說你覺得處理掉會比較好？」

我又問了正處於放空狀態的信一郎。

「照理說，這種東西應該要交給警察。可是，就算交給警察也沒什麼意義吧。」

「嗯……」

「即使提交給警方，首先還是必須針對狗鼻島事件是不是真的在現實中發生的事，還有搜查又該如何進行等事實關係進行確認。還有，如果案情真的成了懸案，只要把《迷宮草子》以及將我們的推理彙整好的信一起匿名送過去就可以了。不過，在那之前——」

信一郎的表情突然為之一變，正準備要說出什麼重要的話，就在這個時候……

啪唏……前方傳來了奇怪的聲響。

該不會……

我抱著難以置信的情緒、緩緩地移動視線，結果只能茫然地凝視著最後一張護符緩緩飄下的光景。

「信、信……」

我正要叫他，就突然感受到後方有股令人不快的氣息。猛然回過頭去，這次就看到外側六疊房間的拉門一點、一點……被拉開了。

「信、信一……」

拉門的動態突然停止。才剛打開一根手指能通過的縫隙，就立刻停了下來。

我嚥下唾沫，雙眼緊緊盯著那道縫隙。但是，六疊房間一片漆黑，什麼都看不見。即便如此，我依舊持續由上往下凝視著那道縫隙。接著，好像在比較低的位置看到了什麼東西。當我再次凝神定睛，才發現那是眼睛。

有隻睜開的眼睛，正窺伺著這邊。不知道是什麼東西趴在那裡、或是那裡原本就只有一隻眼睛而已。在僅僅微微開啟的拉門另一側，眼睛正在窺探著。

「信一郎……」

我終於喊出聲來了，但卻是近似於呢喃般的聲音。

然後——在那僅有的一隻眼睛上方，又出現了另一隻眼睛。

就在我嚇了一跳的時候……

眼睛、眼睛、眼睛、眼睛、眼睛、眼睛、眼睛、眼睛、眼睛、眼睛……

許許多多的眼睛接連在狹窄的縫隙中排成縱列出現了。而且都是張得很大、布滿血絲的紅通通眼睛……

「信一郎！」

我又喊了起來。

嘰咿、嘰咿、嘰咿……家鳴再次開始了……

沙、沙、沙……從裡面的六疊房間……

嚓嚓、嚓嚓、嚓嚓……從外側的六疊房間……

啪噠、啪噠、啪噠、啪噠……從面向庭院的走廊……

某種東西蠢動的聲響，再次傳來了。

怪異歸來了。

但是，護符已經一張也不剩……

「看來還沒有結束的樣子啊。」

信一郎把香菸丟入火鉢。他抽了菸，就表示從剛才開始就一直在思考某些事情。

「你說還沒結束……全部的謎團都已經解開了吧？」

「照這個狀況來看，好像不是這樣呢。」

「後面的拉門那……」

「嗯啊，在看著這邊呢。」

太好了……即便是面臨這樣的狀況，但現在我也稍微放心了。因為如果這樣的現象只發生在自己的身上，我肯定會發瘋的。

「你、你覺得是什麼？那個東西……」

「眼睛吧。」

「我知道，所以——」

「應該是**讀者**吧。」

「……」

「那些是截至目前為止消失的《迷宮草子》的讀者喔。對他們來說，我們看起來會不會就是遭遇《迷宮草子》怪異現象的最新登場人物呢？」

「你說什麼？」

「所以他們才會看著我們。也就是說，他們**正在閱讀**。」

「啊，你感覺到的那些奇怪視線就是……」

「嗯，或許就是他們吧……但我也不清楚。感覺上並不是複數的視線。」

「那、那麼就是湯澤理紗……不對，是妹妹……」

「怎麼說？」

「不，總之先不用管**那個**是什麼。我們從〈霧之館〉讀到〈首級之館〉，成功解開了所有的謎團。所以怪異現象消失了，而且最後我們都沒有失蹤。是這樣沒錯吧？但是為什麼——」

「恐怕是還不夠吧。」

「什麼？」

「贖罪……吧。」

因為信一郎拿出香菸，同時嘴角還浮現了奇特的笑容，所以讓我感到很訝異。迄今為止，我都沒有看過他邊說話邊抽菸的樣子。

「贖罪？」

我雖然很在意周遭的怪異現象，但信一郎好像已經有了某些想法，所以現在只能繼續解謎了。我完全不清楚最關鍵的謎團真相，但只要信一郎已經有所掌握就不會有問題的。

「嗯。在〈首級之館〉的連續殺人事件中碩果僅存的生還者……在《迷宮草子》的成員裡面唯一還活著的人……對這件事的贖罪。」

「欸？可是全部的人都死了啊。頭被砍下來……」

「有一個沒有被砍下頭顱的人。說得更正確一點，是沒辦法確認已經被砍頭的人物……」

「神童末寺嗎……」

雖然這個名字立刻脫口而出，但是我卻不知道原因是什麼。

「犯人……不，那個女人是〈首級之館〉裡真正的犯人嗎？那個小邦祥子？所以怪異現象才沒有消失？可是，你的推理——」

「不是這樣。犯人是舞舞，也就是湯澤理紗。神童末寺則是共犯——即使這麼稱呼，但她並沒有協助殺人，應該是幫忙製作了《迷宮草子》吧。」

「你說的製作是指？」
「就是印刷、裝訂吧。畢竟這不是能單靠自己完成的東西。因為好像也經過了特殊加工，雖然不能說是做得很出色，但肯定是相當費神的作業。」
「加工是指哪個方面？」
信一郎拿起《迷宮草子》，仔細看了看之後就遞給我。
「就算是手工製作好了，可是你不覺得皮革封面的裝幀技術實在太糟糕了嗎？」
「一開始我也提過同樣的感想。皺褶確實還不少，而且到處都是黑黑的污漬，感覺髒兮兮的。」
我再次摸了摸《迷宮草子》，那是相當奇特的觸感。
「這只是我隨意的猜測，我覺得封面是人皮貼合後的產物。」
「……」
我不自覺地讓《迷宮草子》從手中掉落。扔掉這本一拿起來就總是會讓指尖感受到熟悉的潮溼感，而且意識到之後、掌心已經開始出汗的書……
「人、人的皮……」
「一定是《迷宮草子》成員的……應該沒錯吧。為了將所有人的部分皮膚一張一張進行貼合，所以才把原本在製作方面就很困難的皮革裝幀做得更加失敗了。」

「真的瘋了……」

「我認為這是舞舞的構想。」

信一郎伸出手。但是我搖了搖頭，於是他就露出一副無可奈何的表情站起身來、撿起掉在火鉢旁邊的《迷宮草子》，然後又坐回座椅子上。

「在〈首級之館〉最後的地方是這麼寫的。

（我還有《迷宮草子》的編輯與製作等工作要進行。因為每篇作品都有文字檔，所以編輯上應該不會花太多工夫才對。最大的問題就在於皮革封面的裝幀。雖然學了、也練習了，但是正式上場製作的時候肯定沒那麼簡單。

在那之前，還必須要處理所有人的屍體……雖然有點擔心能不能處理好，不過這是必須要完成的。）

這裡和下一段文章之間的連結很明顯不太對勁。為了製作皮革封面，所以必須要妥善處理所有人的遺體——感覺也可以這麼解讀。如果這裡是想表示丟棄遺體的意思，那麼應該不會寫成處理，而是處分㉘吧。」

「為什麼神童末寺會幫忙製作這種書呢？」

「這依舊是我的猜測，或許那兩個人是戀人關係。」

「戀人？」

「雖然神童末寺有參與聊天，但或許並沒有什麼重要的發言、或者是剛好沒有參與到那場引發自殺的對話。另外我還能想到的原因，就是舞舞怎麼樣也無法殺害愛人吧。就是因為這類理由，神童末寺才能幸免於難。」

「……」

「只不過，其他的成員就不同了。舞舞的憤怒和憎恨可不是半吊子。這一點也表現在那種異常的裝幀之上。實際上剝皮的作業應該是舞舞自己進行的。因為神童末寺不在狗鼻島。然而——」

「你先等一下。神童末寺，也就是小邦祥子可是女的喔。」

「神童末寺並不是小邦祥子。」

「可是那篇新聞報導……」

「那只是為了要讓藍包信以為真，才利用了搜尋出來的新聞報導吧。或者那可能根本就是假造的。因為有電腦，所以那種文章想要多少就能做出多少。」

「喂喂，說什麼要相信〈首級之館〉內容文字的人，不就是你嗎？」

面對啞口無言的我，信一郎則是一臉淡然。

㉘日文中的處分（原文為「処分」）除了處理、處置、懲處之外，也帶有「丟棄」的意涵。

「在最後的獨白部分，舞舞已經知道了大家的名字，接著開始一一列舉出網路暱稱和本名。但是那裡只從π寫到藍包而已。根本沒有一個地方出現『神童末寺，也就是小邦祥子』這樣的記述。」

「所以，那個神童末寺到底是誰？」

信一郎盡情吸了口菸，然後吐出了煙霧。

「就在我的面前啊。」

「……」

「是你。」

「什……」

「三津田信三，你，就是首級之館連續殺人事件的第一個被害者神童末寺，也是《迷宮草子》的第七名成員。」

我再次感受到拉門被打開的微微氣息。

信一郎說的話讓我大受衝擊，但即便腦袋裡亂七八糟的，我還是同步將視線投向了裡面的六疊房間。

拉門稍微打開了一些。我立刻從縫隙的上面一路掃視到下面，但只能看見一道漆黑細長的縫隙，其他什麼也沒有。但是，我又開始想著現在會不會被什麼東西窺伺，於是便做好了準備。

這時縫隙的最下方出現了手指。那是一根食指，才剛意識到這點還沒多久，接下來中指、無名指、小指……手指接二連三地出現了，大概是右手吧。但是，每根手指都隨意彎曲蠢動，讓人不覺得那是出自同一隻手。

之後就會出現左手的手指，然後一口氣把拉門拉開……就像是背叛了這樣的恐懼，四根手指上面又出現了另外四根手指，接著在那上方又多了新的四根手指——接連不斷地伸了出來。

手指、手指、手指、手指、手指、手指、手指、手指、手指、手指、手指……

成列的手指宛如一隻細長的深海生物，從拉門那細長又黑暗的縫隙向外窺探著。每一根都各自扭來扭去、凌亂不堪地擺動著。那是會令人作嘔到臉色慘白、看起來極為詭異的景象。

「對應神童末寺的——」

裡面的六疊房間拉門，應該也在信一郎的視野範圍內。但是他卻連眉頭都不皺一下，繼續說了下去。

「肯尼斯·費林的《大鐘》是以大型出版社傑諾斯社為舞台，主角設定為《犯罪公路》的編輯。這一點你也符合。」

「……」

「關於神童末寺這個名字，就像洪太郎指出的那樣，涵蓋了神佛兩方面意涵的文字。對於在京都的出版社任職的你來說，這不正是很相襯的名字嗎？而且你也參與了佛教相關題材的企劃呢。況且D出版社旗下也擁有印刷公司。經手同人誌《迷宮草子》的製作之類的，對你而言應該輕而易舉吧。」

根本是牽強附會……

「沒錯，或許是牽強附會。」

彷彿讀透了我的心思，信一郎又再次開口。

「那麼，這個說法不知道能不能合你的意呢。」

「……」

「用羅馬拼音來表示神童末寺這個名字的話，就是SHINDOU MATSUZI。把這個拼音調整一下順序的話，你覺得會變成什麼樣子？從MATSUZI取出M和I，組成MI。同樣再取出TSU，然後從SHINDOU取出D、MATSUZI取出A，組成DA，這麼一來就出現了MITSUDA。剩下就是SHINOU和Z，將Z放到N和O之間，就出現SHINZOU了。把它們連在一起就是MITSUDA SHINZOU——也就是三津田信三，不就是你嗎？」

嘎噠、嘎噠、嘎噠……

裡面的拉門開始搖晃。接著越搖越激烈了。看向後方，從縫隙中窺伺的眾多眼睛開始不斷地眨起眼來。自細長陰暗的縫隙中窺探、充血到一片赤紅的眼睛，完全沒有一致性、各自凌亂地眨眼。

在前面和後面的六疊房間以及走廊上徘徊的某種氣息，感覺也變得更加濃厚了。

「你、你這說法也太奇怪了吧。」

我終於能發出聲音了。

「如果這就是《迷宮草子》的祕密，在你揭曉真相的瞬間，現在發生的這些怪異現象應該要全部平息下來才對。沒錯吧？」

將搞得我們狼狽不堪的怪異現象拿來當例子，這還真是諷刺啊。不過都已經被逼到這種地步了，現在可不是在意那種事的時候。

「那些怪異現象都還在繼續，就代表你的解釋不對。」

我如此斷言，逼問信一郎。

「話說回來——」

儘管如此，他好像完全沒有在聽我說話。

「我對收錄在《迷宮草子》裡面的一連串奇也怪哉的故事所給出的解釋，實際上你是怎麼看的？」

「你、你在說什麼啊……」

突如其來的發展讓我不知所措。

「你就坦誠地說吧。」

他一臉認真地催促我。

「說吧，你是怎麼想的？」

「……這個嘛，確實有比較強硬的部分，也有一些牽強附會的解釋吧。」

你就是一切怪異現象的元凶——一邊單方面指出這點、一邊又要被糾舉的當事人回應其他的問題，再怎麼說我實在是不太情願。

不過，我還是順從自己的心情直率地回答。

「話是這麼說，但大致上沒有錯吧……我是這麼認為的。」

「也就是說，我的解釋幾乎都是正確的嗎？」

這種奇怪的拐彎抹角式說法還滿讓人火大的。

「說得更正確一點，除了你給出的解釋之外，就找不到答案可以說明出現在我們面前的謎團了。所以暫且就先接受——或許這才是最接近我真實感受的想法吧。」

在這裡我刻意打斷話題。

「比起這個，你是認真地覺得我是《迷宮草子》的倖存者嗎？」

然後又嚴肅地詢問信一郎。

「這本書的怪異現象都是因為我的關係，你是這麼判斷的嗎？」

信一郎拿起《迷宮草子》，然後對我說道。

「還有其他合理的解釋嗎？只不過，從這裡所記述的情報來判斷，我的解釋雖然不是最好的解答，但也是相對正確的。是這樣沒錯吧？」

他像是在囑咐那樣把問題給丟了過來。

你應該要回答我的問題吧——雖然我差點就要開罵了，但是信一郎一直目不轉睛地凝視著我，所以我也只好默默地點頭。

「這樣啊。那如果我的解釋被推翻的話呢？」

「你說什麼……」

我不由得探出了身子。

「舉例來說，〈霧之館〉的故事裡，沙霧的耳朵聽不到就是那起事件的真相。我是這麼解釋的。」

那個解釋我是可以接受的……

「可是故事的記述中，如果注意一下『我』去敲沙霧房門的那個部分，就會出現破綻了。那個地方是這麼描寫的。

〈然後在我打算連續敲個幾下、但是第一聲「叩」才剛響起之後，房間裡就傳來「請進」的回應。

簡直就像是在等著我找上門一樣，頓時讓我嚇了一跳。不過我還是不顧一切地打開了門〉

如果沙霧的耳朵真的聽不見的話，就不可能在第一聲敲門聲響起後就馬上回應吧，不是嗎？」

這、這是怎麼一回事……？

信一郎的解釋有問題嗎……？

那麼，霧氣為什麼會散去呢……？

「那個時候走廊是暗的，而房間裡有開燈。如果有人站在房間內側的門前，走廊這邊就能從門縫看到影子吧。但是如果反過來的話，就絕對不可能看到了。所以不管怎麼想，都只能認為沙霧對敲門聲做出了反應。」

「……」

「還有，耳朵聽不見的人應該很難發出清晰的聲音。至少沒辦法像沙霧那樣說話吧。」因為耳朵聽不到，所以也無法聽到自己發出的聲音。因此也會對說話的方式造成障礙。

「你的解釋錯了嗎……」

「是啊。不過，還能想到其他的解釋嗎？」

「我沒辦法。」我立刻回答。

「如果沒有人能回答呢？」

滋、滋、滋……天花板上出現了聲響。感覺好像有什麼東西在那裡爬行。但是我已經不會再抬頭去看了。

「我們先前曾擔心明日香是不是讀了〈底片裡的毒殺者〉對吧。」

「嗯嗯。不過幸好她只是在庭院那邊聽到我們兩個的對話而已。」

「真的是這樣嗎？」

「……」

「確實，我大致總結了笠木毒殺事件的來龍去脈，然後說給你聽。不過，那是從小說的情節裡面抽取出來的素材。並不會因為這樣涉及到每個人物的性格和心理狀態。即便如此，明日香卻能完全掌握民子的性格，也是因為這個緣故才能推導出民子就是犯人的這個論點。」

「是說故事的老人在講述事件內容之前提到民子的那個地方嗎？」

「明日香自己說溜嘴了，她有提到『那個老爺爺有說過喔』。也就是說，那孩子已經看過〈底片裡的毒殺者〉了。」

「竟然……」

「與其認為她只看過那篇作品，更應該覺得她是從〈霧之館〉開始照著順序一路讀下去的吧。你覺得明日香在偏屋發現《迷宮草子》的話，有可能什麼都不做就丟著不管嗎？」

不可能，因為她是信一郎的妹妹，如果是她的話肯定會去讀的吧。不過她應該沒有碰過那個還沒被裁開的部分。

「明日香至少有從〈霧之館〉看到〈底片裡的毒殺者〉嗎？」

「恐怕沒錯——」

「這樣的話，她應該也會被怪異現象給襲擊才對。雖然有發燒，但也僅只於此而已。不、倒也不能這麼說，她沒有遇上恐怖的事情真的是再好不過了……」

「你的御守不是出問題了嗎？」

「……所以那成了明日香的替身嗎？」

「嗯嗯。」

「但是，為什麼我的御守會……」

「你的內心深處肯定總是在關心明日香吧。」

回答我的疑問後，信一郎又繼續往下說。

「在《迷宮草子》裡面，我們可以知道作者以自身體驗編寫的故事是〈霧之館〉、〈食子鬼起源〉、〈作為娛樂的殺人〉、〈鐘塔之謎〉這四篇。其中〈霧之館〉、〈作為娛樂的殺人〉、〈鐘塔之謎〉這三篇裡面的作者感覺都比較年輕，所以不管是迷宮社裡的哪個成員寫出來的都不奇怪。然而，只有〈食子鬼起源〉不一樣。如果這個故事真有其事的話，作者一定要有故事中的那個歲數，但是成員裡面卻找不到這樣的人物。唯一感覺符合的人選就是立直，可是他只有女兒，沒有兒子，所以也不是他。這麼一來就很奇怪，因為〈食子鬼起源〉的作者就不存在了。」

叩咚、叩咚、叩咚……從地板底下傳出了聲響。但是我已經不再去思考那是什麼聲音了。只將精神集中在信一郎說的話。

「那是……因為並不完全都是真實的故事啊。不合情理就是證據。」

「這樣的話，在編輯後記的部分，就沒有聲明『以每個人各自的體驗為基礎所撰寫』的必要了。後面還寫到『哪些部分是現實、哪些地方又是虛構，皆無從得知』，而〈食子鬼起源〉的內容很明顯偏離太多了。」

「可是——」

「最明顯出現這個問題的地方，就在〈作為娛樂的殺人〉這一篇。」

信一郎翻開了《迷宮草子》。

「敘事者拜訪福利元的房間時，她的台詞出現了恐怖電影的名稱。其中只有《月光光心慌慌》是一九七八年推出的七〇年代製作作品，其他作品都是八〇年到八一年製作的。這個你應該知道才對。」

「嗯嗯，對啊。」

「不過《殺戮高中》是八五年，然後《恐怖愚人節》是八六年。如果我們看了《迷宮草子》的版權頁，就會知道初版發行的日期是一九八五年十一月七日。也就是說，《殺戮高中》還不是問題，但是絕對不可能看過《恐怖愚人節》。因為當事人不可能在那之前就知道這部電影的存在。」

「可是，福利元不是恐怖作品的狂熱愛好者嗎？即使一年前就提前知道還沒上映的作品也不奇怪吧。」

「但也不會連日本版的片名翻譯都知道吧。」

「……也是呢。」

「說到底，明明是由原本從未謀面的成員們依據各自的體驗所寫下的作品，但是朱雀連山、神神櫛村、東城雅哉、中野原高中……不覺得共通點實在太多了嗎？」

「……」

「而且不光是〈食子鬼起源〉，〈朱雀的怪物〉和〈首級之館〉在體裁方面的異常性也超乎它們的內容。」

「體裁？」

「就是事件紀錄這種體裁。假設我們認可了這一點，〈首級之館〉的最後一幕場景就變得很古怪了。幹事長把被害者的頭顱全部一字排開，這個舉動到底是**以誰為對象而做**的呢？能夠展示給他們看的成員都已經死掉了，所以這個舉動不是非常不自然嗎？」

「就像你說的，幹事長在編輯《迷宮草子》的時候，就對它作為推理作品的完成度非常拘泥。」

「也就是說，意識到了讀者。」

「讀者……」

「與其說是意識，應該說是設想吧。」

「設想？到底是要對誰這麼做？」

「我啊。」

「……」

「飛鳥信一郎啊。」

「是誰要……」

「當然是你啦。三津田信三……」

「全部都是虛構的故事嗎？《迷宮草子》本身就是虛構的？而且還是我的創作？」

「所以，只要你能接受就可以了。」

「……」

「即使我的推理是錯誤的，只要你判斷是正確解答，怪異的現象就會消失了。」

「打從一開始，那些解不開的謎團……都是我妄想出來的？全部都是創作？」

信一郎點頭。

「致命的失誤果然是在版權頁啊。」

「……」

「初版是一九八五年，那個時期應該還沒有出現〈首級之館〉裡面提到的個人架設網站。」

怎麼有這種蠢事……

「就一本書的構成來說，這個目次也很奇怪。同樣屬於『十個小印地安人型推理』題材的〈朱雀的怪物〉和〈首級之館〉，一般來說應該不會排在一起才對。但是第五章跟第七章也太接近了。就〈首級之館〉的內容來看，是有放在最後的必要。但是〈朱雀的怪物〉安排在前面一點應該會比較理想。」

「你、你在說什麼啊？比起目次什麼的——」

「沒這回事。這個目次是有意義的。」

「你的意思是〈朱雀的怪物〉放在第五章的構成方式是有某種理由的嗎？」

「如果不這麼做的話，第五章的筆名就沒辦法使用『筆者不詳』了。」

頭開始痛了起來。我好像漸漸變得無法理解信一郎所說的話了，感受到極度的不安與恐懼。

「我先前有提過每篇作品的作者名字都很奇特吧。雖然不曉得該怎麼讀，但都是些意味深長的筆名不是嗎？」

信一郎邊說邊拿出了一張紙。我只好百般無奈地接過來，然後就看到上面把七個作者名字的漢字一個個拆開後寫了下來。

「名字全部都是用漢字表示的。」

確實，裡面沒有任何一個平假名或片假名。

「漢字是表意文字。意思就是指文字本身是有意義的吧。舉個例子，『依武相』是什麼情況呢？主要來說，『依』是『貼近』、『武』是『跨越』、『相』是『明顯』，是從這些意思而來的。當然這些不過就是主要的意思。可是即便把其他的意涵都拿來思考，也想不到『依武』或是『依武相』可以表現出什麼其他的詞彙或記號。」

「原來如此。」

總之就先附和吧。

「接著我們來看看筆畫吧。所以『依』是八畫、『武』也是八畫、『相』是九畫。以最單純的暗號來說，就有你也知道的置換式。就是把五十音或伊呂波歌[29]替換成數字或字母的方法。我們來套用看看『依武相』的筆畫，以五十音的場合來說，『依』和『武』的八畫就是『く』、『相』的九畫就是『け』，但是連起來以後的『くくけ』」是沒有意義的。換成伊呂波歌的場

[29]將四十七個假名以不重複的形式寫成的七五調和歌。

合，『依』和『武』的八畫就是『ち』、『相』的九畫就是『り』，這樣就成了『ちり』，同樣沒有意義。謹慎起見，我還是把全部的名字都試著套看看，但是五十音和伊呂波歌兩邊都拼不出具有意義的詞彙。當然英文字母我也試過了，結果也是一樣的。

「還真是辛苦你了。」

聽起來會有諷刺的感覺嗎？不過，感覺信一郎對此完全不在意。

「然後我又思考了讀音的方式。讀音有音讀和訓讀㉚。如果用姓氏和名字來排列組合的話，就有姓＝音、名＝訓；姓＝訓、名＝音；姓＝音、名＝音；姓＝訓、名＝訓，等四種組合。我們沒有必要費盡心力去把四種組合都試過。因為第一組的姓＝音、名＝訓，就已經收到成果了。」

說完之後，信一郎又遞了一張紙給我。這張紙上寫了以下這些文字。

依武　相（えむ　あい）
丁江　州夕（ていえ　すゆう）
泥　重井（でい　えい）
廻數回　一藍（えすえ　いちあい）
筆者不詳

舌渡　生（ぜつと　おう）

裕（ゆう）

「『依』和『武』採用音讀，得到『え』和『む』。『相』採用訓讀，得到『あい』。連起來就是『えむあい』。也就是說，能夠置換成讀音相同的英文字母『M』和『I』。就像這樣依序讀出每個人的名字，再替換成字母。不過讀『丁江州夕』的『ていえ　すゆう』時，要用『てい　えす　ゆう』這樣的斷句方式來讀。因為也是有把『てい』讀成『T』、『でい』讀成『D』這類情況，至於這個就當成一種幽默吧。」

「那筆者不詳呢？」

「這裡要替換成『N』，這就是置換法特別的地方，是取自『什麼都沒有的』的『NOTHING』裡面的『N』喔。不過這等到其他的置換都結束之後自然就會明白了，並不是什麼困難的事情。」

不知不覺間，飛鳥信一郎正直勾勾地盯著我看。

「如果把它們連起來讀又會怎麼樣呢？」

㉚兩者皆為日本漢字的發音方式。音讀為該漢字傳入日本時的發音、訓讀則是為該漢字加上日本既有的發音。

我試著在每個名字底下標記出字母。

依武　相（えむ　あい）↑〈MI〉
丁江　州夕（てい　えす　ゆう）↑〈TSU〉
泥　重井（でい　えい）↑〈DA〉
廻數回　一藍（えす　えいち　あい）↑〈SHI〉
筆者不詳↑〈N〉
舌渡　生（ぜつと　おう）↑〈ZO〉
裕（ゆう）↑〈U〉

把這些都接續起來，就能讀成「MITSUDASHINZOU」，假名是「みつだしんぞう」，也就是「三津田信三」。

「太扯了……」

「從每一篇作品的作者名字裡浮現了三津田信三這個名字。為了有效活用這個設定，怎麼去處理那個『N』就很關鍵了。為了在不會太牽強的情況下使用能顯現這個意涵的筆名『筆者不詳』，所以才想出了〈朱雀的怪物〉的故事情節。」

本末倒置也是有好處的嗎……

「只不過，順序必須照著『み、つ、だ、し、ん』，因此代表『ん』的『N』就要放在第五個。所以這兩篇相近的題材才會擺在一起，最後產生了這樣的目次。這本《迷宮草子》從最初到最後，一切都是在有意圖的情況下打造出來的。」

信一郎冷漠的眼神向我這邊刺了過來。

「差一點就被騙了。雖然我們待在一起的時候你都裝出一副很害怕的樣子，但其實你的內心一直很平靜吧。這是因為《迷宮草子》就是你自己創造出來的。」

信一郎用我從來沒有聽過的聲調這麼說著。

「不、不是……」

明明想高聲否認，卻只能發出低語般的音量。

「你還沒放棄啊。」

「等、等等……等一下……」

現在一定要冷靜應對。我的本能這麼告訴自己。

「如果要說這本書是虛構的，我是《迷宮草子》成員裡的倖存者這件事又該怎麼解釋？而且要是一切全都是虛構的，那些襲擊我們的怪異現象又是怎麼回事呢？為什麼會引發那些奇怪的事情？」

「怪異現象？」

信一郎一臉訝異地回應。

「對啊。從那場詭異的霧冒出來開始，一直到今天晚上這個時候都接連不斷發生的一連串怪異現象。」

信一郎面露苦笑。

「或許那只是你跟我的幻覺罷了。不對，你所體驗到的怪異現象，我就只有從你本人口中聽過而已。換句話說，你說的是實話嗎？有說謊嗎？我都沒有辦法判斷。那我自己呢？是因為遇見了《迷宮草子》這本奇怪的書、聽了圍繞著它發生的奇妙故事，還有你那逼真的體驗談，於是創造力跟想像力都很豐富的飛鳥信一郎就因而完全沉浸在這個世界了吧。說到底，像是霧氣什麼的，就算認為它是貨真價實的霧也是很正常的吧。」

「……」

「就是共同幻想喔。」

「不光是我們，那些下落不明的藏書家也……」

信一郎搖了搖頭。

「那個啊，從頭到尾都是從古本堂的神地先生那邊聽來的，也不知道哪些部分是真的。或許他事前也跟你商量過了吧。」

「才、才沒這回事……啊，可是神地先生不是也消失了嗎？就是在那間舊書堆積如山的三疊房間裡不見的。那個時候他應該沒地方可以逃才對。」

然而，信一郎又再次搖頭。

「有幾本書掉在三疊房間裡。」

「確實有。」

「你覺得是為什麼？」

「那個房間裡發生了什麼事嗎？他消失了……化為一片虛無……那不就是他消失的痕跡嗎？」

「我們用平常的邏輯來思考看看吧。掉在榻榻米上的書，是他刻意弄掉的、碰到書山後偶然掉下來的、還是書山自己動了起來呢？」

「動了？」

「他就躲在那座書山之中啊。」

「沒有那個時間喔。他把頭縮回去的同時，我們就衝過去了。他根本沒有餘裕躲進那堆書山、然後再把面向我們的這一層歸回原位吧。」

「如果製作一個只有最外面那層用了真的書本，但是內部卻空空如也的紙糊道具，就能輕而易舉地消失了。」

「再怎麼說，這也……」

「那麼，還有一個更自然的解釋。在他準備消失之前，我們是位在家中這一側的門口。從那裡是完全看不到深處的三疊房間的。也就是說，我們沒有證據可以證明當時他是從三疊房間那裡探頭的。」

「……」

「從家中側的門口往深處看的話，應該無法確認頭是從三疊房間伸出來的、還是從外側伸出來的。在那之前，我們看到他在三疊房間裡面，所以聽到聲音的時候就會深信人還在三疊房間內。可是，實際上他是從三疊房間的外面、也就是米道那一邊的店內勉強把頭給探出來的。縮回去的同時，他就從米道那側的門逃到店外。這跟紙糊的書山模型相比，是非常符合現實的解釋吧。」

「為什麼要做這種事？」

「當然是為了替那本帶有隱情的同人誌《迷宮草子》賦予真實性啊。你一個人負責《迷宮草子》的撰寫、編輯、製作。然後印刷和裝訂是拜託公司體系旗下的印刷公司的熟人幫忙。等到書完成了，就託付給跟你有交情的古本堂店主神地先生，然後告訴他這是一個大玩笑。之後再找機會把我帶去古本堂。你事先交代神地先生跟我打好關係後，就在我一個人到店裡去的時候讓我看這本《迷宮草子》。接著等到時機成熟，就拜託神地先生演出一場自己憑空消失的大戲。另外，你還為我準備了《迷宮草子》的筆名還有埋設在『迷宮社』文字裡面的暗號作為線索。熟知我興趣愛好的你，非常肯定無論價格高低，我都會買下這本《迷宮草子》。而且讀了內容之後，我一定會學偵探開始推理。你充分預測到了這一點。」

「為什麼我非得做出那種事不可？」

「為了從這本書的咒縛中逃脫……吧。」

「咒縛？」

「沒錯。」

「可是《迷宮草子》是虛構的吧？寫在這裡面的事件根本不是現實中發生的事。在那座首級之館裡面根本沒有發生《迷宮草子》殺人事件。迷宮社也不存在。這樣的話還能有什麼咒縛呢？」

「正因為是虛構的，所以才沒有辦法從咒縛之中逃離喔。」

信一郎用哀傷的眼神凝視著我。

「因為是虛構的，所以有可能驅除。但原本就不存在的東西，想要完全驅除也是不可能的。也可以這麼解釋，沒錯吧？」

我已經無法理解信一郎到底在說什麼了。

「我完全聽不懂你說的話……思緒都亂成一團了……」

我已經想放棄一切了。不過，都已經努力到這個地步，還是無法輕易投降。最重要的是，我們在這之後又會怎麼樣呢……？

過了一陣子，我才平靜地開口。

「……你聽著，信一郎。」

「已經釐清的事情，就是怪異的現象攀附在這本《迷宮草子》上。一旦開始讀這本書，就會被書中的怪事給襲擊，最後消失得無影無蹤。還有，為了逃離這樣的結果，就必須解開書中收錄作品裡面的謎團。就是這三點。然後，在此之前你已經出色地一一破解了謎團。但是這本《迷宮草子》它……」

這時信一郎突然換上激烈的語氣。

「不管謎團的對象是誰，依據推理者視角配置的不同、採納事項的選擇不同，解釋什麼的也會出現千變萬化的改變。所以我所解開的真相就只是在說明某種現象，終究只是一種解釋罷了。並不能證明什麼喔。」

接著他又自信滿滿地說道。

「經由我所推理出來、圍繞著《迷宮草子》的諸多解釋，不是已經能充分體認到這一點了嗎？」

猛然察覺到的時候，裡面的六疊房間拉門已經關上了。我連忙回過頭去，外面那間房間的拉門也關起來了。沒聽見走廊那邊有腳步聲傳來。不管是天花板還是地板，也都沒有任何的氣息。家鳴也停止了。

熟悉的偏屋八疊房間，回來了。

「平息下來了啊。」

信一郎喃喃自語。

「因為你提出的解釋，終究還是正確答案嗎……」

這不可能——明明自己是最清楚這一點的，但是因為所有的怪異現象都平息下來的關係，所以我也因此動搖了。信一郎的論點會不會是正確的……連我自己都開始這麼思考。

然而，信一郎卻用焦慮的語調說道。

「解釋、推理、結論……我說過這些東西全部都是**假的**吧。」

不過，可是——

「怪異現象不是真的存在嗎……」

「是這樣嗎？」

「確實存在不是嗎？」

「所以——」

他用右手食指指著自己的頭。

「只存在於你的這裡吧。」

「全、全部都是妄想嗎……」

「如果不是這樣的話，飛鳥家的偏屋可就成了驚人的鬼屋了。」

「所以我才說，那都是《迷宮草子》的——」

「這本《迷宮草子》本身，不就是你的幻想嗎？」

「……」

「話說回來——」

信一郎邊說邊露出了微笑。

「你創作出來的東西，就只有《迷宮草子》而已嗎？」

「……」

「面向杏羅町米道和杏羅町家中的『古本堂』，那裡的店主是神地先生——所以，『迷宮社』這個名字就誕生了。乍看之下雖然很合理，但事實上不是恰好相反嗎？」

「……」

「不是從杏羅町的米道和家中的神地衍生出迷宮社的，而是『迷宮社』這個名字打從一開始就存在，然後把『迷』分解成『米道』、『宮』分解成『家中』，就成了地名。至於『社』則是分解後變成了『神地』這號人物——不對，應該說是你刻意這麼做了，不是嗎？」

「……」

「這個想法很自然對吧。如果要從實際的地名和名字創造出迷宮社，稍微想一下，你不覺得這就需要過多的巧合嗎？」

信一郎的臉上依然掛著微笑。

「和這個相比，從迷宮社這個名字創造出『米道』和『家中』的『神地』先生，這樣的想法更加自然吧。」

「你是想要表示，無論是杏羅町的米道和家中，還有古本堂也是、神地先生也是……其實都不存在嗎？」

「你怎麼想？」

「可、可是……」

我逐漸失去自信了。即便如此，我還是拚命地提出辯駁。

「可是，你不是從那位神地先生本人的手裡買下了《迷宮草子》嗎？」

信一郎還是笑著說道。

「不，我沒做過那種事喔。」

「咦？」

「那種事是不可能做到的。」

「……」

「這一點你再清楚不過了。」

「這是什麼意思？」

雖然信一郎在微笑，然而，眼神中卻沒有笑意。

「因為，我根本不存在……」

「……」

「不存在的人——

是沒辦法從不存在的人那裡——

拿到書的。

沒錯吧？」

信一郎的笑容消失了。

「你、你在說什麼啊……你不就在我的面前嗎……」

「不，我不在這裡喔。」

「到底怎麼了?現在飛鳥信一郎就在我的面前。」

「不，不在。」

「在。」

「不在。」

「那麼，你到底是誰？」

信一郎臉上再次浮現了笑意……我是這麼感覺的。

「我，不就是你嗎？」

搖晃……世界正在搖晃。

眼前成了一片純白。

我到底置身在何處呢？

我又是什麼人？

不知道……我就是這麼覺得。

信一郎淺淺一笑。

「你好像終於察覺到啦。《迷宮草子》這本書，根本就不存在於這個世界……」

「……」

後面六疊房間的拉門骯髒至極。白色的部分都變得烏漆墨黑的

不對，那個不是髒汙。

……是文字嗎？

意識這一點的瞬間，我發現面向走廊的紙門、外側六疊房間的拉門，白色的平面上都密密

麻麻地寫滿了小小的文字。

我驚訝地看了房間內一圈，牆壁也好、柱子也好、天花板也好，幾乎能寫下文字的地方都像是爬滿了大群的螞蟻，黑色的漢字、平假名、片假名、驚嘆號等全都擠成了一團。

搖搖晃晃地起身後，我站到了外側六疊房間的拉門前面。

那個時候，我因為擔心自己是不是在山裡迷了路而感到焦慮不安、於是正朝著四周張望。在某個鬱鬱蒼蒼、生長茂密的樹林暗處，那個孩子就站在那裡。就在孩子的身影突然在視野中浮現的瞬間，我猛然嚇了一跳。但那個孩子卻在轉瞬之間就消失得無影無蹤，讓我的背脊立刻竄過一陣惡寒。

這、這是什麼啊……？

我下意識地讀了目光駐留之處的文字，一種毫無道理的即視感立刻襲擊而來。

這是……〈霧之館〉的文章……？

我趕緊去看看其他的地方。

「瘋了……神經有問題……腦袋有毛病吧……」

不過她還是開始進行就寢的準備，然後在長沙發上躺了下來，就這樣睡著了。

寒冷的夜晚空氣，從為了狐狗狸大人儀式而開的走廊窗戶潛入了客廳，再朝著深處的廚房以及二樓擴散。讓屋子裡漂蕩著冷颼颼的氣息。

果然是收錄在《迷宮草子》裡的〈朱雀的怪物〉文章段落。

我在房間裡四處走來走去，《迷宮草子》的故事接二連三地在我眼前竄出、放映、步步進逼而來。

不知不覺間，我已經被無數的文字給包圍了。縱橫排列的文字……斜向書寫的文字……顛倒呈現的文字……亂糟糟地……四處爬來爬去。它們擠成一片、令人不快地蠢動著。

「信、信一郎！這到底是……」

怎麼一回事——我正想這麼問，卻在看向他之後就嚇得往後倒退。

宛如無耳芳一[31]在全身寫滿了經文那樣，信一郎的臉上也寫了黑漆漆的文字，而且還遍及外露的雙手手背。恐怕他全身上下都同樣寫滿了字吧。

「明白了嗎？」

[31] 日本怪談。故事描述住持為了保護琵琶法師（平安時代彈奏琵琶的盲人僧侶）芳一不受怨靈所害而在他的全身寫滿了般若心經，但是卻因為遺漏了耳朵，最後被怨靈取走兩隻耳朵。

信一郎溫柔地微笑，文字也因為面部的動態而歪斜。

「這一切都是由你創造出來的世界喔。」

「我嗎……」

「沒錯。」

「沒有任何一樣人事物是真實存在的嗎……」

「嗯嗯。」

眼前再次化為一片純白。只不過，這次有文字開始入侵了。起初是一整片潔白的世界，轉瞬之間，漆黑的文字就如同雪崩般湧現。雜亂地蜂擁而至，每一個文字都在不安分地蠢動著。

就要完全被文字給淹沒了……

當純白的空間轉為漆黑的時候，自己也將化為虛無……我領悟到了這一點。那個瞬間，腦海裡突然浮現一張臉孔。那是相當令人懷念、非常可愛的面容——

「明日香……」

似乎是在不知不覺間發出了聲音。

「……」

信一郎訝異地皺了皺眉頭。

「明日香……」

「欸……」
「對了……明日香啊……」
「……」
「明日香也是不存在的嗎？」
「……」
「如果哥哥飛鳥信一郎不存在的話，妹妹飛鳥明日香又會怎麼樣呢？」
「妹妹……明日香……」
「沒錯。你的妹妹明日香！奶奶又會如何呢？還有你的母親呢？」
「你說什麼!?」
文字，突然開始從回問的信一郎臉上消失了。

《作者不詳》

「原來如此。」

大致聽完我的話之後，信一郎就用難以用言語形容的眼神凝視著《迷宮草子》。

「真是危險啊……」

「你還記得自己都說了些什麼嗎？」

眼前的他會不會是我們閱讀〈作為娛樂的殺人〉那時候的**那個**呢？我還是有些懷疑。

「那個我還記得，也還有敘述自己想法的自覺。」

「可是──」

「不，然而實際上，我認為自己是依照這本書所期望的那樣被迫開口的。」

「果然是這樣……」

在完全恢復原本樣貌的八疊房間裡，我依舊和信一郎隔著擺在火鉢上的《迷宮草子》、面對面坐著。

「雖然說還有記憶，但只有每個推理和解釋是這樣而已，好像沒有辦法追溯我自己的思考過程。」

「這是怎麼回事？」
「把你逼到絕境的推理，要是分別獨立出來看的話是合理的，只是前後的連結就毫無章法了。」
「是這樣沒錯……」
「你指出了那個事實，為什麼不提出反論呢？」
「那個啊……」
突然感到筋疲力竭的我什麼都沒說，倒在座椅子上。
天應該早就亮了，但是紙門的另一頭卻沒有陽光照過來。因為走廊那邊的擋雨窗沒有關上，所以隨著庭院逐漸變亮，曙光應該要映照在紙門的白紙上面才對。但是，卻沒有半點類似的跡象。
「我們會不會是第一個逃離《迷宮草子》怪異現象的讀者啊？」
「確實如此呢。」
對於我的問題，信一郎用了奇妙的詞彙來回答。
「你說確實……所以是認為我們獲勝了嗎？」
「嗯嗯。不過這本書好像還不覺得自己敗下陣來了呢。」
「怎、怎麼會這……」

所以清晨才沒有來臨嗎？我們現在究竟是身在何處呢？

內心這麼想，但我完全不想去窺看紙門的另一頭、也就是應該能從偏屋這裡看到的庭院。

「這不公平吧。我們都確實把謎團破解了。這本書自己也藉由怪異消失這個現象，來證明那是正確答案。這應該是有所保證的吧。結果到了這個時候——」

「喂喂……就算向這種來歷不明的書抱怨不公平什麼的，也無濟於事啊。」

信一郎面露苦笑，但這副表情也沒有持續太久。

「問題在於，《迷宮草子》是從什麼時候開始變化的……」

「咦？」

「從每個作者和神童末寺的名字推導出三津田信三這個名字，並不是單純的牽強附會或是偶然。我是這麼認為的。」

「你的意思是這本書刻意這麼做的嗎？」

「大概吧。」

「……」

「最初的筆名和網路暱稱應該都是不一樣的，但是當我們開始嘗試解開〈霧之館〉裡面的謎團時，或許就變化成現在看到的名字了。」

「從那麼早的階段就開始了……」

「也可以認為是這本書採取了自我防衛機制。」
「可是，我第一次看到目次的時候，好像就已經是現在的作者名了……」
「你有自信嗎？很遺憾，我倒是沒有呢。」
「……」
信一郎從火鉢的抽屜裡拿出了香菸和火柴，接著就閉上雙眼、慢慢地抽了起來。
「如果真是這樣的話——」
雖然妨礙他思考實在不太好，但是我已經無法再沉默下去了。
「我們這邊不就毫無勝算了嗎？如果要解開收錄故事的謎團，只要是這本書的讀者，無論是誰都能參與。但是，假使書自己會發生變化，對不過是一介讀者的我們來說根本無計可施。」
信一郎什麼也沒有表示。
「只要稍微變得對自己不利就立刻改變自己。而且不只是作者的名字，搞不好就連故事內容都能自由自在地操控也說不定。」
信一郎還是文風不動。
「不對，根據情況的差異，要是從頁數到開本都能變得不同的話……」
信一郎依舊保持沉默。
「讀者之中就沒有一個人能逃離這本書了。是這樣吧？」

信一郎突然張開了雙眼。把香菸丟進火鉢的灰裡面之後，又慢條斯理地拿起了《迷宮草子》，接著開始翻頁。

「你是打算從第一章開始重新讀一遍嗎？」

什麼回答都沒有。

「那麼，假設我們重新來一次，然後解開所有的謎團，還是會遭遇到相同的狀況不是嗎？」

他把臉從書本上抬起來，開始一個勁地翻著書頁。

「信一郎，你到底有什麼打算——」

就在這個時候，他突然遞出了攤開的《迷宮草子》。

「做、做什麼啊？」

「你讀看看。」

我戰戰競競地接下書之後，視線就落在了攤開的頁面上。只不過，一時之間我還不懂**其中的涵義**。

「這是……變成新的故事了嗎？我們又要從頭開始挑戰解謎嗎？」

「你仔～細地讀看看。」

信一郎那非比尋常的樣子，讓我再次把目光轉向內文。

「欸……」

接著，我才終於意識到我們已經遭遇了更勝先前的怪異現象。

此時，霧氣立刻就圍繞了我的全身，這感覺很像是在熱帶雨林裡那種高濕度的空氣中漫步。不過這裡當然不存在什麼熱氣。被像是深深透入骨肉的寒氣給包圍，我不禁覺得有點呼吸困難。

自己好像並不是身處在霧氣這種自然現象之中。更像是肉眼看不到的水滴粒子其實是由無數的微生物所化成，然後我的身體就浸泡在那種真相未明的生物聚集體裡面……僅僅只是呼吸，謎樣的微生物就一口氣從鼻子、嘴巴侵入體內……我已經被這種令人生厭的感受給束縛了。

手上拿的這本《迷宮草子》裡面，記述了**我自己的故事**。上個禮拜的星期一，我從公司返家途中的身影，就出現在這裡面。

「那麼，這麼一來——那些圍繞《迷宮草子》、令人感到不快的傳聞果然是貨真價實的呢。」

雖然語氣有些輕佻，但是他看向我的眼神卻相當認真。

「無論是真還是假，實際上我們都已經暴露在威脅之下了吧。不，比起討論這個，應該要先破解〈食子鬼起源〉裡頭的迷團才對。」

即便目前還沒有發生什麼詭異的現象，但是想起昨晚那場霧氣的威脅，以及今天傍晚那個恐怖的小嬰兒，就覺得絕對不能掉以輕心。

我跟信一郎的故事，出現在《迷宮草子》裡面了。在我們未曾察覺的時候，就已經被帶進了《迷宮草子》之中。

「到底是什麼時候……」

「不知道呢。」

信一郎乾脆地搖了搖頭，然後又咧嘴一笑。

「不過，這樣的話就能建立一個假設了。」

「是什麼？」

「在非常早期的階段，這個嶄新的變化就已經在《迷宮草子》裡發生了。你不這麼認為嗎？」

「嗯，是有這個可能……」

「為了什麼？」

「那就是……因為它不想承認輸給我們了吧。」

「所以就讓我們自己成為了《迷宮草子》的登場人物。」

「不是這樣嗎？」

「恐怕就是如此吧。但是，或許還有其他的目的。不對，其實就算沒有也無所謂。拜創造了這樣的狀況所賜，才孕育了某種可能性。這一點是肯定的。」

「你在說什麼啊？」

我有那麼一瞬間感到毛骨悚然，擔心信一郎是不是又變得怪怪的了。不過他還是笑咪咪地說道。

「你說過我們不過就是《迷宮草子》的讀者而已。」

「是呀。」

「可是，要是我們自己變成登場人物的話，**應該就會存在用雙眼追逐我們言行舉止的讀者**。」

「……」

「我一再感受到的某種視線——就是那些**讀者們的眼神**。」

「你、你說什麼……」

「能讓我們得救的方法就只有一個。」

我才剛剛覺得信一郎是不是突然轉向了其他方向，就看到他專注地凝視著虛空。

「現在，正在閱讀我的台詞的**你**，必須要來解開《迷宮草子》的謎團。只不過，如果失敗的話，當然就

（全文完）

解說

會吃人的字——作者不詳／不祥？

洪敍銘

（本文涉及關鍵情節描述，建議閱畢全書才行閱讀）

逢魔時刻

1997年美國福斯電視台播出名為《魔術師之終極解碼》（Breaking the Magician's Code: Magic's Biggest Secrets Finally Revealed）的電視節目，由法爾．范倫鐵諾（Val Valentino）所扮演的「蒙面魔術師」橫空出世，他在表演各項大型魔術後，會透過鏡頭，為觀眾帶來另一個「後場」視角，除了各項魔術的原理之外，所有隱藏在表象之外的特殊道具、關竅都無所遁形，各項「幻術」的逐一破解，一時之間席捲了大眾的目光，當然也引起了軒然大波。

魔術——根源於「魔法」，它的界義，來自於「看似無法實現卻又實現於真實世界」的超自然現象；它通常在第一時間難以用科學或常理解釋，因此蒙上神祕力量與色彩的面紗——這也是該節目受到正反兩極評價的主要原因。對於觀眾來說，既能體驗炫奇魔幻的創造時刻，又能目睹幻術的被破解，是一種不可多得的雙重饗宴，但對魔術師同行而言，此舉不僅可能觸犯了所謂「魔術師守則」的「八大戒條」（不公開魔術的秘密），更可能會本質性地毀壞了這個擁有悠久歷史的傳統根基。

言及「本體論」，便會發現不論文體／載體為何，似乎都有某種限制、戒律或規範強調其「倫理」的界線，關於魔術「不能說的秘密」，正在於「魔幻」和「現實」不可能併存的對立前提下，超現實／超自然的現象被拆解時的「難堪」；但換個角度來說，魔術發生的那一瞬，這兩個不論是否平行存在的空間，也進而產生連結的可能。

《作者不詳：推理作家的讀本》（後續簡稱《作者不詳》）的「逢魔時刻」，就如同魔法發生之際的絢麗與璀璨——只是它們以妖魅恐怖的方式現身而已，例如〈霧之館〉：

> 從樹木枝葉間隙中透出的殘照，就像是生鏽的橙色，與周圍瀰漫的霧氣那半睡半醒的乳白色相互混合，顯現出一個迷幻般的彩色世界。……就在孩子的身影突然在視野中浮現的瞬間，我猛然嚇了一跳。但那個孩子卻在轉瞬之間就消失得無影無蹤，……

或者說，這樣的時刻指涉的是一種「跨境」的介質，孩子轉瞬之間如魔法般的「消失」，也就成了這種異域氣息的見證，也就暗示著日／異常的轉換；更直白地說，這種「活見鬼了」的敘述，同時暗示著物理空間（敘述者所身處的環境）與心理空間（包含敘述者當下及讀者閱讀時的感知）遭逢異樣時的激烈反應。這當然與瀰漫在整篇小說（及文本之外）中無法驅散的「霧」的生成及消失的理由是密切相關的，畢竟「出／入異常」本來就是三津田信三最為嫻熟的拿手好戲，但追根究柢，無論這些難以解釋的事件在小說文本中是否被歸納為一種「妄想」，「解開真相」原本就是推理小說這個文類的主要任務，因此這起意外的「消失事件」，勢必要在後續的解謎情節中賦予解釋——這就是與魔術及其對應的倫理戒條不同之處。然而無論這種必要的回應是娛樂性（對外）的或自省式（對內）的，本書所刻意形構的「書中書」與「書中書之解說」的架構，事實上與《魔術師之終極解碼》如出一轍——它先具體演示了謀殺案件的如何創造，再快速地拆解、最後甚至再創了案件的真相。

如若我們暫且擱置其中可能存在的倫理議題，本書典範性地示範了「如何犯罪」、「如何推理」兩個至為關鍵的文類核心；每一個事件的發生，都將殺意與動機層層埋藏在平淺的日常敘事之間，而每個事件的破解，則是以血與痛剝離那些偽裝，直指真相，而這其實相當「本格」地展現了推理小說長期以來如何傳播、被接受及被喜愛。

當恐懼（開始）殺人

歷來對於「恐懼」這個感知的描述與研究頗眾，其中或以美國恐怖、科幻與奇幻小說作家**H・P・洛夫克拉夫特**（**H・P・Lovecraft**）與段義孚（Tuan Yi Fu）的論述最為經典。前者認為恐怖書寫的主題，原本就亟欲探觸人類心智無法理解的本質性，也因此他所認知的恐懼，與「未知」緊密連結，尤其是超自然的、形而上的、無實體的或溢出日常邊界的合成物的聯想；後者則強調恐懼是屬於人類獨有的一種感知系統，其根源同樣來自於人們對超自然界邪惡的警覺性，使人能看見幻象世界中的巫婆、鬼和怪物這些透過「想像力」創造出來的、具象化的事物，再藉由不同的載體（如：文字、影像）傳播與擴散。

人會對「未知」（無法解釋的現象或事物）產生各種想像，並將「恐懼」這種感知具象化，且在真實的世界中，產生巨大的影響力量——這種力量，或許能被描述成「恐怖」；換言之，「恐懼」通常指的是**個體**對危險或威脅感到擔憂的情緒，它是一種自我保護的本能，因此，當人們感知到即將發生的危險時，身體和心理上都會產生強烈的反應。

而「恐怖」則更強烈且廣泛，並更強調「**集體性**」，常指稱一種無所不在的、強烈且令人不安、焦慮的情感狀態，往往帶有不確定性和不可預測性，讓人感到無力和無法控制。

以此，當《作者不詳》中的三津田信三面臨了與《迷宮草子》情節中如出一轍的怪異、超自然事件與形體時，人物的行為與感知，即非常值得進一步探究，例如在他讀了〈朱雀的怪物〉後，所遇到猶如「大逃殺」的經驗：

> 「喂～」
>
> 這時，石階梯的下方再次傳來了呼喊聲。
>
> 我又想把頭轉過去了。但是，絕對不能回頭。雖然心裡很清楚這一點，但就是想要往後轉。這並不是被人搭話時反射性的習慣，因為自己很清楚那個在叫喚的是怪異的存在……即便如此，卻還是想回應、還是想迎向怪異。這是為什麼呢……

人對於未知事物的恐懼，會反射性地產生自我保護的意識，其目的在於遠離威脅與危險（如：逃跑、離開現場），然而這種恐懼被文字書寫與傳播後，使得讀者也身歷其境地代入了這個危險的空間時，所生成的恐怖感，讓人興起了無力、無法再逃的絕望感，也因此，故事裡的三津田信三才會說：

> 在我截至目前的貧乏人生經歷裡，是無法找到應對這種怪異現象的方針的，到最後能感受到的，就只有萬念俱灰的絕望感。

然而，不論是主動地遠離危險，或消極地感到萬念俱灰，似乎都無法解讀「迎向怪異」的理由。除了這個段落以外，三津田信三與信一郎的推理解謎，事實上都是在與這些超自然現場的正面對決，筆者認為這樣的敘述，除了創造出非典型的「偵探 vs. 兇手」的對決舞台外，對於全書的文本結構，特別是這種「不詳」（未知的）與「不祥」（異常與超自然的）在核心敘事的作用也有其共通性。

在具有相當程度相似情節與結構的《怪談錄音帶檔案》中，詭異或異常事件的堆疊與惡化，可能造成失蹤或是謀殺事件的發生，偵探在事件所遭遇的瓶頸，都與詭異事件的周旋、經驗相關。其中，最為關鍵的是偵探與詭異物的正面接觸，這樣的接觸在迷霧般的情節有了推進、轉折的作用，並且有力地推動了異常向日常的歸返與轉化。

但在《作者不詳》中，可以明顯地發現偵探身體在情節中的位置，已無法再「置身事外」與客觀，儘管在文本敘述中，讀者仍舊可以看見類同的故事開端及其發展，謀殺或犯罪事件的描述也愈加具體且清晰，但偵探所身歷其境的怪異經驗，反而成為了每篇故事的高潮，偵探必須憑藉推理能力、解謎成功後，才有可能消除異常而回返日常的平靜（見下圖）。因此，在這個過程中，我們可以看見更多「替代物」（如：御守、護符、明日香）的出現，他們一方面強化敘述中難以解釋的靈異所具有的集體恐怖，另一方面也反射

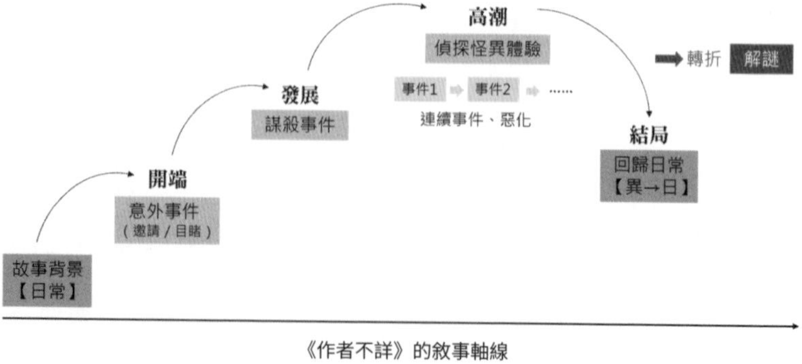

《作者不詳》的敘事軸線

了偵探身體在這些體驗中的恐懼感，藉以與讀者產生共鳴——當恐懼可以並且「開始」殺人，似乎所有人都難逃劫難——包括創作故事的作者、深陷其中的偵探與讀者。

幻想／寫實的過渡

儘管《作者不詳》充滿幻想的色彩——甚至就文本本身，三津田信三意欲建構的就是一個幻想可以過渡到真實的世界，然而相較於「作家三部曲」的其他創作，本作是更具有社會寫實性的作品。

妖異邪魅等異常或超自然現象，能夠被輕易地塑造為「嚇人」的元素與內容。因其未知且難以被解釋的特性，祂們的「現」與「不現」，可以迅速地攫取讀者的目光，予人既刺激又忐忑的閱讀體驗。這確實是本書甚至本系列相當重要的看點之一，然而更值得觀察的重點是，愈詭異的事件，是否對應著愈具有社會寫實的傾向？如果這種趨勢是正向的，那麼背後的意義為何？

從這個觀點來看，〈霧之館〉描繪了聽障者在溝通上的侷限與困難；〈食子鬼起源〉述說產後憂鬱及來自於社會期待的各種壓力；〈作為娛樂的殺人〉出現家庭衝突、日本升學體制及學生租屋環境的現實樣態；〈底片裡的毒殺者〉具有戰時的歷史背景，敘述了非常時期的社會階級與權力關係；〈朱雀的怪物〉直指學校霸凌；〈鐘塔之謎〉除了「為愛犯罪的理由」之外，也涉及了現代化所造成的環境與景觀變遷議題；〈首級之館〉探討了網路社群可能帶來的匿名風險；細觀而論，這些足堪對應當時日本社會環境發展的核心意旨，均無法置外於該篇的文本情節中。

換言之，這些寫實性強烈的內容，可能作為事件發生的動機（如：〈食子鬼起源〉、〈朱雀的怪物〉、〈首級之館〉），又可能是解謎的關鍵（如：〈霧之館〉），或是發生事件的必要條件（如：〈底片裡的毒殺者〉、〈鐘塔之謎〉），它們與不論是推理解謎或玄異事件的發生都息息相關。

必須要注意的是，回到文本情節的發展，三津田信三與信一郎在各個事件的「解謎篇」所承擔的危險，是一旦解謎失敗，他們可能被揮之不去的惡魔纏身，甚至被《迷宮草子》吞噬而失去性命；因此，以「生命」為賭注的推理，反而在文本層次外，強化了這些社會寫實內容的真實性或迫切性。以全書敘述最為血腥可怖的〈朱雀的怪物〉為例，被霸凌者的心理創傷愈深沉，戮殺的敘述及畫面感即愈鉅細靡遺且慘烈；結構上相似的〈首級之館〉，同樣可以看見兇手的恨意與死者的死狀描述有著密不可分的關聯，這也讓探究這兩篇小說到底屬於哪種「暴風雨山莊題材」或「一個都不留類型」等文體討論的重要性，遠低於事件真相被揭露時的那種不忍卒睹的同情進而理解。

反過來說，本書並非每個篇章都具有類似的駭人場面，但其事件的核心或產生犯意、殺意的動機，卻往往是相當深沉地扣準了人性難以捉摸的惡意——包含對復仇的執念、匱缺的想望以及對於「極致」的價值追求，這個部分與發生在偵探（三津田信三／信一郎）身上的靈異體驗，甚至是《迷宮草子》的自我演化相互對讀，或許也能發現，在小說以外的世界，或許已有太多隱藏在時間洪流下，無法為人所知的悲劇已然／正在發生。

界線的探索

我才剛剛覺得信一郎是不是突然轉向了其他方向，就看到他專注地凝視著虛空。

「現在，正在閱讀我的台詞的**你**，必須要來解開《迷宮草子》的謎團。只不過，如果失敗的話，當然就

這是《作者不詳》嘎然而止的結尾，表層意義上延續了《迷宮草子》在本書中一以貫之的恐怖意念——會「實現」的恐怖。因為在本書「異常」回返「日常」的必要條件與邏輯中，信一郎的「消失」，顯示事件並未真的被解決，且真相的探究仍舊未完待續，同時，這也是三津田信三小說中最為膾炙人口的「雙重性」：其一，《迷宮草子》的進化或甚至是演化，將正在發生的人事物複寫進書籍內容，賦予了每個故事「『可能』都是真實存在的」之懸疑性；其次，這樣的結局體現了偵探在全書中奮力掙扎卻徒勞無功，甚至是被戲耍的身影，這或許是更令犯罪推理類型的讀者感到更加絕望的部分，因為在文類的前提下，偵探某種程度上被賦予了解開謎團進而揭開真相的絕對權力，儘管並非所有的偵探都能夠百分之百地解決所有案件，他們亦可能誤判、遭到欺瞞而不自知、沮喪甚至放棄此項權力。但不可否認的是，絕大部分的「Mystery Novel」都仍然是以偵探（成功）解謎作為最重要的敘事主軸，因此「偵探」不管在探案及推理過程中有多少次的翻轉，他們終究與「真相」有著直接的勾連——這同時也是不論小說裡或現實中，我們都需要一個看似比我們高明的「解謎者」存在的原因。

也因此，本書仍然存在著某種「風險」，在於無論是最終信一郎與三津田信三精采的言語攻防，或者

是姑且可稱之為「最終真兇」的《迷宮草子》以極為鬼魅、靈異的方式帶給偵探的「嘲諷」，反而將看似可以通過理性的、邏輯的甚至科學的推理而得以撥雲見日的「真相」，完全推向迷茫（連最聰明的偵探都失敗了）甚或迷信（只得相信超自然現象存在）的彼端，而逸出了所謂類型文學的「邊界」。這也回應了本文以魔術界的倫理規範為例，探討不同文體／載體時所存在的「界線」討論上，「推理」重視符合邏輯的解謎過程，且除非有公開的特殊設定，偵探的行動乃至於真相的揭露過程，皆必須要有「合理」解釋；有趣的是，推理敘事中的「玄異」所書寫的對象與內容，正好是「非理性」、「反科學」的異常現象，它們通常不需要被解釋為何／如何玄異的問題。

本書某種程度上在推理與玄異的不同類型邊界間，反覆地跨越與擺盪，營造出日常／異常、理性／非理性之混亂、顛反以至於懸疑的極致，而且偵探身體甚至同時身處於推理／玄異的中心，異常或超自然事件的「應驗」，不僅阻礙推理的進行，甚至對偵探身體產生直切的威脅，這確實會讓文本情節在推動上，充滿能動性的拉扯；不過，三津田信三最終在處理這個問題上，巧妙地運用了「語言」提供了具「解謎性」的解釋：

> 不管謎團的對象是誰，依據推理者視角配置的不同、採納事項的選擇不同，解釋什麼的也會出現千變萬化的改變。所以我所解開的真相就只是在說明某種現象，終究只是一種解釋罷了。並不能證明什麼喔。

可以說，本書最終試圖跨越的，是讀者在探究每個故事與事件真相究竟為何的娛樂性以外，是否從真相如何被構成，又如何被拆解的過程中，更深入地看見「動機」。也就是說，事件的「詳／不詳」或人物經歷的「祥／不祥」根本不是重點，即真相雖然可能只有一個，但解開真相不代表真正地解決了問題，正如臺灣作家舟動筆下的靈術師偵探：

> 只要能運用語言的力量，讓某種觀念進入對方的意識中，進而改變對方的思想和作為，達到所求的目的，那種觀念到底是真是假，對靈術師而言根本不重要。（《慧能的柴刀》，頁273）

放棄「真／假」的辯證與探究，或許提供了日後信一郎的「再出場」更有利的解釋；而對於讀者而言，在《作者不詳》的最終，看似受到「詛咒」一般地被迫參與《迷宮草子》的推理遊戲，然而「邊界跨越」終有極限，我們如何從虛構中解離出現實？我想正是「三津田信三宇宙」迷人且令人難以自拔之處。

洪敍銘
文學研究者與編輯。著有台灣推理研究專書《從「在地」到「台灣」：論「本格復興」前台灣推理小說的地方想像與建構》、〈理論與實務的連結：地方研究論述之外的「後場」〉等作。研究興趣以台灣推理文學發展史、小說的在地性詮釋為主。

解說

夢魘的無限迷宮——《作者不詳》與讀者的共舞

八千子

（本文涉及關鍵情節描述，建議閱畢全書才行閱讀）

無論影劇、小說或動畫，「後設」的概念已經被廣泛應用在各種媒材的創作中，然而受限於中文字彙的第一印象，我們很容易陷入「後」字的迷思，認為「後設」必然具備基於既有文本的再觀察與反芻特色，無意識之間與類型母體建立起承先啟後的對應關係。如此說明稍嫌抽象，在此用一些簡單的辭彙舉例說明：

第一人稱敘事、無頭屍體、雙胞胎、時刻表、暴風雨山莊。

對推理小說有基礎認識的讀者，想必都能在聽到上述關鍵字後直覺想到某些手法或情節。因此，現今大眾所認知的後設推理，往往都具有反套路或批判傳統的色彩。誠然，現代「後設」概念的誕生，與後現代主義具有不可切割的關係，學界對後者較為普遍的共識，即是藉由反思與辯證的過程對既有的理論基礎進行質疑與再詮釋。將此概念移植到推理小說上，透過諸如上述關鍵詞的輸入與輸出，在與讀者的先備知識建立一定的信賴基礎下，達到諷諭傳統的娛樂效果。

但此時若回歸「後設作品」的原文定義「Metafiction」，便會發現「後」字無法很精準地詮釋「Meta」想陳述的語境。「Meta」針對時間與空間的敘述並沒有給出絕對的方向性，而是泛指對概念本身的突破、抽離、變化與自我辯證。

所以，在判斷一部作品是否為「後設創作」時，不宜單就書中是否具備大眾小說的「後設」元素來下定論，而是以作者如何操作小說載體、如何處理文本讀者的拮抗關係審視。

以下列舉部分後設作品中常見的呈現手法：

劇中劇→在影視創作中更常被作為塑造角色性格與強化背景的道具，但在推理小說中普遍是透過近似於套娃結構的方式，將讀者代入「小說內部的虛擬世界」中，並與故事主體的謎團產生交互作用，從而達到虛實交會的意外性。

e.g.《獻給虛無的供物》、《九十九十九》、《海貓悲鳴之時》

N維世界的相互干涉→與劇中劇的關係類似，只是將文本的形式獨立成一個完整的世界，有時干涉者的世界也包含我們所身處的現實。相對小說，在視覺化的電影與動畫中能獲得更好程度的發揮。

e.g.《全面啟動》、《The Big O》、《福星小子2 綺麗夢中人》

作者或讀者本人涉入故事中→利用讀者和作者身處相同現實空間的基本原則，刻意將作者或讀者置入故事中，從而拉近故事裡的非現實與讀者的距離。

e.g.《如果在冬夜，一個旅人》、《忌館：恐怖小說家的棲息之處》、《浦賀和宏殺人事件》

打破第四面牆→透過呈現的手法不同，能在喜劇中營造荒謬、在恐怖片中營造驚悚感。與透過劇情將閱聽者帶入故事中的方式不同，藉由和閱聽者的互動創造作者和閱聽者對話的空間。

e.g.《心跳文學社》、《Undertale》、《動畫同好會》

傳統元素的解離與再詮釋→隨著推理文型的發展，作者與讀者也培養出許多針對「推理元素」的默契（即文章開頭所列舉的關鍵字），然而相應而生的便是如後期昆恩問題的這種悖論。因此部分作品開始挑戰推理作品的傳統，質疑唯一解的可能性或偵探角色的職能，賦予形式名詞新的定義。

e.g.《有翼之闇：麥卡托鮎最後的事件》、《虛構推理》、《名偵探的守則》

至此，應該有許多讀者發現，以上列舉的作品中幾乎都同時包含多面向的後設要素。由此可知，一部後設作品不僅僅限於單一元素的展現，也含括對傳統敘事模式的再編排。例如前述的劇中劇結構，以及時間順序的錯置，透過上述的抽離手法強化「故事」本身的概念，在深刻意識到讀者的存在後，進而重新調整與讀者的距離。這與過往強調「真實」的創作模式有很大的不同，藉由模糊化現實與小說世界的邊界，留給讀者更多思考與娛樂的空間。讓小說不再只是作者的一家之言，而是能以近乎作者與讀者共創的形式被解讀。

所以，倘若我們用最粗淺的方式敘述後設小說，那麼它會是為了讀者、為了你而被撰寫的小說。

《迷宮草子》與「你」

後設小說的常見手法相當程度是建立在讀者的預期心理上，而其所營造的意外性正好與推理小說的性質相符，使現今許多推理小說都能汲取出後設元素的特色。根據帕特里莎．渥厄於《後設小說：自我意識小說的理論與實踐》的論述，當它從文學的範疇被移轉到大眾娛樂的分野時，針對前人的諧仿（parody）就成為後設推理樂趣中不可或缺的一部分，同時也可以被視為作者與讀者的博奕遊戲。

於《作者不詳：推理作家的讀本》（後續簡稱《作者不詳》）中就處處可見**作者**三津田信三（以下簡稱三津田）埋藏的彩蛋。

例如屢次於書中被提及的作者東城雅哉即是刀城言耶的本名，而故事的舞台杏羅町則是「死相學偵探」系列中弦矢俊一郎的祖父弦矢駿作的居住地（另一方面，杏羅Anra又是奈良Nara的異位構詞＝anagram）。其他像是〈霧之館〉與〈食子鬼起源〉等作中的神神櫛村、〈底片中的毒殺者〉一文的作者廻數回一藍之名竟然也在三津田的其他作品中登場等諸如此類的趣味，不僅將三津田筆下的世界串聯在一起，也藉由置入「三津田信三」這位**同名、同背景的角色**（以下簡稱信三）的方式，讓虛構的怪異逐漸浸染現實，是其筆下這類作品的一大特色。

當然，《作者不詳》中的後設要素絕非僅體現於此。

作為「作家三部曲」的第二部作品，本作的時間線安排在《忌館》之前，然而其系列作迥異的風格與特殊架構，讓《作者不詳》同樣成為一部可以獨立閱讀的作品。

故事始於信三及親友飛鳥信一郎於杏羅町的古本堂中購入一本名為《迷宮草子》的同人誌開始，在閱讀的過程中，與書中情節相呼應的怪異也找上了兩人。為了從怪異手中逃離，他們不得不解開散佈於書中各章節的謎題。

如果我們簡化這個架構就會得到如下的流程：

主角群閱讀小說↓小說的怪異化為現實↓謎團的推理導致怪異消失↓開啟新的閱讀循環

但如果我們有意識地用後設小說的處理方式審視：

作中作↓主角群所身處的現實受干涉↓推理的解答↓開啟新的作中作

不難察覺，《作者不詳》的結構正如同《迷宮草子》於故事中扮演的角色，正試圖與讀者建立連結。鑒於推理小說中具有「給讀者的挑戰書」這項傳統，與讀者互動其實不足為奇，但《作者不詳》並非單純以「謎題↓解答」的方式呈現。相反地，正如信三於書中所述，他與信一郎都無法確定自己的推理是否為正解，而判斷方式則是以怪異是否消失為依據。倘若怪異消失，即象徵推理正確；倘若怪異猶存，代表邏輯依然存在謬誤。

然而，真的就是如此嗎？

「你的解釋錯了嗎……」
「是啊。不過，還能想到其他的解釋嗎？」
「我沒辦法。」我立刻回答。
「如果沒有人能回答呢？」

當故事來到尾聲，信三逐漸發現信一郎的推理存在紕漏，所以開始對怪異消失的原因存疑。至此，兩人也終於察覺自己提出推理的目的並不是為了滿足《迷宮草子》，而是為了滿足「讀者」。

所謂怪異的真身其實就是讀者。

當讀者閱讀完《作者不詳》的作中作《迷宮草子》後迫切地想知道真相，而解答則在隨後由信三與信一郎提出。如果我們回去解釋方才列出的簡易流程，不免會懷疑所謂的怪異化為現實，會不會只是身為讀者的我們躁動不安，才成為了影響書中世界的原因。因此儘管信一郎的推理存在漏洞，但如果在當下能夠填補讀者對於追求合理答案的慾望，那《迷宮草子》的作祟就會平息。

至此，《作者不詳》的核心意義才終於現身——本格推理的謎團至始至終都是為了滿足讀者而生。至於事實的真相如何，那將永遠都是惡魔的證明。

「也就是說，意識到了讀者。」

「讀者……」

「與其說是意識，應該說是設想吧。」

現在讓我們利用這個思路從頭檢視《迷宮草子》的各章節。

作為首篇，〈霧之館〉的架構與謎底都相對單純，應用的元素也是推理讀者耳熟能詳的雙胞胎題材，在各方面都有特意讓讀者賽前暖身的意味，但也是在這一篇，作者留下了一個令人玩味的議題：

「沙霧和老婦人到底是什麼人啊？」

「這就是最大的謎團喔。光是透過這篇紀錄還是無法得知真相，依舊是完完全全的未解之謎。」

當信三提出疑問後，信一郎如此回道，而怪異的作祟也如他所述消弭了。也許這幾句話僅僅是作者賦予兩人在劫後餘生後的閒談，並沒有特殊的涵義，但站在讀者的角度，正是經兩人提點後，才驚覺這個故事依然存在兇案以外的謎團。

儘管如此，象徵讀者的怪異依然消失了。某種程度上彷彿是在諭旨意識到「自己正在讀推理小說」的我們，往往將故事視為與作者的推理鬥智，從而忽略，或者說妥協故事中的其他細節或疑點。這種作者與讀者透過長期閱讀培養出的經驗與默契，正是後設小說的精神價值。

在首篇與讀者取得共識後，從〈食子鬼起源〉開始，信三與信一郎的對答大幅提高了推理的嚴謹性，並透過多階段論述的方式反覆推翻原本的推理。擅長設計多重解與翻轉的三津田更是在此利用這項長處，強化怪異＝讀者的連結：

感覺那繞行偏屋周圍的腳步聲，正從一個大大的圓圈逐步地越縮越小，聽起來就好像每繞一圈之後，就更加朝著我們步步進逼。

「到底怎麼了？你的解釋錯了嗎？」

「似乎是這樣呢。」

「沒辦法推導出其他的推理嗎？」

「推理——與其這麼說，或許應該說是我的妄想。」

「還、還沒有結束嗎……」

那陣哭聲就這樣直接來到了走廊。

「你的解釋錯了嗎？」

「……」

「這起事件還有其他的真相嗎？」

「……」

「信一郎！」

緩緩轉向我之後，信一郎用相當沉著、平靜的聲音這麼說道。

「那個孩子就是朔次。」

起初因為信一郎提出的解答存在明顯漏洞，無法取得讀者的共識，因此怪異沒有消失，甚至引來了更大的反彈。而當兩人以為風波平息後，嬰兒的哭聲卻又再次傳來，理由看似是信一郎對被盜走嬰孩的身分做出錯誤推理。但如果細想，便會發現相較於〈霧之館〉的謬誤，信一郎對嬰兒生死的推論顯得合理很多。

既然如此，那作祟的理由是什麼呢？也許答案依然沒有改變——信一郎的推理無法滿足讀者。

重新檢視〈食子鬼起源〉，會發現開頭文字針對朔次的描寫存在許多曖昧不明的部分：

不僅如此，後來就連好不容易才到來的獨子朔次……

果然在那個時候，我們夫婦倆和妻子腹中的朔次，都被食子鬼的邪氣給侵襲了吧。

看似直白的陳述，當信一郎揭曉嬰兒失蹤的真相後，讀者便對這些文字產生了聯想。此刻關於朔次的敘述轉變為契訶夫的槍，必然需要與真相做出一定程度的呼應，因此當信一郎沒能將朔次＝失蹤嬰兒連結起來後，就等同於背叛讀者期待，從而導致作祟。可以說作者透過與〈霧之館〉相異的方式，再次重申「推理解答是為了讀者而存在」的概念。

〈作為娛樂的殺人〉則一改先前的方式，但同樣擷取推理讀者熟悉的筆記形式切入。有趣的是在本章節中，作者藉由遭憑依的信一郎探討了「不可靠的敘事者」概念。這個在推理小說中廣泛被運用於敘述性詭計的手法，時常到了其他類型小說後就成為讀者唾罵的理由。這之間並無對錯，追根究柢，原因還是閱讀習慣的不同，導致默契的建立不完全。

「所以啦，像那種抱有自我中心思維的記述者，以她的紀錄為依據來討論事件實在太荒謬了吧。」

「你的意思是她寫下的內容不足以採信嗎？」

「是啊，不能信任呢。」

在後設小說的特徵被梳理前，小說文字的象徵意義是「真實的情報」，因為如果文字試圖傳達的概念本身即是謊言，那麼文本的存在將失去其價值，而這也是本章節中信一郎慫恿信三的目標。表面上是想讓信三透過否定文本價值的方式，繼續引發作祟，實際上是怪異（無法信賴文本的讀者）透過破壞信三（選擇相信的讀者）與《迷宮草子》的信賴關係，將推理小說中「不可靠的敘事者」的概念無限放大到極端懷疑主義的範疇。

「沒錯。更直率地去讀《作為娛樂的殺人》吧。只要把焦點放在『我』的原稿和女大學生紀錄中的描寫，或許就……」

「你打算做什麼？」

「正統的消去法。」

因此，面對如此窘境，三津田此時提出的解法不再只是單純的邏輯推演，也包含回歸本質——推理小說試圖與讀者公平競爭的意涵。後設小說並不是一昧地對既有文化提出質疑或嘲諷，相反的，它正是在充分理解自身所屬文類的特色後，嘗試用特定的語言尋覓能理解它的人。

至此，《作者不詳》想陳述的——作者與讀者的關係基本上已經確立。從〈底片裡的毒殺者〉開始，推導出怪異顯現規則的信三與信一郎也更加積極地去解開謎題。值得在意的是，〈底片裡的毒殺者〉也是七篇中唯一不存在正式解答的故事。

「可是哥哥啊，這跟中杉先生和民子小姐犯人論點的間接證據一樣，都缺少了最關鍵的證據呢。」

與其說是揶揄，感覺明日香的口吻聽起來是真的相當遺憾。

「是啊。這不過就是一種解釋而已。」

假設單純依照前三篇的規律推斷，沒能說服讀者便會引發作祟，然而怪異卻遲遲沒有找上信三與信一郎。但如果我們深入探究後設小說在推理的體現方式，就能明白「唯一解」的概念往往被視為無法存在，換句話說，作者所提出的解答也並不一定是唯一正解。當推理的過程與真相不存在絕對關係時，作者對真相的裁量權也會消失，意即在推理的邏輯框架下，任何推論都是正解，也都不是正解。

這麼做的目的並非是否定真相的價值，而是透過多重解的方式，正式將怪讀者從等待解答的角色轉化成有可能創造答案的存在。

三津田於本篇中安排了信一郎的妹妹明日香參與解謎，表示明日香的加入打亂了《迷宮草子》的計畫，如果我們沿著怪異＝讀者的邏輯思考，就會發現明日香的存在反而成為將讀者一同拉入解謎的契機。

如果說《迷宮草子》的前三篇是信三和信一郎與怪異確認默契的過程，那本篇就可說是作者對讀者發出的邀請，而這封請帖既非挑戰書也非宣言，不僅是為了後續的章節鋪陳，也是期待讀者能一同體會解謎的樂趣。

隨著讀者身處的現實與信三等人所在的非現實界線變得越加模糊。怪異的反撲似乎也變得更加猛烈。〈霧之館〉的霧、〈食子鬼起源〉的哭聲、〈作為娛樂的殺人〉的附體，當故事來到第五篇後，怪異的出現被賦予了和〈朱雀的怪物〉中同樣立體的形象。

〈朱雀的怪物〉以三津田擅長的鄉野奇談為基底，再透過人物關係的心理盲點，替結尾的揭露帶來了衝擊。相較於前篇，它留給讀者的解釋空間較少，卻試圖在敘述性詭計的架構下安排能與讀者公平競爭的線索。在本章中，信一郎針對內文的記述方式花了相當的篇幅來分析，並再次重申信賴文本的重要性。

「這個……所以才說是詭計……」

信一郎的神色變得有些嚴肅。

「如果懷疑這篇『紀錄筆記』中記載內容的可信度，我們現在進行的事件解釋就沒辦法成立。」

由此可以得知，即使《作者不詳》的結構充滿後設小說的特徵，但在推理謎題的處理上，作者並未否定推理於作品中的核心價值，反而是透過各種不同切入點，解析謎團之於故事、之於讀者的關係。

在第六篇〈鐘塔之謎〉中，怪異的色彩暫時消失了，彷彿進一步鞏固推理的核心定位，甚至在謎題的設計上也從具備標籤化特徵回歸本格古典物理詭計。

乍看之下，〈鐘塔之謎〉的段落劇情與《作者不詳》的其他章節有較大的差異，但信一郎依舊留下了耐人尋味的話：

「話雖如此，故事裡也提到了《貓町》裡面的『景色背後的真實』，這個『我』和你之間好像也有相通的地方啊。」

《貓町》的比擬源自於信三自述對非現實世界的想像，這不僅是對後續劇情安排的伏筆，身為讀者的我們很容易聯想到信三所說的非現實，或許也包含了我們所存在的現實。站在彼此的角度，雙方所身處的世界都是異度空間，本來應該只是作為小說人物存在的信三，說不定也正侵蝕著現實。即使是本格色彩濃烈的〈鐘塔之謎〉，作者依然不忘提醒讀者《作者不詳》的後設意圖。

來到《迷宮草子》的最末篇〈首級之館〉，故事的伏線也開始急遽收束。〈首級之館〉與〈朱雀的怪物〉在空間上都採用封閉場域慘案，從而限縮嫌疑人人選的經典形式，〈首級之館〉卻因為牽涉《迷宮草子》的誕生，針對後設符號的運用也變得更加大膽鮮明。

「藍包寫的可能是『舞舞的頭顱』，但是舞舞把這個地方改成『她的頭』。第一次提到時，她還慎重地幫文字加了粗體啊。」

「為什麼要這麼做？」

「為了本格推理所謂的公平性吧……」

「你、你覺得是什麼?那個東西……」

「眼睛吧。」

「我知道，所以——」

「應該是**讀者**吧。」

「……」

「那些是截至目前為止消失的《迷宮草子》的讀者喔。對他們來說，我們看起來會不會就

是遭遇《迷宮草子》怪異現象的最新登場人物呢？」

在故事裡面，實際閱讀這本書的讀者，無疑是指涉被牽扯進事件中的信三與信一郎兩人，但它同時也象徵著正在閱讀本書的你我。

表面上，怪異的真身是因為《迷宮草子》消失的讀者，這些讀者僅存在於故事中的世界，所以應當視為虛構的存在。

但是在隨後的段落中，卻讓讀者身分得到翻轉：

「可是，要是我們自己變成登場人物的話，**應該就會存在用雙眼追逐我們言行舉止的讀者。**」

「……」

「我一再感受到的某種視線——就是那些**讀者們的眼神**。」

此時的「讀者」不再是書中人物，而是現實世界的讀者。同時，更讓現實讀者感到不寒而慄的是《迷宮草子》自身所產生的變化：

> **我跟信一郎的故事**，出現在《迷宮草子》裡面了。在我們未曾察覺的時候，就已經被帶進了《迷宮草子》之中。

意味著當讀者閱讀本書時，《迷宮草子》已蛻變成現今《作者不詳》的樣貌，讀者永遠無法知曉三津田與信一郎閱讀的《迷宮草子》與現行版本有什麼不同，而蛻變的過程中，《迷宮草子》的原文是否又會因應我們的閱讀而對內容進行刪改、變更呢？

如果《迷宮草子》只是一部為了信三與信一郎而存在的舞台裝置，那麼它便不需要考慮身為現實讀者的我們。然而《迷宮草子》內文中卻處處可見它想與讀者建立連結的企圖心。

一直以來，推理小說都是以現實邏輯與理性為核心運作，一旦加入幻想要素，難免會被讀者質疑可靠性，從而將幻想與非現實視為作者為便宜行事所編織的謊言。

只是，這個思路的矛盾之處在於忽略推理小說原生的虛構性質。實際上按照日本ミステリー（mystery）小說的發展史，現今的犯罪、推理、偵探等類型小說本然就與幻想小說存在無法分割的關係，因此關鍵依然在於「作者要如何說服讀者？」

或許，這也是《作者不詳》需要花費大量篇幅論述推理小說，並在潛移默化間為讀者植入大量心理暗示的其中一個主要原因。

當我們閱讀《作者不詳》時，《迷宮草子》也正注視著我們。

「真相」的意義

三津田作品的一大特色是在嚴謹的本格推理謎團中，添入濃厚的怪談色彩，從而創造一個理性與幻想並存的世界觀。

透過反覆辯證真相的過程，也賦予解答複數的可能性，從而模糊真實與虛假的界線，進一步留給幻想佔據現實的空間。

「不管謎團的對象是誰，依據推理者視角配置的不同、採納事項的選擇不同，解釋什麼的也會出現千變萬化的改變。所以我所解開的真相就只是在說明某種現象，終究只是一種解釋罷了。並不能證明什麼喔。」

它挑戰了傳統推理小說用事實證據辯證，從而推導唯一解答的模式。真相的價值甚至是被抽離於故事本身之外的。

因為《迷宮草子》中每一個角色都沒有被賦予解答真相或說出真相的機會，解答是為了「閱讀」《迷宮草子》的信三與信一郎而存在，但迫使兩人推理的契機，卻是為了從怪異（讀者）手中逃離，與《迷宮草子》中的人物沒有任何關係。殊不知透過兩人知悉真相的我們（怪異）僅僅是為了「小說載體的娛樂性」而閱讀。正是因為這樣的因果關係，才會讓信一郎斷言解答與真相是否吻合毫無關係。

這段論述看似與傳統推理小說精神背道而馳，卻也一語道破推理小說作為娛樂作品而生的核心價值。

至於信三與信一郎留下的最後一次翻轉，則是透過角色的身分置換，將「自己作為小說人物」這個本應只存在於讀者思維中的概念帶入故事中，不僅使其成為推動劇情的齒輪，更將「解謎」的義務委任給正在閱讀的讀者。

「能讓我們得救的方法就只有一個。」

我才剛剛覺得信一郎是不是突然轉向了其他方向，就看到他專注地凝視著虛空。

「現在，正在閱讀我的台詞的你，必須要來解開《迷宮草子》的謎團。只不過，如果失敗的話，當然就

信一郎未能說完的話，將《迷宮草子》從劇中劇的套娃結構引申到與讀者的遞迴關係。讀者在試圖解開《迷宮草子》（作者不詳）的謎團時，也會影響已化為書中角色的信三與信一郎。而因應情節改動，信三與信一郎將會採取與先前不同的應對，從而再次影響到呈現給讀者的文本內容。最終不光是信三與信一郎，讀者也會一同被拉入這座不存在出口的迷宮之中。

現在，已經得到解答、又再次翻開《迷宮草子》的你，是否有發現它已經變得與先前不一樣了呢？

八千子

小說創作者。代表作有「少女撿骨師系列」、《幸福森林》等作品。近作為《一萬個扭曲的祝福》。目前「半」旅居某個還滿冷的地方，進行超商料理的田野調查。

物理波矢多系列

白魔之塔

白色的人扭曲著身體，在燈塔上起舞。

被蠢動的森林與洶湧的大海所包圍之地，

依附在此的詭譎之物再次甦醒……

傳說異聞與杳無人煙的偏遠場域，交織出襲向人心的無限恐懼。

燈塔守。負責監看航路標識，守護船舶、航海者與乘客的安全。很多燈塔所在地經常位處與世隔絕的偏遠地帶，必須面對工作與生活環境帶來的諸多壓力。

因此，除了專業技能之外，燈塔守也要具備堅定的信念與強韌的精神力。

矗立於海邊岬角的孤寂燈塔的燈塔、未知的白色人影、

密林中的神祕孤家。光怪陸離的事件，在背後串連起跨越二十年的謎團。

圍繞著燈塔發生、在圈內流傳已久的傳聞，

背後會牽動出什麼樣不為人知的過往？

三津田信三作品集

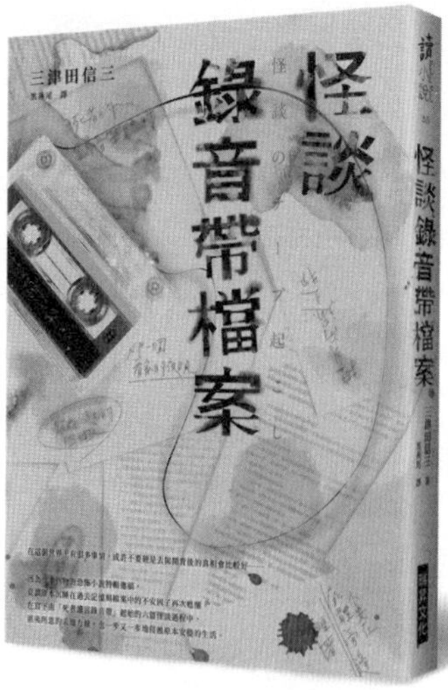

怪談錄音帶檔案

在這個世界上有很多事情，或許不要硬是去揭開背後的真相會比較好。

是真實發生的事件，還是憑空想像的創作故事？

要不要繼續翻開下一頁，就交由各位自行判斷吧……

因為一本刊物的恐怖小說特輯邀稿，
竟讓原本沉睡在過去記憶與檔案中的不安因子再次甦醒。
在寫下由「死者遺言錄音帶」起始的六篇怪談過程中，
匪夷所思的未知力量，也一步又一步地侵蝕原本安穩的生活。
六篇情境、氛圍迥異的恐怖體驗，
彷彿有某種不為人知的神秘力量，在幕後悄悄地驅動著……
不管各位是否有那個勇氣一探潛藏在其中的真相，
在這裡還是善意地奉勸各位，請務必量力而為……適時止步……

TITLE

作者不詳 推理作家的讀本（下卷）

STAFF

出版	瑞昇文化事業股份有限公司
作者	三津田信三
譯者	黑燕尾
封面繪師	Cola Chen
創辦人 / 董事長	駱東墻
CEO / 行銷	陳冠偉
總編輯	郭湘齡
責任編輯	徐承義
文字編輯	張聿雯
美術編輯	謝彥如
國際版權	駱念德　張聿雯
排版	謝彥如
製版	明宏彩色照相製版有限公司
印刷	桂林彩色印刷股份有限公司 紘億彩色印刷有限公司
法律顧問	立勤國際法律事務所　黃沛聲律師
戶名	瑞昇文化事業股份有限公司
劃撥帳號	19598343
地址	新北市中和區景平路464巷2弄1-4號
電話	(02)2945-3191
傳真	(02)2945-3190
網址	www.rising-books.com.tw
Mail	deepblue@rising-books.com.tw
初版日期	2023年7月
定價	950元（上下冊合售）

國家圖書館出版品預行編目資料

作者不詳:推理作家的讀本 / 三津田信三作；黑燕尾譯. -- 初版. -- 新北市：瑞昇文化事業股份有限公司, 2023.07
　上、下冊；　14.8x21公分
譯自：作者不詳：ミステリ作家の読む本

ISBN 978-986-401-643-3(全套：平裝)

861.57　　112009159

讀小說
Reading Novel